*Marti, Karl*

# Kurzgefasste Gram
# biblisch-aramaeischen Sprache

*Literatur, Paradigmen, kritisch berichtigte Texte und Glossar*

*Marti, Karl*

**Kurzgefasste Grammatik der biblisch-aramaeischen Sprache**

*Literatur, Paradigmen, kritisch berichtigte Texte und Glossar*

*Inktank publishing, 2018*

*www.inktank-publishing.com*

*ISBN/EAN: 9783750130043*

# KURZGEFASSTE GRAMMATIK

DER

# BIBLISCH-ARAMÄISCHEN SPRACHE

## LITTERATUR, PARADIGMEN, KRITISCH BERICHTIGTE TEXTE UND GLOSSAR

VON

*D.* KARL MARTI

ORD. PROFESSOR AN DER UNIVERSITÄT BERN.

BERLIN,
VERLAG VON REUTHER & REICHARD

LONDON,
WILLIAMS & NORGATE
14, HENRIETTA-STREET.

NEW YORK,
B. WESTERMANN & Co.
812, BROADWAY.

1896.

# VORREDE.

Als im Sommer 1895 die Verlagsbuchhandlung die Anfrage an mich richtete, ob ich die Ausarbeitung einer kleineren Grammatik des Biblisch-Aramäischen übernehmen wollte, war ich rasch zur Zusage entschlossen. Die Gründe waren verschiedene. Einmal hatte ich seit dem Jahre 1873, da ich in Basel unter der Leitung meines verehrten Lehrers Herrn Prof. D. E. Kautzsch die ersten Kenntnisse im Aramäischen erwarb, eine gewisse Vorliebe für die aramäischen Stücke des A. T.'s bewahrt und das Aramäische auch als Dozent mehrmals zum Gegenstand meiner Vorlesungen gewählt. Sodann aber musste ich mir sagen, daß ein Bedürfnis nach einer solchen kleineren Grammatik wirklich vorhanden sei. Denn die vortreffliche Behandlung des biblisch-aramäischen Sprachgutes in der Kautzsch'schen Grammatik bietet dem Anfänger zu viel Stoff und erschwert durch die Aufführung des ganzen Materials und die Besprechung auch des kleinsten Details die leichte Uebersicht. Die „adumbratio chaldaismi biblici" (in Bär-Delitzsch's Ausgabe von Daniel, Ezra und Nehemia) dagegen kann mit ihren Tabellen, abgesehen davon, dass sie manche Unrichtigkeiten enthalten, doch nicht als zur Einführung in das Biblisch-Aramäische genügend erachtet werden.

Damit ist zugleich gesagt, welcher Plan für die Grammatik mir vorschwebte. Sie sollte nicht eine blosse Registrierung der sprachlichen Eigentümlichkeiten enthalten, sondern als wirkliche Einführung in das Verständnis der bibl.-aram Sprache und der in ihr vorhandenen Texte dienen könnei Nicht einen Schattenriss, auch nicht einen Abriß der Formen lehre, sondern eine vollständige Grammatik wollte ich geben die zwar alles Unnötige (wie Sprachvergleichung etc.) vermeide aber sich darum bemühe, in den Geist der Sprache einzu dringen und ihren eigentümlichen Charakter erkennen zu lassen. Nur wenn die Anforderungen an die Theologen nich immer niedriger gestellt werden, kann doch der unglückselig und verhängnisvolle Wahn gebrochen werden, als ob in de Sprachen des A. T.'s und in der alttestamentlichen Wissen schaft überhaupt alles möglich sei.

Mit diesem Ziele, das Verständnis der alttestamentliche Texte zu fördern, war mir unmittelbar auch die Aufgab gestellt, den Text der aramäischen Stücke der Grammatil beizugeben. Daß ich keine neuen Handschriften verglichei und mich einfach an die besten und neuesten Ausgabe gehalten habe, kann ich auch jetzt nicht bedauern, nachde ich Strack's Textgestalt eingesehen habe, die noch währen des Druckes berücksichtigt werden konnte. Bei der Eigen tümlichkeit unserer alttestamentlichen Handschriften muss e weit wichtiger sein, daß man dem Texte eine genaue kritisch Behandlung angedeihen läßt, als daß man eine kleine Variant in der späten Vokalisation aufstöbert, zumal auch hier di Entscheidung über die Richtigkeit nicht nach dem Alter de Handschrift oder nach der Majorität der Zeugen, sonder nach ganz anderen Kriterien zu treffen ist.

Da besonders der Text der aramäischen Stücke in Ezr an Verderbnis leidet, habe ich nicht gewagt, dieselben vorar zustellen, sondern habe sie der Anordnung des alttestament lichen Kanons gemäß auf Daniel folgen lassen und den Ve such gemacht, an sprachwidrigen Stellen eine Verbesserun vorzuschlagen. Daß die Stücke in Ezra einer früheren Stuf des Aramäischen angehören, wird eine aufmerksame Beobach tung des Glossars zeigen, in dem ich zwar keine Aufführung aller Belegstellen geben wollte, aber durch beigefügtes *E.* oder *D.* diejenigen Wörter bezeichnet habe, welche nur in Ezra oder nur in Daniel vorkommen.

Besondere Anerkennung verdient, daß Herr Dr. C. F. ANDREAS in Berlin sich bereit finden ließ, die persischen Lehnwörter einer erneuten streng wissenschaftlichen Prüfung zu unterziehen; durch diese Arbeit wurde der Wert des Glossars wesentlich erhöht. Zu großem Dank bin ich ferner den Herren Professoren A. A. BEVAN in Cambridge und H. ZIMMERN in Leipzig für manche freundliche Mitteilungen verpflichtet, am meisten aber meinem immer hilfsbereiten Freunde Herrn Prof. Dr. A. SOCIN in Leipzig, dessen Anteil an der Grammatik ich nur deshalb nicht besonders bezeichnen konnte, weil ich mich während der ganzen Arbeit und in allen Punkten seines kundigen Rates erfreuen durfte, und der schließlich noch die große Freundlichkeit hatte, die letzte Korrektur des Druckes zu besorgen. Wenn sich die Grammatik als zur Förderung des Verständnisses der biblisch-aramäischen Texte geeignet erweist, so werde ich es vornehmlich als eine Folge dieser mir zuteil gewordenen wertvollen Mithilfe betrachten.

Bern, den 17. März 1896.

Karl Marti.

## Erklärung der Verlagsbuchhandlung.

Für die Porta linguarum orientalium ist schon seit 1885 eine Behandlung des Bibl.-Aramäischen ins Auge gefaßt, und daher dessen Aufnahme in den Kollektivtiteln der Sammlung vorgesehen. Wenn Herr Prof. Dr. HERM. L. STRACK in der Einleitung zu seinem „Abriß des Bibl.-Aram." sagt, daß er selbst sich die Ausführung dieses Planes für die Porta seit jener Zeit „auf den Titeln" vorbehalten habe, so entspricht dies in keiner Weise den Thatsachen. Auf den Titeln unserer Porta finden derartige Zusätze überhaupt keinen Raum, und soweit die Prospekte Voranzeigen von einzelnen Bänden enthalten, ist von dem genannten Herrn ein solcher Vorbehalt niemals ausgesprochen worden. Mit der Behauptung des Herrn STRACK steht aber außerdem in bedenklichem Widerspruch, daß er selbst in unzweideutiger Weise noch im Sommer 1891 uns „für aramäisch" [sic] — nicht für thargumisch, wie er es neuerdings im Theol. Litt. Blatt 1896 *14 darzustellen versucht, wofür die vorgeschlagenen Namen doch wohl schwerlich in Betracht kommen konnten — handschriftlich eine Anzahl von Fachgelehrten vorgeschlagen, was doch damit, daß er, wie er sagt: „auf die Ausführung des Planes (innerhalb der Sammlung) nie verzichtete" nicht gut in Einklang zu bringen ist.

Wir sehen uns genötigt, vorstehende Thatsachen hiermit auch an dieser Stelle klar zu legen.

Berlin, den 4. April 1896.

Reuther & Reichard.

# Inhaltsverzeichnis.

## Grammatik.

### I. Schrift- und Lautlehre (§ 1—23).

Seite

§ 1. Name der aramäischen Sprache und Stellung innerhalb der semitischen Sprachen . . . . . . . . . 3
§ 2. Die Konsonantenschrift . . . . . . . . . . 3
§ 3. Konsonantische Beizeichen . . . . . . . . . 6
§ 4. Die Vokalbezeichnung . . . . . . . . . . . 7
§ 5. Die Accentuation . . . . . . . . . . . 9
§ 6. Die masorethischen Beizeichen im engern Sinn . . 10
§ 7. Die konsonantischen Laute . . . . . . . . . 11
§ 8. Die vokalischen Laute . . . . . . . . . . 12
§ 9. Die Lautverbindung (Silbe) . . . . . . . . . 13
§ 10. Aspiration . . . . . . . . . . . . . . 14
§ 11. Transposition . . . . . . . . . . . . . 14
§ 12. Assimilation . . . . . . . . . . . . . 14
§ 13. Konsonantenvertauschung . . . . . . . . . . 15
§ 14. Uebergang eines Konsonanten in einen Vokal . . . 16
§ 15. Unterdrückung eines Konsonanten . . . . . . . 18
§ 16. Konsonantenvermehrung (Prosthese u. Insertion) . . 20
§ 17. Veränderung der Vokale . . . . . . . . . . 20
§ 18. Einfluß der Hauchlaute auf den Vokalismus . . . . 21
§ 19. Einfluß des R-lauts auf den Vokalismus . . . . . 23
§ 20. Feste Vokale . . . . . . . . . . . . . 23
§ 21. Dehnung und Kürzung der Vokale . . . . . . 24
§ 22. Neubildung von Vokalen . . . . . . . . . . 25
§ 23. Veränderung der Vokale beim Wechsel des Tones . . 25

## II. Formenlehre (§ 24—98).

### Kapitel I. Das Pronomen (§ 24—28).

Seite

§ 24. Pronomina personalia . . . . . . . . . . . 26
§ 25. Pronomina demonstrativa . . . . . . . . . . 28
§ 26. Pronomen relativum . . . . . . . . . . . 28
§ 27. Pronomen interrogativum und indefinitum . . . . 29
§ 28. Anhang: Der Ersatz des fehlenden Artikels . . . 29

### Kapitel II. Das Verbum (§ 29—66).

§ 29. Grundform und Bezeichnungsweise der Stämme . . 30
§ 30. Die Einteilung der Stämme . . . . . . . . 30
§ 31. Die Bedeutung der Stämme . . . . . . . . 33
§ 32. Besondere Eigentümlichkeiten des Verbums . . . 34
§ 33. Übersicht über das System der Verbalstämme . . . 35
§ 34. Die Flexion der Verbalstämme . . . . . . . 36
§ 35. Die Subjektsbezeichnung . . . . . . . . . . 36
§ 36. Die Flexion des Perfekts . . . . . . . . . . 36
§ 37. Die Flexion des Imperfekts . . . . . . . . . 37
§ 38. Die Flexion des Imperativs . . . . . . . . . 39
§ 39. Das Perfekt des einfachen Stamms . . . . . . 39
§ 40. Das Perfekt des Steigerungsstamms . . . . . . 40
§ 41. Das Perfekt der Kausativstämme . . . . . . . 40
§ 42. Das Perfekt der Reflexivstämme . . . . . . . 41
§ 43. Das Imperfekt des einfachen Stamms . . . . . . 42
§ 44. Das Imperfekt des Steigerungsstamms . . . . . . 43
§ 45. Das Imperfekt der Kausativstämme . . . . . . 43
§ 46. Das Imperfekt der Reflexivstämme . . . . . . 43
§ 47. Die Formen des Imperativs . . . . . . . . 44
§ 48. Die Formen des Infinitivs . . . . . . . . . 45
§ 49. Die Formen der Partizipien . . . . . . . . 46
§ 50. Die Objektsbezeichnung durch Pronominalsuffixe . . 48
§ 51. Das Perfektum mit Pronominalsuffixen . . . . . 49
§ 52. Das Imperfektum mit Pronominalsuffixen . . . . . 50
§ 53 u. 54. Imperativ und Infinitiv mit Suffixen . . . . . 51
§ 55. Die Verba mit Gutturalen und Rēš . . . . . . 51
§ 56. Einteilung der schwachen Verba . . . . . . . 53

Seite
§ 57. I. Die Verba mit schwachem Anfangskonsonant . . . 53
§ 58. Die Verba פ״ן . . . . . . . . . . . . . . 53
§ 59. Die Verba פ״ו und פ״י . . . . . . . . . . 54
§ 60. Die Verba פ״א . . . . . . . . . . . . . . 56
§ 61. II. Die Verba mit schwachem mittlerem Konsonant oder mit langem Vokal an Stelle desselben . . . . . 57
§ 62. Die Verba הלך und סלק . . . . . . . . . . 57
§ 63. Die mittelvokaligen Verba . . . . . . . . . . 58
§ 64. III. Die Verba mit schwachem drittem Radikal . . 61
§ 65. Die Verba הוה, חיה und חוה . . . . . . . . . 68
§ 66. IV. Die Verba mit gleichem zweitem und drittem Radikal 70

Kapitel III. Das Nomen (§ 67—88).

§ 67. Vorbemerkungen: Primitive und abgeleitete Nomina . 72

A. *Die Flexion der Nomina.*

§ 68. Die Genera des Nomens . . . . . . . . . . 72
§ 69. Die Numeri des Nomens . . . . . . . . . 73
§ 70. Die verschiedenen Status des Nomens . . . . . . 74
§ 71. Die masculinen Nomina . . . . . . . . . . 74
§ 72. Die femininen Nomina . . . . . . . . . . 76
§ 73. Nomina auf *āj* . . . . . . . . . . . . . 77
§ 74. Die Nomina auf *ē* und *ū* . . . . . . . . . . 78
§ 75. Das Nomen mit Pronominalsuffixen . . . . . . 80
§ 76. Nomina eigentümlicher Flexion . . . . . . . . 82

B. *Die Bildung der Nomina.*

§ 77. Nomina kürzester Bildung . . . . . . . . . . 84
§ 78. Die Nomina von dreikonsonantigem Stamm . . . . 84
§ 79. Die einvokaligen Nomina . . . . . . . . . . 84
§ 80. Die Nomina mit zwei kurzen Vokalen . . . . . . 85
§ 81. Die Nomina mit langem Vokal in erster und kurzem Vokal in zweiter Silbe . . . . . . . . . . . 85
§ 82. Die Nomina mit langem Vokal in zweiter und kurzem Vokal in erster Silbe . . . . . . . . . . . 86
§ 83. Die Bildungen von schwachen Wurzeln . . . . . 87
§ 84. Die Nomina mit geschärftem zweitem Radikal . . . . 89
§ 85. Die Nomina mit mehr als drei Radikalen . . . . . 89

Seite
§ 86. Die Nomina mit Präformativen . . . . . . . . 90
§ 87. Die Nomina mit Afformativen . . . . . . . . . 91
§ 88. Die Fremdwörter . . . . . . . . . . . . 92

Kapitel IV. Das Zahlwort (§ 89—91).

§ 89. Die Kardinalzahlen . . . . . . . . . . . 93
§ 90. Die Ordinalzahlen . . . . . . . . . . . . 94
§ 91. Die Bruchzahlen, Zahladverbien und Zahlmultiplikative 94

Kapitel V. Die Partikeln (§ 92—98).

§ 92. Allgemeines . . . . . . . . . . . . . 95
§ 93. Die Negationspartikeln . . . . . . . . . . 96
§ 94. Die Adverbien . . . . . . . . . . . . 96
§ 95. Die Präpositionen . . . . . . . . . . . 97
§ 96. Die Konjunktionen . . . . . . . . . . . 98
§ 97. Die Fragepartikel und אִתַי . . . . . . . . 100
§ 98. Die Interjektionen . . . . . . . . . . . 100

## III. Bemerkungen zur Syntax (§ 99—141).

Kapitel I. Gebrauch der Verbalformen (§ 99—102).

§ 99. Die Bedeutung der Verbalformen . . . . . . . 100
§ 100. Der Gebrauch des Perfekts . . . . . . . . . 101
§ 101. Der Gebrauch des Imperfekts . . . . . . . 102
§ 102. Der Gebrauch der Partizipien . . . . . . . . 104

Kapitel II. Die Rection des Verbums (§ 103—110).

§ 103. Die Stellung des regierten Nomens . . . . . . . 105
§ 104. Das direkte Objekt . . . . . . . . . . . 106
§ 105. Das entferntere Objekt . . . . . . . . . . 106
§ 106. Zwei Objekte bei einem Verbum . . . . . . . 107
§ 107. Die aus Präposition und Nomen gebildete Komposition als Objekt . . . . . . . . . . . . . 107
§ 108. Die Kompositionen mit לְ . . . . . . . . . 107
§ 109. Verba mit verschiedenen Präpositionen . . . . . 108
§ 110. Ein ganzer Satz in Abhängigkeit . . . . . . . 109

Kapitel III. Die Kombination der Nomina (§ 111—119).

§ 111. Allgemeines. Determination und Komposition . . 110
§ 112. Die Apposition . . . . . . . . . . . . 110

Seite

§ 113. Die Qualifikation durch ein Adjectiv . . . . . 111
§ 114. Die Qualifikation durch eine Komposition . . . 111
§ 115. Die Annexion . . . . . . . . . . . . . 112
§ 116. Eine Reihe von Nomina in Annexion . . . . . 113
§ 117. Das Zusammenwachsen zweier Nomina . . . . . 113
§ 118. Uneigentliche Annexion . . . . . . . . . . 114
§ 119. Infinitive und Partizipien . . . . . . . . 114

Kapitel IV. Der einfache Satz (§ 120—128).

§ 120. Verbal- oder Nominalsatz . . . . . . . . . 115
§ 121. Der Verbalsatz . . . . . . . . . . . . 115
§ 122. Das unbestimmte Subjekt des Verbalsatzes . . . 116
§ 123. Der Nominalsatz . . . . . . . . . . . 116
§ 124. Das Prädikat des Nominalsatzes . . . . . . . 116
§ 125. Die Verbindung von Subjekt und Prädikat . . . 117
§ 126. Die Kongruenz von Subjekt und Prädikat im Verbalsatz 118
§ 127. Die Kongruenz von Subjekt und Prädikat im Nominalsatz . . . . . . . . . . . . . . 119
§ 128. Selbständigkeit und Unselbständigkeit des Satzes . 119

Kapitel V. Satzverbindung und Satzgefüge (§ 129—141).

§ 129. Die Nebenreihung . . . . . . . . . . . 120
§ 130. Die Aneinanderreihung . . . . . . . . . . 121
§ 131. Der Gebrauch von אֲדַיִן . . . . . . . . . 122
§ 132. Die Relativsätze im Allgemeinen . . . . . . 123
§ 133. Der Subjektssatz . . . . . . . . . . . 123
§ 134. Der Prädikatssatz . . . . . . . . . . . 124
§ 135. Der direkte und der indirekte Objektssatz . . . 124
§ 136. Die zeit-, ort-, grund- und zweckbestimmenden Nebensätze . . . . . . . . . . . . . . 125
§ 137. Die Relativsätze im engern Sinn . . . . . . 126
§ 138. Der vollständige Relativsatz . . . . . . . . 127
§ 139. Der unvollständige Relativsatz . . . . . . . 128
§ 140. Die Verwendung des unvollständigen Relativsatzes . 129
§ 141. Die Antecipation im determinierenden Relativsatz . 129

## Litteratur.

Seite
A. Allgemeines . . . . . . . . . . . . . . . . 131
B. Grammatikalisches . . . . . . . . . . . . . 131
C. Lexikalisches . . . . . . . . . . . . . . . 132
D. Exegetisches . . . . . . . . . . . . . . . 133
E. Textausgaben . . . . . . . . . . . . . . . 134

---

## A. Paradigmata.

I. Afformative und Präformative der Verbalflexion . . 3*
II. Starkes Verbum im Pĕʿal (im einfachen Stamm) . . 4*
III. Starkes Verbum in sämtlichen Stämmen . . . . . 5*
IV. Verbum primae und tertiae gutturalis . . . . . 6*
V. Verba פ״ן, פ״י und פ״א . . . . . . . . . . 7*
VI. Das mittelvokalige Verbum . . . . . . . . . 8*
VII. Verba ל״א . . . . . . . . . . . . . . . 9*
VIII. Verba ע״ע . . . . . . . . . . . . . . . 10*
IX. Die Pronomina personalia separata u. suffixa . . . 11*
X. Das Verbum mit Pronominalsuffixen . . . . . . 12*
XI. Die Flexion des Nomens . . . . . . . . . . 13*
XII. Das Nomen mit Pronominalsuffixen . . . . . . 14*
XIII. Die Präpositionen mit Pronominalsuffixen . . . . 16*

## B. Die aramäischen Stücke des Alten Testaments.

I. Daniel 2, 4ᵇ—7, 28 . . . . . . . . . . . . . 17*
II. Ezra 4, 8—6, 18 und 7, 12—26 . . . . . . . . . 40*
III. Gen. 31, 47 und Jer. 10, 11 . . . . . . . . . . 49*

**C. Glossar** . . . . . . . . . . . . . . . 51*
Verzeichniss der Abkürzungen . . . . . . . . . . 89*

# ERSTER TEIL.

# GRAMMATIK

UND

# LITTERATUR.

# Grammatik.

## I. Schrift- und Lautlehre (§ 1—23).

Die Sprache, in welcher die Abschnitte Daniel 1.
2, 4*b*—7, 28 und Ezra 4, 8—6, 18 und 7, 12—26, sowie *a.*
zwei Worte in Gen. 31, 47 und die Glosse Jer. 10, 11 geschrieben sind, heißt schon im Alten Testament (Dan. 2, 4*a* und Ezra 4, 7) aramäisch (אֲרָמִית).

Die Stellung, die das Biblisch-Aramäische inner- *b.*
halb der semitischen Sprachen einnimmt, ist aus der umstehenden Tafel ersichtlich.

Die Schrift, in welcher die aramäischen Stücke 2.
überliefert sind, ist ihrer Herkunft nach ebenfalls *a.*
aramäisch; denn die in der Bibel angewandte Quadratschrift hat sich aus der altaramäischen und nicht aus der althebräischen Schrift entwickelt, sie ist von den Aramäern übernommen und noch vor dem Anbruch der christlichen Zeit auch für die Abschriften der alttestamentlichen Bücher allgemein in Gebrauch gekommen, wie sie schon vorher im gewöhnlichen schriftlichen Verkehr das eckigere hebräische Alphabet verdrängt hatte.

Übersicht der semitischen Sprachen:

**Semitisch.**

- **Nordsemitisch.**
  - Assyrisch-Babylonisch.
  - **Aramäisch.**
    - Ostaramäisch.
      - Syrisch.
      - Mandäisch und verschiedene Dialekte.
    - **Westaramäisch.**
      - **Biblisch-Aramäisch.**
      - Samaritanisch.
      - Palmyrenisch.
      - Nabatäisch.
  - Kanaanäisch.
    - Phönizisch.
    - Hebräisch.
- Südsemitisch.
  - Nord- und Mittelarabisch.
    - Spr. des Kur'ân.
    - Vulgärarabische Dialekte.
  - Südarabisch.
    - Himjarisch.
    - Äthiopisch.
      - Tigre.
      - Tigriña.

Die aramäische Schrift war ursprünglich reine *b.*
Konsonantenschrift und umfaßte folgende 22 Schriftzeichen:

| | Name griechischer*) | Name hebräischer | Figur | Aussprache | Transkription. |
|---|---|---|---|---|---|
| 1 | ἄλφα | אָלֶף | א | ʾ spiritus lenis | ʾ |
| 2 | βῆτα | בֵּית | ב | b | *b* |
| 3 | γάμμα | גִּימֶל | ג | g | *g* |
| 4 | δέλτα | דָּלֶת | ד | d | *d* |
| 5 | ἔ | הֵא | ה | h | *h* |
| 6 | βαῦ | וָו | ו | w (englisches w). | *w* |
| 7 | ζῆτα | זַיִן | ז | weiches s, wie franz. z. | *z* |
| 8 | ἦτα | חֵית | ח | ch | *ch* |
| 9 | θῆτα | טֵית | ט | t (emphatisch) | *ṭ* |
| 10 | ἰῶτα | יוֹד | י | j | *j* |
| 11 | κάππα | כַּף | כ | k | *k* |
| 12 | λάμβδα | לָמֶד | ל | l | *l* |
| 13 | μῦ | מֵים | מ | m | *m* |
| 14 | νῦ | נוּן | נ | n | *n* |
| 15 | σίγμα | סָמֶךְ | ס | s | *s* |
| 16 | ὄ | עַיִן | ע | ʿ mit Zusammenpressung der | ʿ |
| 17 | πῖ | פֵּה | פ | p [Stimmritze. | *p* |
| 18 | — | צָדֵי | צ | s (emphatisch) | *ṣ* |
| 19 | κόππα | קוֹף | ק | k (emphatisch) | *ḳ* |
| 20 | ῥῶ | רֵישׁ | ר | r (dental oder guttural) | *r* |
| 21 | σάν | שִׁין | ש | vergleiche § 3 *a.* | |
| 22 | ταῦ | תָּו | ת | t | *t* |

*) Die griechischen Namen sind hier beigefügt, weil sie vielfach noch deutlich auf die aramäische Aussprache zurückgehen.

*c.* Am Ende eines Wortes nehmen die Buchstaben כ, מ, נ, פ und צ folgende Formen an: ך, ם, ן, ף und ץ.

**3.** Konsonantische Beizeichen. Der sogenannte

*a.* diakritische Punkt hebt die Doppellautigkeit des Konsonanten ש auf. שׁ bezeichnet das deutsche *sch*, transkribiert *š*, שׂ dagegen den gleichen Laut, wie ס, also *s*.

Anm. Es muß zweifelhaft bleiben, ob dieser doppelte Gebrauch von ש im Aramäischen wirklich alt ist. Auch der jetzige Text schwankt noch in demselben Worte zwischen der Anwendung von שׂ und ס vgl. כסדיא E. 5, 12 mit כשׂדיא D. 5, 30 und סבכא D. 3, 5 mit שׂבכא D. 3, 7. 10.

*b.* Dāgeš lene. Ein Punkt in den Konsonanten בּ, גּ, דּ, כּ, פּ und תּ (sog. *Bĕgadkĕphath*), wenn diese nicht unmittelbar auf einen Vokal, bezw. den Rest eines ursprünglichen Vokals (*Šĕwā mobile* oder *medium* § 4*b*), folgen, oder wenn wenigstens ein gewisser Halt zwischen dem vorangehenden, mit einem Vokal endigenden Worte und dem darauffolgenden, mit *Bĕgadkĕphath* beginnenden Worte gemacht wird, bezeichnet die unaspirierte Aussprache. Fehlt dieser Punkt, so sind die genannten Konsonanten von dem vorangehenden Vokal aspiriert. Wo diese Aspiration wider Erwarten eintritt oder die Form von einer andern unterscheidet, wird über dem betreffenden Konsonanten zur Sicherheit der Raphe-Strich angebracht, z. B. פְּסַנְתֵּרִין D. 3, 5; עֲבִדַֽת 3, 15; פִּתְגָם 3, 16 und תִּתְעַבְדוּן 2, 5.

Anm. Wie früh diese Aspirate im Aramäischen in „Spiranten" übergegangen sind, also wirklich eine modifizierte Aussprache erhielten, wissen wir nicht.

Dageš forte. Steht ein Punkt in einem der Buchstaben בגדכפת unmittelbar nach einem Vokal oder in irgend einem andern Konsonanten (ausgenommen die Gutturale), so ist er das Verdoppelungszeichen und bezeichnet die geschärfte Aussprache des betreffenden Konsonanten. *c.*

Diese Schärfung kann ihren Grund in dem Charakter der Wortform haben, z. B. in den Verbalformen des Intensivstammes (*ḳaṭṭil*)

oder die Folge der Assimilation sein, z. B. יִפֹּל für *jinpel* D. 3, 6

oder endlich der Orthophonie das Dasein verdanken d. h. ganz sekundär sein, z. B. שְׁנָתֵהּ D. 6, 19, לִשָּׁן D. 3, 29, פֻּמָּה D. 7, 5.

Anm. Das Dageš im ת von בָּתֵּיכוֹן D. 2, 5 (*eure Häuser*) verlangt, daß ת unaspiriert gesprochen werde, und ist eher als abnormes Dageš lene denn als Dageš forte anzusehen.

Mappik. Ein Punkt in einem am Ende eines Wortes stehenden ה bedeutet, daß in solchem Fall das sonst unhörbare ה gesprochen werde, z. B. בַּיְתֵהּ D. 2, 17 (*sein Haus*). *d.*

Die Vokalbezeichnung. Ehe die vokalischen Beizeichen angewandt wurden, dienten in einzelnen Fällen Konsonanten zur Vokalbezeichnung. Es waren zunächst die Konsonanten ו und י, welche durch Kontraktion der Diphthonge, zu denen sie gehörten (*aw, aj*), oder durch Aufgehen in den naheverwandten unmittelbar vorher gesprochenen Vokal (*uw, ij*), ihre konsonantische Kraft verloren. Dann konnten auch א und 4. *a.*

ה, die in Fällen, wo sie ursprünglich Konsonanten waren, noch als etymologische Zeichen geblieben waren (z. B. קְרָא = *ḳārī'*), in analoger Weise zum Schutze der auslautenden Vokale gesetzt werden.

*b.* Dieser Ursprung erklärt die Mehrlautigkeit dieser Vokalzeichen: ו steht für *ō* und für *ū*, י für *ē* und für *ī*, ה und א endlich können die Zeichen für *ā* und für *ē* sein. Beispiele: הוֹדַע D. 2, 15; הוּסְפַת D. 4, 33; הֲוֵית D. 4, 10; בִּידָךְ D. 2, 38; מְנֵה D. 5, 26; עֲנֵה D. 2, 5; אֲתָא E. 5, 16; גָּלֵא D. 2, 22.

*c.* Der Unzulänglichkeit dieser Vokalbezeichnung wurde durch die systematische Anwendung von besonderen Zeichen und Punkten zur Schreibung aller Vokale abgeholfen, und zwar ist die Punktation der aramäischen Texte durchaus mit derjenigen der hebräischen identisch und von ihr ausgegangen.

*d.* Zwei verschiedene Vokalisationssysteme sind bekannt. Das in den gedruckten hebräischen Bibeln übliche sog. tiberiensische System kennt folgende Zeichen: ַ für *a*, ָ für *ā* resp. *å* und *o*, ִ für *i* und *ī*, ֵ für *ē*, ֶ für *e* (*å*), ֻ für *u* und *ū*, ֹ für *ō*. Wo langes *u* bereits durch den Konsonanten ו bezeichnet ist, wird nur in der Mitte links neben ו ein Punkt gesetzt (וּ).

*e.* Die Vokallosigkeit eines Konsonanten wird durch das Zeichen ְ (*Šĕwā quiescens*) angedeutet, ebenso der aus einem ursprünglichen kurzen Vokal reduzierte Vokalanstoß (*Šĕwā mobile* oder *medium*). Wo letzterer noch die Farbe eines *a*, *e* oder *o* erhalten hat, treten die Zeichen für diese Vokale links neben die beiden senkrecht untereinanderstehenden Punkte, welche die Vokallosigkeit andeuten, ַ entspricht einem kurzen *ă*, ebenso ֱ einem kurzen *ĕ* und ֳ einem kurzen *ŏ*.

Alle diese Vokalzeichen mit Ausnahme des *o*-Punktes *f.*
und des Punktes in וּ (= *ū*) stehen unter dem Konsonanten, nach welchem der durch sie angedeutete Vokal zu sprechen ist. Anders verhält es sich mit dem *ă*, das sich zwischen einem heterogenen langen Vokal (*ē*, *ī*, *ō* oder *ū*) und einem das Wort abschließenden ח oder ע einschleicht. Dieses sog. Pathach furtivum kommt, wie im Hebräischen, unter den Guttural zu stehen, vor welchem es gesprochen wird, z. B. רֵיחַ *rēăch* D. 3, 27; שְׁלִיחַ E. 5, 17; תְּרַע D. 2, 40; רוּחַ D. 4, 5.

Anm. Unter dem mit Mappik versehenen הּ hört man keinen Hilfslaut (*Pathach furtivum*), vgl. die häufig vorkommende Endung ֵהּ (Nomen und Verbum mit dem Suffix der 3. pers. masc. sing.), z. B. רֵוֵהּ D. 2, 31; הֲקִימֵהּ D. 5, 11.

Das sog. babylonische Vokalisationssystem ist *g.*
durchaus superlinear. So ist א = tiberiensischem אַ oder אֶ, also = *a* oder *ä* (*e*), א = tiberiens. אָ, also = *ā* oder *o*, א = אִ (*i*), א = אֵ (*ē*), א = אֻ (*u*), א = אֹ (*ō*) und א = אֳ (*ŏ*).

Die Accentuation, welche die traditionelle Be- 5.
tonung und Vortragsweise auf Schrift bringen will, be- *a.*
folgt das sog. prosaische System, das in allen alttestamentlichen Büchern außer *Psalmen, Proverbien* und *Hiob* seine Anwendung gefunden hat. Die Tonzeichen stehen zumeist auf der Tonsilbe und bestimmen darum den Wortton, wie sie andererseits die Interpunktion ersetzen.

*b.* Worte, die keinen eigenen Ton haben, sei es weil ihre Bedeutung im Zusammenhang zurücktritt, sei es weil sie mit dem folgenden Wort zu einem Begriff verbunden sind, werden durch die Querlinie Maḳḳeph (מַקֵּף d. i. *Verbinder*) mit dem folgenden Worte verknüpft und können höchstens einen Gegenton erhalten, z. B. עַל־רַגְלוֹהִי D. 2, 34; עוֹף־שְׁמַיָּא D. 2, 38; לְגוֹא־אַתּוּן D. 3, 6.

*c.* Das übliche Zeichen des Gegentones ist der Metheg-Strich zur Linken des Vokals (מֶתֶג d. i. *Zaum*). Er hat seine regelmäßige Stelle in der zweiten Silbe vor dem Hochton, wenn diese Silbe eine offene ist, z. B. לֵאלָהָיךְ D. 3, 18; לִשָּׁנַיָּא D. 3, 7. Ist diese Silbe geschlossen, so tritt Metheg auf die dritte Silbe zurück, falls diese offen ist z. B. נְבֽוּכַדְנֶצַּר D. 3, 19. Als zweite Silbe vor dem Hochtone wird auch eine offene Silbe angesehen, die bloß durch einen Vokalanstoß (*Šĕwā mobile* oder gefärbtes *Šĕwā*) von der Hochtonsilbe getrennt ist, z. B. יָֽתְהוֹן D. 3, 12; אָֽמְרִין D. 3, 16; דַּֽהֲבָא D. 3, 14 etc. etc.

*d.* Anm. Ob die Betonung der Endsilbe in vielen Fällen als Hebraismus zu betrachten ist oder ob nach späterer syrischer Weise betont werden muß, ist meist zweifelhaft. In einigen Fällen wird eine Entscheidung möglich sein; z. B. wird schwerlich jemals מַלְכַיָּא (D. 2, 37) gesprochen worden sein, sondern *malkájjā*, ebenso ist kaum מַלְכָּא auf der letzten Silbe zu betonen, sondern auf der vorletzten *málkā*. Darum hat man sich bei der Lesung der aramäischen Texte nicht ängstlich an die jetzige Accentuation zu halten.

6. Die masorethischen Beizeichen im engern Sinn (*circellus* oder *asteriscus* über einem Buchstaben

oder Worte des Textes) verweisen auf Bemerkungen, welche unter dem Texte gegeben werden und durch welche die von der Masora beabsichtigte Lesung festgestellt wird. So lautet z. B. das *Ḳĕrē* (קְרֵי) in D. 2, 22 ונהוֹרא gegenüber dem *Kĕthībh* (כְּתִיב) ונהירא, D. 5, 29 וְהַמְנִיכָא für והמינכא, D. 7, 10 אלפִּין für אַלְפִּים. Der Wert dieser textkritischen Anmerkungen ist nicht in Bausch und Bogen, sondern für jeden Fall besonders zu beurteilen.

7. a. Die konsonantischen Laute zerfallen je nach dem Artikulationsgebiete, d. h. je nach der Abteilung des Kehl- oder des Mundraumes, in welcher die Schallbildung erfolgt, in *Kehl*laute, in *Gaumen*laute, in *Zahn-* und *Zungen*laute und in *Lippen*laute.

b. Weiter unterscheidet man wieder zwischen *Verschluß*lauten (auch *explosive* oder *momentane* Laute geheißen) und *Reibe*lauten (*Frikativ*laute, *Spiranten* oder *kontinuierliche* Laute), je nachdem sie beim Durchbrechen eines festen Verschlusses, der durch das Zusammenschließen oder Zusammenpressen zweier Organe entstanden ist, oder durch Reibung der aus der Stimmritze kommenden Luft an einer durch gegenseitige Annäherung der Organe verursachten Enge hervorgebracht werden.

c. Die *Verschluß*laute lassen sich ihrerseits wieder einteilen in *weiche* (*mediae*), in *harte* (*tenues*) und in *emphatische*.

d. Folgende Tabelle giebt eine übersichtliche Einteilung der konsonantischen Laute nach ihrem Artikulationsgebiete, ihrer Dauer (ob explosive oder frikative Laute) und nach dem Grade der Energie, mit welcher der Verschluß durchbrochen wird oder die Reibung vor sich geht:

| | *Kehl-* oder *Hauchlaute* | | *Gaumen-laute.* | | *Zahn-* und *Zungen-laute.* | | *Lippen-laute.* | |
|---|---|---|---|---|---|---|---|---|
| | Ex-plosiv | Fri-kativ | Ex-plosiv | Fri-kativ | Ex-plosiv | Fri-kativ | Ex-plosiv | Fri-kativ |
| weich: | א | ה | ג | י | ד | ז | ב | ו |
| hart: | ע | ח | כ | | ת | ס (שׂ) | פ | |
| emphatisch: | | | ק | | ט | צ | fehlt | |
| liquidae: | | ר | | | | רלנ | | מ |

8. *a.* Die vokalischen Laute erhalten ihre verschiedene Tonfarbe durch besondere Stellung der Mundhöhle bei ihrer Aussprache. Neben den drei reinen Grundvokalen *a*, *i* und *u* besitzt das Aramäische auch die beiden Mischvokale *e* und *o*, von denen der erste zwischen *a* und *i* und der zweite zwischen *a* und *u* sozusagen die Mitte hält. Daraus wird auch verständlich, wie in vielen Fällen aus den Diphthongen *ai* und *au* die Vokale *ē* und *ō* entstehen konnten.

*b.* Der Ton des Wortes oder des Satzes ist, trotzdem der Vokalismus in den aramäischen Texten im allgemeinen nach den hebräischen Accentuationsregeln behandelt ist, von geringem Einfluß auf die Vokale geblieben. Eine wichtige Ausnahme würde nur *e* (ֶ) bilden, wenn es überall, wo es steht, als lang gefasst werden müßte. Wahrscheinlich ist es aber in vielen Fällen für ein kurzes *e*, das nicht = *Sĕgōl* ist, gebraucht.

Durch Verbindung von *i* mit folgendem ו bildet das *c.*
Aramäische eine Art Diphthong *iw*, da für unser Ohr ein *u* hinter *ī* nachklingt, ִיו— vgl. שָׁרִיו E. 5, 2; שַׁנִּיו D. 3, 28.

Jede Lautverbindung muß mindestens einen Kon- 9.
sonanten und einen Vokal enthalten und kann nur mit *a.*
einem Konsonanten beginnen. Geht die Silbe auf den Vokal aus, so heißt sie offen, dagegen geschlossen, wenn sie auf einen (resp. zwei) Konsonanten ausgeht.

Die offenen Silben sind in der Regel lang; doch *b.*
ist ein kurzer Vokal in offener Silbe nicht unmöglich, derselbe wird aber dann von dem Wortton, z. B. כְּתַבוּ, סְלִקוּ, בַּקַּרוּ, הַיתִיו oder durch die virtuelle Verschärfung des folgenden Konsonanten geschützt, z. B. נַהִירוּ D. 5, 11 und יַחִיטוּ E. 4, 12.

Die geschlossenen Silben sind ebensowenig in *c.*
allen Fällen kurz. Auch ohne Einfluß des Tones (wenigstens nach der masorethischen Accentuation; vgl. aber § 72*c*) hat sich ein langer Vokal in geschlossener zweitletzter Silbe gehalten, vgl. גְּבוּרְתָּא D. 2, 20; עֲבִידְתָּא D. 2, 49; מָרְדְּתָא E. 4, 12; מְדִינְתָּא E. 5, 8; עָלִּין (*Kĕrē*) D. 4, 4 und 5, 8.

Beginnt eine Silbe mit zwei Konsonanten, so bildet *d.*
der erste Konsonant mit dem darauf folgenden *Šĕwā mobile* eine Neben- oder Vorschlagssilbe, und schließt sie mit zwei Konsonanten, so gilt der letzte Konsonant, der ursprünglich einen vollen Vokal hatte, als Nach-

schlagskonsonant. Z. B. שְׁלָמָא, רְגַז, צְלֵם, עָלְמִין (= ʿā-lĕmīn) einerseits, und יְהַבְתְּ, תְּקַפְתְּ und אַנְתְּ (Kĕrē) andrerseits.

10. a. Veränderung der Konsonanten. Aspiration. Trifft es sich, daß einer der Konsonanten בגדכפת unmittelbar auf einen Vokal oder ein *Šĕwā mobile* oder *medium* folgt, so wird er aspiriert und wird dann ohne *Dageš lene* (vgl. § 3 *b*) geschrieben.

b. Zur Vermeidung unschöner Wiederholung des gleichen aspirierten Lautes kann aber die Aspiration trotz dem engen Zusammenhang mit dem vorangehenden vokalisch auslautenden Worte aufgehoben werden, z. B. E. 5, 17 דִּי בְּבָבֶל und D. 5, 11 חָכְמָה כְּחָכְמַת. Nur eine scheinbare Ausnahme dagegen bietet die unaspirierte Aussprache des Schluß-ת in הִשְׁתְּכַחַתְּ D. 5, 27 vgl. § 18 *f*.

11. Transposition. Kommt in den gewöhnlichen Verbalformen der Reflexivstämme ת am Ende einer Silbe unmittelbar vor einen die folgende Silbe beginnenden *S*-laut zu stehen, so vertauschen zur Erleichterung der Aussprache die beiden Konsonanten ihre Plätze. Z. B. wird aus *tithšĕbiḳ* vielmehr תִּשְׁתְּבִק D. 2, 44; vgl. ferner מִשְׁתַּבְּשִׁין D. 5, 9 für *mithšabbĕšīn*, מִשְׁתַּדַּר D. 6, 15 für *mithšaddar*, יִשְׁתַּוֵּה D. 2, 29 für *jithšawwē*, הִשְׁתְּכַח D. 2, 35 für *hithšĕkach*, יִשְׁתַּמְעוּן D. 7, 27 für *jithšamĕʿūn*, יִשְׁתַּנֵּא D. 2, 9 für *jithšannē*, מִשְׁתָּרַיִן D. 5, 6 für *mithšārajin* und אֶשְׁתַּדּוּר E. 4, 15 und 19 für *'ethšaddūr*.

12. a. Assimilation. Unvollständig heißt die Assimilation, wenn ein Konsonant dem andern nicht gleich, sondern nur gleichartig wird. Diese Assimilation erfährt

elcher sich, nachdem er mit den Lauten
?latz gewechselt hat, auch in Bezug auf
ɜr Härte dem vorangehenden Konsonanten
.Beispiele hierfür sind: הִזְדַּמְּנְתּוּן von הִזְדְּמֵנְתּוּן
= *hithzammintūn* resp. *hiztammintūn* oder
*n* resp. *hiztĕmentūn* und יִצְטַבַּע D. 4, 12 =
*jiṣtabba*ʿ.

ıg ist dagegen die Assimilation, wenn ein *b.*
den folgenden übergeht und mit ihm einen
aut bildet. Hauptsächlich ist das mit
*s* versehene נ dieser Assimilation unter-
ɜt die Sprache ohne Konsequenz verfahren,
ɜr dazu, diese Assimilation zu unterlassen.
ɜr folgenden Beispielen mit Assimilation:
*jinpel*, לְהַצָּלָה D. 3, 29 = *lĕhanṣālā*, תַּחֵת
*iēt*, יִתְּנִנַּהּ D. 4, 14 = *jintĕninnah*, אַתַּרוּ D.
*ū*, מַתְּנָן D. 2, 6 = *mantĕnān*, מִצַּד D. 6, 5
ɜnsoviele ohne Assimilation gegenüber,
, 13, הָנְחַת D. 5, 20, הַנְפֵּק D. 5, 2, תִּנְתֵּן E.
). 2, 46, אַנְתָּה D. 2, 29, אַנְתּוּן D. 2, 8, חִנְטִין
die gewöhnlich nicht assimilierte Präpo-
nso ist das ursprüngliche ו von יְכִל in den
3,29 und תִּכֻּל D. 5, 16 = *jiwkul* resp. *tiwkul*
יִתִּב D. 7, 26 = *jiwtib* dem folgenden Kon-
iliert.

hung von Konsonanten. ו hat sich im 13.
Wortes immer in י verwandelt, z. B. יְתִב *a.*
dem *Haph.* הוֹתִב. Ein ähnlicher Laut-
zu Grunde, wenn im Innern eines Wortes,

das von einem hohlen Stamm abzuleiten ist, neben einem ursprünglicheren י ein א eintritt. Die Aussprache eines א zwischen zwei Vokalen war schwerlich viel von der Aussprache eines י verschieden. Daher erklärt sich sowohl das Schwanken der Orthographie in diesen Fällen, als auch der Übergang von י in א und von א in י.

*b.* Beispiele: 1) Participialformen von hohlen Stämmen: דָּאֲרִין (דָּיְרִין *Kĕrē*) D. 2, 38; קָאֵם D. 2, 31; קָאֲמַיָּא D. 7, 16; vgl. auch den Infinitiv לְקַיָּמָה D. 6, 8. 2) Andere Formen: כַּשְׂדָּאִין D. 3, 8 und daneben כַּשְׂדָּיֵא (כַּשְׂדָּאֵי *Kĕrē*) D. 2, 5; עִלָּאָה *Kĕrē* neben עִלָּיָא *Kĕthīb* D. 3, 26 und יְהוּדָאִין *Kĕrē* neben יְהוּדָאִן (sic!) *Kĕthīb* D. 2, 12 [vgl. auch דוֹאֵג 1 Sam. 21, 8 mit דוֹיֵג 1 Sam. 22, 18]. א ist zu י geworden in הַיְתִי D. 5, 13 von dem Verbum אֲתָה und umgekehrt am Anfang des Wortes י zu א in אִיתַי D. 2, 10, das einem hebr. יֵשׁ entspricht.

*c.* Außerdem kommt in einzelnen Beispielen statt des gewöhnlichen ה ein א vor (vgl. § 4*a*) z. B. אִתְגְּזֶרֶת D. 2, 45; אִתְעֲקַרוּ D. 7, 8; אִשְׁתַּנִּי D. 3, 19; אֲקִימֵהּ D. 3, 1; אַתַּרוּ D. 4, 11; אֲחַת E. 5, 15.

14. *a.* Übergang in einen Vokal erleiden nur die Konsonanten ו und י, denn א und ה haben, wo sie als reine ruhende Buchstaben in dem schon vorhandenen Vokal zerfließen, ihre Bedeutung gänzlich verloren. So geht וְ (*wĕ* = „und") im Anlaut vor den übrigen Lippenlauten ב, פ und מ und vor einem mit *Šĕwā* versehenen Konsonanten in וּ *ū* über z. B. וּבַיְתֵהּ D. 3, 29; וּפְרָס D. 5, 28; וּמִן־רַבְרְבוּתָא D. 5, 19 und וּלְקַדִּישֵׁי D. 7, 25. Ist der mit *Šĕwā* versehene Radikal aber ein י, so löst sich dieses

in den Vokal *ī* auf und das ו bleibt konsonantisch, z. B. יִיקְרָא D. 2, 37. Vor einem Guttural behält das ו den ursprünglichen Vokal, aber in der dem Chaṭephvokal des Gutturals entsprechenden Farbe, z. B. וֶאֱתוֹ D. 3, 26; וַעֲבֵד D. 3, 28.

Im **Inlaut** und im **Auslaut** lösen sich vokalloses *b.*
ו und י in den vorangehenden homogenen Vokal auf: *uw* wird zu *ū*, z. B. הוּסְפַת D. 4, 33, und *ij* wird zu *ī*, z. B. גְּלִי D. 2, 19. Geht ihnen dagegen ein kurzes *a* voran, so verbinden sie sich mit demselben zu einem Diphthong *au* resp. *ai*, wobei zu beachten ist, daß *au* immer in *ō* kontrahiert wird, während sich *ai* bisweilen erhalten hat, sich in den meisten Fällen aber auch und zwar in *ē* zusammengezogen hat, z. B. הוֹדַע D. 2, 15; הוֹתֵב E. 4, 10; יֵיטַב E. 7, 18; רְמֵינָא D. 3, 24; לְמִרְמֵא (= *lĕmirmaj*) D. 3, 20; dagegen unkontrahiert: חֲזַיִת D. 2, 43; חֲזַיְתָ D. 2, 31; בְּנַיְתַהּ D. 4, 27; בַּיְתָא E. 5, 3. Überall nach *ai* ist der folgende Konsonant als aspiriert behandelt, und deshalb sind *Bĕgadkĕphath* ohne *Dageš* geschrieben.

Auf ein zu Grunde liegendes *ai*, dessen *i* aus einem *c.*
ursprünglichen א hervorgegangen ist (§ 13 *a*. u. *b*.), geht vielleicht auch das *ē* der Imperfekte u. s. w. von Verbis primae א, sowie des Nomens רֵאשׁ (*Haupt*) zurück. Vgl. die Verbalformen יֵאבַדוּ Jer. 10, 11; לְמֵזֵא D. 3, 19; יֵאכֻל D. 4, 30; הֵימִן D. 6, 24; מְהֵימַן D. 2, 45; יֵאמַר D. 2, 7; לְמֵתֵא D. 3, 2. Neben רֵאשׁ vgl. רֵוֵהּ *sein Aussehen* D. 2, 31 (von רֵו vom Verbum ראה) und גֵּוָה *Hochmut* D. 4, 34 (= hebr. גַּאֲוָה).

15. a. Gänzliche **Unterdrückung** erleiden bisweilen die weichen Kehllaute א und ה, sodann die beiden weichen Spiranten ו und י und endlich auch die festen Konsonanten נ, ל und ת. Im Anlaut erfolgt dieselbe durch **Aphaeresis**, im Inlaut durch **Synkope** und im Auslaut durch **Apokope**.

b. Im Anlaut fallen weg: 1) א in dem Zahlwort „eins“ אחד, das חַד fem. חֲדָה (D. 2, 31; 2, 9) lautet, 2) י bei den Verbis primae י im Imperativ, z. B. דַּע D. 6, 16; הַב D. 5, 17 (§ 59) und 3) נ bei den Verbis primae נ im Imperativ, z. B. פֻּקִי D. 3, 26; שֵׂא E. 5, 15 (§ 58).

c. Im Inlaut fallen aus: 1) א fast regelmäßig, wo es auf einen festen Vokal folgen und einen Chaṭephvokal annehmen sollte, und ebenso, wo es mit festem Vokal versehen vor sich nur ein *Šĕwā* hat. Die Orthographie schwankt in solchen Fällen zwischen Beibehaltung des ursprünglichen א und Auswerfung desselben. Vgl. בָּאתַר D. 7, 6. 7 [= *ba'ătar*]; לֵאלָהָא D. 5, 26 [= *le'ĕlāhā*]; לְמֵזֵא D. 3, 19 [= *lĕme'ĕzē*], wenn nicht vielmehr diese Form auf *lĕmajzē* zurückzuführen ist, wie auch alle diese Formen von Verbis פ"א vgl. § 14 *c*. Ferner aber gehören hierher Formen, wie באישתא E. 4, 12, wofür das *Ḳĕrē* = בִשְׁתָּא setzt, und מלאת D. 2, 35, ob man nun מְלַאת oder מְלָאת für besser bezeugt ansehe.

Anm. Ist אֱלָה durch keine Flexionssilbe noch durch den Antritt eines Suffixes verlängert, so hat sich auch nach einer Präposition das א samt seinem Chaṭephvokal gehalten, z. B. לֶאֱלָה D. 2, 19; ebenso ist א von אֱדַיִן nur bei Vortritt von ב ausgefallen בֵּאדַיִן, dagegen nicht, wenn ein ו vorhergeht vgl. וֶאֱדַיִן E. 5, 5.

2) ה fällt regelmäßig aus in den Formen des Im- *d.*
erfekts und Partizips der Reflexivstämme, so daß z. B.
us *jĕhith, mĕhith-* immer *jith-*, *mith-* wird (vgl. יִתְּשָׂם
.4,21; מִתְכַּנְּשִׁין D. 3, 3), während das offenbar ursprünglich
stere ה im *Haph'el* vielfach sich erhalten hat.

3) ו und י haben sich in der Verbalflexion zwischen *e.*
wei Vokalen nicht gehalten, so wird aus *awū* zunächst
it Auswerfung von ו *au* und daraus dann *ō* וֹ, ebenso
us *ajū au* und dann *ō*. In der singulären Form מַחֵא
. 5, 19 [= *machjē* part. *Haph'el*] ist י ausgefallen (§ 65).

4) Der Ausfall des *Nūn* im Imperativ des *Haph'el* *f.*
on נחת ohne Assimilation an den folgenden Konsonanten
at die Form אַחִת E. 5, 15 zur Folge (vgl. ähnliche
ormen dieses Verbums bei *Dalman*, Gr. des jüdisch-
alästinischen Aramäisch 1894 S. 241).

5) ל fällt aus bei den Verben סְלֵק und הֲלַךְ; vgl. § 62 *a. g.*

6) Als Ausfall eines Konsonanten ist es auch ge- *h.*
issermaßen zu betrachten, wenn die Schärfung eines
onsonanten aufgehoben wird. Dies tritt ein, wenn das
ĕwā unter einem urspr. geschärften Konsonanten zu
nem *Šĕwā medium* oder gar *quiescens* geworden ist.
gl. die Aufhebung der Schärfung von *Nūn* in יְשֵׁיזְבִנְכוֹן
. 3, 15 und in יִשְׁאֲלִנְכוֹן E. 7, 21.

Im Auslaut fällt bei den Feminina die Endung *i.*
ab, wenn das Nomen nicht in enger Verbindung mit
em folgenden Worte steht. Daher lautet die Haupt-
rm resp. der Stat. absolutus חֵיוָא (*Tier*), מַלְכוּ (*Reich*),
נְוָ (*Misthaufen*), während die Verbindungsform חֵיוַת,
מַלְכוּ, אַחֲרִית hat.

16. Konsonantenvermehrung erfolgt bisweilen a
a. Anfang eines Wortes durch Prosthese eines א. D
Sprache liebt vokallose Konsonanten am Anfang ein
Wortes nicht und fügt daher in solchem Falle ge
wenigstens den leisesten Hauch eines א hinzu, vgl. יְרַע
(*Arm*) E. 4, 23 neben דְּרָעוֹהִי D. 2, 32 und אִשְׁתִּיו (s
*tranken*) D. 5, 3. 4.

b. Eigentliche Vermehrung der Konsonanten im Inne
eines Wortes geschieht durch Insertion eines *Nū*
Meist wird dasselbe aber nur da eingefügt, wo die For
durch irgendwelche Veränderung einen Konsonant
verloren hat, z. B. im Imperf. von יְדַע: אִנְדַּע, תִּנְדַּע, יִנְדְּעוּן;
im Inf. *Haph'el* von סלק: לְהַנְסָקָה D. 6, 24 und in zw
Formen des Verbums עֲל (*hineingehen*) im *Haph'el:* הַנְעֵל
D. 2, 25; לְהַנְעָלָה D. 4, 3. Hierzu wird auch zu zähle
sein, daß D. 4, 9 אִנְבֵּהּ (*seine Frucht*) von אֵב (entstande
aus *'inb*) und E. 6, 9 חִנְטִין (*Weizen*) = hebr. חִטִּים sic
findet. Inseriert ist vielleicht das im Plural von אַב
und שֻׁם erscheinende ה vgl. אֲבָהָתִי D. 2, 23 und שְׁמָהָת
E. 5, 4, sowie das ר in כָּרְסֵא *Thron* D. 5, 20 (vgl. heb
כִּסֵּא); dagegen ist die Einfügung eines א in den Part
zipien des einfachen Stammes der sog. hohlen Verb
kaum als Konsonantenvermehrung zu betrachten.

17. Veränderungen der Vokale werden sowohl d
durch herbeigeführt, daß bei der Flexion eine ne
Silbenteilung und damit zusammenhängend ein Wechs
des Worttones nötig wird, als auch dadurch, daß d
Satzton (die Pausa) und die Stellung eines Wortes i
Zusammenhang von Einfluß sind. Endlich veranlasse

.ıch die Hauchlaute (*Gutturale*) und der *R*-laut beson-
ere Änderungen.

Die Hauchlaute haben, wenn sie im Anfang einer 18.
ilbe stehen, niemals blos einfaches *Šĕwā*, sondern be- a.
irken immer eine Färbung desselben durch Beigabe
nes *Pathach* oder *Sĕgōl*. So nehmen ח und ע stets
n *Chaṭeph Pathach* an, während א und ה gewöhnlich
n *Chaṭeph Sĕgōl* erhalten, aber da, wo ein ursprüng-
ches *a* verflüchtigt ist, auch mit *Chaṭeph Pathach* ge-
prochen werden müssen; vgl. die Perfekta אֲמַר und
הֲ mit den Imperativen אֱמַר und הֱוִי (letzteres E. 4, 22,
aneben aber E. 6, 6 הֲוִי, das sonst Perfektum ist).

Steht der Hauchlaut am Ende einer Silbe, welche b.
as Wort nicht schließt, so tritt auch hier oft statt des
infachen *Šĕwā* ein gefärbtes *Šĕwā* ein, das seine
arbe dem vorhergehenden Vokale entnimmt, z. B. תֶּהֱוֵא,
מֶחֱוֵן, טַעֲמָא. Statt dieses gefärbten *Šĕwās* erhält der
uttural den entsprechenden ganzen Vokal, sobald durch
gendwelche Flexion der folgende Konsonant vokallos
ird, z. B. תַּעַבְדוּן E. 6, 8, הָחֳרְבַת E. 4, 15 (= *hochorĕbat*).
in solcher im Innern des Wortes silbenschließender
uttural duldet niemals einen reinen *I*-laut vor sich;
o die entsprechende nichtgutturale Form ein *i* auf-
eist, fordert er *Sĕgōl* oder *Pathach* vgl. לְמֶעֱבַד, יֶעְדֵּה, יַחְלְפוּן.

Ganz wie im Hebräischen wird im Aramäischen c.
ie Schärfung der Gutturale prinzipiell nicht geschrieben.
ie Veränderungen im Vokalismus, die damit zusammen-
ängen, sind daher vielleicht auch als reine Hebraismen

Statt der Schärfung kann Ersatzdehnung eintreten. In beiden Fällen kommen gewisse Veränderungen des vorhergehenden Vokals vor. Tritt die Schärfung ein, wie dies bei ה und ע möglich, bei ח aber notwendig ist (vgl. יְבַהֲלָךְ, הַעֲלָנִי, מִחַן), so muß wenigstens aus einem *Pathach* ein *Sĕgōl* werden, wenn der Guttural mit einem *Kāmez* zu sprechen ist, z. B. לְהֶעָלָה D. 5, 7 (= *hereinzuführen*); פֶּחָה (= *Statthalter*) E. 5, 14 vgl. mit der Verbindungsform פַּחַת E. 5, 3; פֶּחָר (= *Töpfer*) D. 2, 41; אֶחָיךְ (= *deine Landsleute*) E. 7, 18. Ist die Schärfung unterlassen, was nur bei ה und ע vorkommt, so wird der vorhergehende Vokal gedehnt, sodaß folgende Formen sich ergeben: מִתְבָּהַל D. 5, 9; מְרָעַע D. 2, 40.

*d.* Steht der Hauchlaut am Ende des Wortes, so nimmt er nach heterogenem langen Vokal ein *Pathach furtivum* an vgl. § 4*f*; überall dagegen, wo die entsprechende Form von einem nicht guttural auslautenden Stamm in der letzten Silbe *i* oder *e* aufweist, fordert der auslautende Guttural ein *Pathach* vor sich, z. B. פָּלַח D. 6, 17; מְשַׁבַּח D. 2, 23; יָדַע D. 2, 8; יְהוֹדַע D. 2, 25.

*e.* In vereinzelten Fällen hat der Hauchlaut auch den ihm folgenden Vokal bestimmt: auf die Einwirkung des ח ist es zurückzuführen, daß die Hinweiseform von חֵלֶם (*Traum*) nicht *chilmā*, sondern חֶלְמָא D. 2, 4 lautet und demgemäß auch die Formen חֶלְמָךְ, חֶלְמִי, חֶלְמִין (D. 2, 28; 4, 6; 5, 12) ein *Sĕgōl* tragen. Ebenso hat der Guttural bewirkt, daß ursprüngliches *Pathach* in der ersten Person עַבְדֵת D. 3, 15 und אַמְרֵת D. 4, 5 erhalten blieb.

*f.* In ganz eigentümlicher Weise hat der Hauchlaut

ה die Form der 1. pers. sing. perf. *Haph.* des Verbums שכח beeinflußt, so daß die durch die ursprüngliche Endung sonst verursachte Umlautung unterblieb und der Ton auf den zweiten Radikal zu stehen kam: הַשְׁכַּחַת = *haškáchath ich habe gefunden* D. 2, 25. Ähnlich hat der Hauchlaut in dem *Hithpĕʿel* desselben Verbums für das fem. der 3. pers. perf. zur Folge gehabt, daß die übliche aramäische Weiterbildung nicht eintrat und die Form הִשְׁתְּכַחַת D. 5, 11 lautet. Das *Pathach* unter ח ist ein Hilfsvokal, der an Bedeutung ein *Pathach furtivum* nicht übertrifft; vgl. selbst Beibehaltung dieses *Pathach* vor einem תּ mit *Dageš* und *Šĕwā* in הִשְׁתְּכַחַתְּ D. 5, 27 (= 2. pers. sing. perf. *Hitpĕʿel*).

Der R-laut (ר) teilt mit den Hauchlauten die Eigen- 19. tümlichkeiten, daß er am Ende eines Wortes keinen kurzen oder tonlangen *I*- oder *E*-Vokal vor sich duldet, sondern denselben in *a* verwandelt, und daß er statt der Schärfung immer eine Dehnung des vorangehenden Vokals fordert.

Beispiele für Verwandlung in den *a*-Vokal: אָמַר *sagend;* מִשְׁתַּדַּר D. 6, 15 (*sich anstrengend*); יְמַגַּר E. 6, 12 (*er wird stürzen*); für Ersatzdehnung: בָּרֵךְ *er segnete* D. 2, 19; הִתְחָרַךְ *er wurde versengt* D. 3, 27; מְעָרַב *gemischt* D. 2, 41; תֵּרֹעַ *sie wird zertrümmern* D. 2, 40.

Unwandelbar sind die von Natur langen Vokale, 20. z. B. כְּתָב *Schrift,* הֵיכַל *Palast,* עַתִּיק *alt,* יוֹם *Tag,* חֲבוּלָא *a. Verbrechen*, sowie die kurzen Vokale *a*) in geschlossener Anfangssilbe und *b*) sonst in Silben, welche mit geschärftem Konsonant endigen. Dasselbe gilt *c*) von Vokalen, welche zum Ersatz für eine unmögliche Schärfung vor Hauchlauten und ר gedehnt wurden. Z. B. *a*) מַנְדַּע, מִשְׁכַּב, מִשְׁכַּן; *b*) מְגִלָּה, מִדָּה, יַבֶּשֶׁת und *c*) בָּרֵךְ, מְשָׁרֵא, מְפָרַשׁ.

*b.* Als eine sekundäre, der Analogie wegen eintretende Verkürzung ist es anzusehen, wenn bei den Verba ל״א neben Formen mit der Endung der 3. pers. fem. sing. -*āt* oftmals solche mit *at* erscheinen vgl. § 64 *n*.

21. *a.* Die infolge der Flexion eintretenden Vokalveränderungen sind in der Formenlehre zu behandeln. Hier sei nur auf einige besondere Erscheinungen aufmerksam gemacht. Die Dehnung eines kurzen Vokals erfolgt nur selten durch den Satzton (bei *Silluḳ* und *Athnach*) und betrifft auch da nur das *Pathach*, das sich in einigen wenigen Fällen in *Ḳāmeṣ* verlängert. Ebenso hat der Wortton nicht dieselbe Kraft wie im Hebräischen; nur ein *i* ist vielfach in hebräischer Weise zu *ē* geworden (vgl. aber § 8 *b*.), während das *Pathach* sich erhalten hat.

*b.* Oft kommt die Umlautung eines *a* in *Sĕgōl* vor, z. B. מֶלֶךְ *König* für die Grundform *malk*, sowie die Verdünnung eines *a* zu *i* bei Wörtern, die mit einem Zahn- oder Zungenlaut beginnen, z. B. דִּבְחִין, זִמְנָא, שִׁמְשָׁא.

*c.* Da das Aramäische, auch in offener Silbe kurzen Vokal duldet, hat es weder nötig, jedesmal eine Verflüchtigung des Vokals eintreten zu lassen, wenn infolge der Flexion ein früher in geschlossener Silbe stehender Vokal des schützenden Silbenschlusses beraubt wird, noch eine Dehnung desselben vorzunehmen. So lautet z. B. von כְּתַב der Plural כְּתַבוּ: das *Pathach*, das offenbar den Ton trägt, ist weder verflüchtigt noch gedehnt (ebenso lautet vom Imperativ כְּתֻב das fem. כְּתֻבִי u. der plur. כְּתֻבוּ).

In andern Fällen ist dagegen die Verflüchtigung *d.* erfolgt cf. מַדְבְּחָא *der Altar*, מַנְדְּעָא *die Einsicht*; bisweilen ist noch ein gefärbtes *Šĕwā* geblieben, dessen Farbe an den ursprünglichen Vokal erinnert, vgl. צִפֳּרִין D. 4, 30; תַּדֳּקִנַּהּ D. 7, 23; מְמַלֱּלָא D. 7, 11.

Ein neuer fester Vokal entsteht, wenn ein *Šĕwā* **22.**
*mobile* einem anderen *Šĕwā* vorausgeht. Ist dieses *a.* zweite *Šĕwā* einfach, so entsteht der Vokal *i*, z. B. wird aus בְּ+רְגַז D. 3, 13 בִּרְגַז; ist dasselbe dagegen gefärbt, so entsteht derjenige Vokal an Stelle des *Šĕwā mobile*, dessen Farbe es trägt, z. B. aus לְ+אֱלָהּ wird לֶאֱלָהּ, aus לְ+קֳבֵל wird לָקֳבֵל, aus לְ+הַתְבוּתָךְ wird לַהַתְבוּתָךְ. Über die Veränderungen, welche bei Vortritt von וְ (*und*) erfolgen, vgl. § **14** *a.*

Ebenso trägt das sonst leicht verhallende א in der *b.* Nebensilbe am Anfang eines Wortes statt eines *Chaṭeph-Sĕgōl* ein festes *e*—ֶ, vielleicht wirkt die Übung des Syrischen mit, das die *Chaṭeph*-Vokale nicht kennt und ein solches א am Anfang mit festem *E*-Laut spricht. Die beiden Beispiele sind אֶזֵא D. 3, 22 *geheizt* (= אֱזֵא) und אֶזֶל E. 5, 15 *ziehe hin* (= אֱזֶל). Weitere Veränderungen, welche א im Vokalismus hervorruft, siehe § **15** *b* u. *c*.

Ganz geringe Änderungen im Vokalismus hat die **23.**
Stellung eines Wortes zu seiner Umgebung im Satze bewirkt. E. 4, 19 ist wegen der engen Verbindung mit dem folgenden בַּהּ ein מִתְעֲבֶד mit *Sĕgōl* (und *Makkēph*)

geworden aus מִתְעֲבֵד, und E. 5, 15 ist aus dem gleichen Grunde אֱזַל zu אֲזַל geworden. Sonst sind nur Tonveränderungen erfolgt; denn auch כֹּלָּא ist nur in der Betonung von כָּלָּא verschieden, falls es überhaupt ein כָּלָּא (*kollā*) im Aram. gegeben hat vgl. D. 4, 9. 18. 25. Da zudem die masorethische Überlieferung in Bezug auf den Ton nicht besonders vertrauenswürdig ist, so ist auf diese Beispiele von Tonveränderungen (D. 2, 46; 4, 32. 33; 7, 12; E. 7, 25) kein Gewicht zu legen.

---

## II. Formenlehre (§ 24—98).

### Kapitel I. Das Pronomen (§ 24—28).

24. a. Die Pronomina personalia zerfallen in separata und in suffixa. Die Pronomina personalia separata sind in folgenden Formen erhalten:

| | | Sing. | Plur. |
|---|---|---|---|
| III. Pers. | masc. | הוּא | אִנּוּן הִמּוֹן הִמּוֹ |
| | fem. | הִיא | אִנִּין |
| II. Pers. | masc. | אַנְתָּה | אַנְתּוּן |
| | fem. nicht belegbar. | | nicht belegbar. |
| I. Pers. | | אֲנָה | אֲנַחְנָא (אֲנַחְנָה) |

Anm. 1. Die selbständigen Personalpronomina für die III. Pers. masc. plur. werden nicht nur zur Bezeichnung des Subjektes, sondern auch des Objektes gebraucht. Die Form אִנּוּן findet sich sowohl in Ezra als in Daniel; dagegen ist הִמּוֹ nur in Ezra, הִמּוֹן nur in Daniel zu belegen.

2. Statt אִנִּין steht im *Kĕthībh* die masculine Form אנון; aber אִנִּין ist die bessere Lesart.

3. אנתה, wie das *Kĕthībh* für die II. Pers. masc. sing. immer lautet, führt auf die ältere Form אַנְתָּה, für welche später אַנְתְּ eintrat, welche das *Ḳĕrē* überall liest.

Die Pronomina personalia suffixa verbinden sich mit Nomen und mit Verbum. Zum Nomen stehen sie in einem Genitiv-, zum Verbum in einem Akkusativverhältnis. Die ältesten im biblischen Aramäisch erreichbaren Formen derselben sind folgende: b.

| | | Sing. | Plur. |
|---|---|---|---|
| III. Pers. | masc. | ־הִי | ־הוֹן |
| | fem. | ־הּ [resp. *ha*] | ־הֵין |
| II. Pers. | masc. | ־ךְ [resp. *ka*] | ־כוֹן |
| | fem. | nicht belegbar. | nicht belegbar. |
| I. Pers. | am Nomen | ־ִי | ־נָא |
| | am Verbum | ־נִי | |

Anm. 1. Neben den Formen ־הוֹן und ־כוֹן weist der Ezratext noch die Formen הֹם und ־כֹם auf, also Pronominalsuffixe mit ־ם statt ן. Vgl. ־הֹם E. 5, 3. 4. 5. 8. 9. 10 (*ter*); 6, 9; 7, 16. 24 (vgl. auch Jer. 10, 11) und ־כֹם E. 5, 3. 9; 7, 17. 18. 24. Diese Formen sind kaum anders denn als Hebraismen zu verstehen, zumal die gewöhnlichen Formen in den gleichen Texten ebenfalls sich finden. So steht ־הוֹן E. 4, 9. 17. 20. 23; 5, 1. 2. 3 (*bis*); 6, 6. 13. 18 (*bis*); 7, 17 (*bis*) und ־כוֹן E. 7, 21.

2. Für das Suffix der III. Pers. fem. plur. steht im *Kĕthībh* überall (vgl. D. 2, 33. 41. 42; 7, 19) die masculine Form ־הוֹן, das *Ḳĕrē* korrigiert aber offenbar mit Recht in ־הֵין.

3. Über die Veränderungen, welche diese Formen der Suffixe erleiden, je nachdem sie mit vokalisch oder konsonantisch auslautenden Nominal- oder Verbalformen in Verbindung treten, s. die §§ 50 und 75 und die Paradigmentafel XII.

4. Das Pronominalsuffix, welches die von der im Verbum

angegebenen Handlung affizierte Person bezeichnet, ist nur einmal durch die Anwendung der Objektspartikel יָת vom Verbum getrennt (vgl. D. 3, 12 יָתְהוֹן u. s. § 108*b*.). Dagegen können die selbständigen Personalpronomina der III. Pers. plur. auch in Abhängigkeit vom Verbum gebraucht werden (vgl. § 24 *a* Anm. 1).

25. *a.* Die Pronomina demonstrativa. Zur Bezeichnung des Näherliegenden dient

| | Masc. | Fem. |
|---|---|---|
| Sing. | דְּנָה | דָּא |
| Plur. | אִלֵּין (auch אִלֵּן D. 6, 7 geschrieben). | |

Anm. Die Form אֵלֶּה ist nicht als aramäisch anzuerkennen; Jer. 10, 11 gehört das Wort nicht mehr zu der aramäischen Glosse, u. E. 5, 15, wo die Masora אֵל für אלה lesen will, ist der Text verderbt und wahrscheinlich אִלֵּן herzustellen.

*b.* Zur Bezeichnung des Fernerliegenden dient das Pronomen demonstrativum in folgenden Formen:

| | Masc. | Fem. |
|---|---|---|
| Sing. | דֵּךְ und דִּכֵּן | דָּךְ |
| Plur. | אִלֵּךְ und אִנּוּן | nicht belegbar. |

Anm. 1. Es wird ein Zufall sein, dass דֵּךְ nur in Ezra und דִּכֵּן nur in Daniel vorkommt. Die Form דִּכֵּן verhält sich ähnlich zu דֵּךְ, wie דְּנָה zu einem kürzeren Pronomen demonstrativum, das im Hebr. als זֶה und im Aramäischen in dem fem. דָּא erhalten ist. Übrigens weisen die Formen des Pronomens, das auf etwas fernerliegendes hinweist, gegenüber den Formen des andern ein *Kaph* auf. Nur אִנּוּן bildet eine Ausnahme; es ist ein Pronomen personale separatum, das, wie im Hebr. (vgl. הָהֵמָּה), demonstrativ gebraucht ist.

26. Den Dienst eines Pronomen relativum versieht das Deutewort דִּי, das ganz allgemein ausdrückt, daß das Nächstfolgende in Beziehung zu dem Vorhergehenden

stehe. Dieser allgemeinen Bedeutung gemäss kennt diese sogenannte *nota relationis* keine Rücksicht auf Genus und Numerus und ist daher unflektiert.

Die Pronomina interrogativa sind: 27.

מָן *wer? welcher, welche?* a.

מָה (einmal E. 6, 8 מָא geschrieben) *was?*

Verstärkt durch das selbständige Personalpronomen ist מָן in מָן־הוּא (D. 3, 15) und מָן־אִנּוּן (E. 5, 4) = *wer? welche?*

כְּמָה bedeutet: *wie?* לְמָה *wozu?*

Mit dem Fragepronomen stimmt das Pronomen indefinitum überein. So kommt מָה E. 6, 9 vor im Sinne von = *das, was*; gewöhnlich tritt aber דִּי hinzu und so ergeben sich folgende Pronomina indefinita: b.

מָן־דִּי *wer immer; jeder, welcher.*

מָה דִּי *das, was; was wohl.*

Wird der Sinn einer Frage nicht vergessen, so ist es auch verständlich, dass לְמָה und לְמָא דִּי = *damit nicht etwa* bedeuten können.

Anm. Die von der Masora verlangte Schreibung מָן, die als eine Art pausale Tondehnung zu verstehen ist und daher auf guter Tradition beruhen wird, fehlt in den ältesten Ausgaben.

Anhang. Der Artikel, der im Hebräischen und Arabischen im Grunde nichts andres ist als ein Pronomen demonstrativum, fehlt im Aramäischen. Dieser Mangel ist im Aramäischen durch eine ihm eigentümliche Nominalform, die sogenannte Hinweiseform oder den status emphaticus, ersetzt. Vergleiche hierüber in der Lehre vom Nomen § 70 *b*. 28.

## Kapitel II. Das Verbum (§ 29—66).

29. Das biblische Aramäisch kennt keine vierradikaligen
a. Verba und ist bestrebt, auch die blos zweiradikaligen durch künstliche Mittel in manchen Formen zu dreiradikaligen und so auf die gewöhnliche Stufe zu erheben. Für alle Verba bildet die 3. Pers. masc. sing. des einfachen Stammes die Grundform. Dieselben werden daher auch in dieser Form in Grammatik und Wörterbuch aufgeführt; nur die hohlen, mittelvokaligen Verba werden mit ruhendem ו oder י zwischen den zwei Radikalen verzeichnet.

b. Zur Benennung der verschiedenen Stämme, die von einem Verbum, d. h. von dem einfachen Stamme abgeleitet werden, verwendet man die Form, welche das Verbum פְּעַל im betreffenden Stamm erhalten müßte. Als Paradigma empfiehlt es sich aber das Verbum כְּתַב zu gebrauchen, da dessen Radikale überall die Bezeichnung von Aspiration oder Nichtaspiration gestatten.

Anm. Das Verbum פְּעַל kommt im bibl. Aramäisch nicht vor; es ist gleichwohl üblich, darnach die verschiedenen Verbalstämme zu benennen. Diese Bezeichnungsweise ist von den hebräischen Grammatikern übernommen, welche das Verbum פָּעַל *thun* als Paradigma verwendeten.

30. Die verschiedenen Stämme zerfallen in zwei Klassen: in Stämme innerer Bildung und in Stämme äußerer Bildung.

a. Die Stämme innerer Bildung sind:

I. der einfache Stamm *Pĕʿal*.

Er erscheint im Aramäischen in drei Formen als

*Pĕal* (כְּתַב *schreiben*), *Pĕel* (קְרֵב *sich nähern*) und *Pĕil* (סְגִד *sich zu Boden werfen*).

II. die Steigerungsstämme: *b.*

a) Die gewöhnliche Form wird durch Schärfung des zweiten Radikals gebildet und lautet *Pa''il* oder *Pa''el* (קַטֵּל und קַבֵּל).

b) Bei mittelvokaligen Verben wird der dritte Radikal wiederholt; dadurch entsteht der Steigerungsstamm *Pa'lel*, der nur im Particip מְרוֹמֵם erhalten ist.

c) Statt der Schärfung des zweiten Radikals ist in der ersten Silbe Vokaldehnung eingetreten. Der so entstandene *Pō'al*stamm ist nur in einem Participium nachweisbar מְסוֹבְלִין (E. 6, 3).

Bei den Stämmen äusserer Bildung sind zu *c.* unterscheiden die Kausativ- und die Reflexivstämme.

A. Die Kausativstämme werden gebildet durch die Vorsetzung eines הַ (wofür einmal א geschrieben ist) oder שַׁ.

1. Durch die Vorsatzsilbe הַ entstehen:

a) der aktive Kausativstamm *Haph'el* הַנְפֵּק (*er hat weggenommen*) und

b) der passive Kausativstamm *Hoph'al* הָנְחַת (*er ist herabgestürzt worden*).

2. Durch die Vorsatzsilbe שַׁ entsteht der Kausativstamm *Šaph'el* vgl. den Plural des Perfekts: שַׁכְלִלוּ (*sie haben vollendet*).

B. Die Reflexivstämme werden durch Vorsetzen der *d.*

Silbe -הִתְ von den übrigen Stämmen abgeleitet; so entstehen:

a) *Hithpĕʿel*, der Reflexivstamm des *Pĕʿal* vgl. die 3. pers. plur. perf. הִתְרְחִצוּ (*sie haben sich verlassen*).

b) *Hithpaʿʿal*, der Reflexivsteigerungsstamm zu *Paʿʿil* vgl. die 3. pers. plur. perf. הִתְנַדַּבוּ (*sie haben sich willig gezeigt*).

c) *Hithpaʿlel*, der Reflexivsteigerungsstamm zu *Pa lel* vgl. die 2. pers. masc. sing. הִתְרוֹמַמְתָּ (*du hast dich erhoben*).

d) *Hithpōʿal* (bezw. *Ethpōʿal*) der Reflexivstamm des *Pōʿal* vgl. אֶשְׁתּוֹמַם (D. 4, 16 mit אֶ statt des erwarteten הִ) = *er wurde starr vor Entsetzen.*

e) *Hištaphʿal*, der Reflexivkausativstamm zu *Šaphʿel* vgl. die 3. pers. plur. imperf. יִשְׁתַּכְלְלוּן (*sie werden vollendet werden*). Über die Metathesis von ת und שׁ s. § 11.

Anm. 1. Der Reflexivkausativstamm zu *Haphʿel*, der mit regressiver Assimilation des ה an ת *Hittaphʿal* bezw. *ʾIttaphʿal* lautet, ist im bibl. Aramäisch nicht zu belegen, falls nicht etwa Formen von mittelvokaligen Verben als *Hittaphʿal* zu erklären sind, wie יְתְּזִין etc. S. § 61. Im übrigen kann dieser Mangel um so weniger auffallen, als gerade vom *Haphʿel* ein Passivum sich deutlich in Gebrauch erhalten hat und darum der das Passiv ersetzende Reflexivstamm nicht vermißt wird.

2. Der mit שׁ gebildete Kausativstamm ist *Šaphʿel*, nicht *Šaphʿil* genannt, obschon die Pluralformen, die allein vorkommen, ein *i* aufweisen; aber dasselbe ist im *Haphʿel* der Fall, wo der Plural *i* aufweist, während der Singular *e* hat vgl. הַנְפֵּק u. plur. הַנְפִּקוּ.

3. Das nur sporadisch vorkommende *Pōʿal* ist hier den Steigerungsstämmen beigerechnet, wie das dazugehörende *Hithpōʿal*,

obschon man es gewöhnlich als besonderen Zielstamm unterscheidet. Die Berechtigung zu dieser Zusammenfassung liegt darin, dass der Zielstamm nur eine besondere Nuance in der Verstärkung der Bedeutung des Verbums vom einfachen Stamm bezeichnet.

Für die Bedeutung der verschiedenen Stämme ist folgendes zu merken: Die Steigerungsstämme bezeichnen eine intensivere Ausübung der durch das einfache Verbum ausgedrückten Thätigkeit resp. eine intensive Beschäftigung, die mit dem Begriff in Beziehung steht, welcher durch das zu Grunde liegende Wort ausgedrückt ist. So erklärt sich die kausative, iterative, deklarative und denominative Bedeutung des Steigerungsstammes. Z. B. בַּטֵּל *hindern, abhalten* von בְּטֵל *aufhören*; קַטֵּל *mehrere töten*; רַבִּי *gross machen, als gross erklären und dazu machen, erheben*; מַלֵּל *reden* (wohl denominativ von מִלָּה) vgl. auch חַטָּאָה (inf.) *entsündigen*. 31. a.

Die Kausativstämme bezeichnen das Hervorbringen der Thätigkeit oder des Zustandes des einfachen Verbums. Und zwar kann das Hervorbringen am Subjekte selber oder an einem fremden Objekte sich vollziehen. Innerlich transitiv sind z.B. הֵימִין = *Festigkeit aufweisen, Vertrauen zeigen*; הַצְלַח *Wohlbefinden aufweisen, sich wohl befinden*; äusserlich transitiv dagegen sind: הוֹתֵב *wohnen lassen*; הוֹדַע *wissen lassen*; הוֹבֵד *vernichten, zu grunde richten* etc. b.

Die Reflexivstämme haben ursprünglich reflexive Bedeutung, die aber vielfach in die eigentlich passive Bedeutung übergegangen ist. So ersetzen diese Stämme vielfach das Passiv derjenigen Stämme innerer Bildung, c.

zu denen sie gehören. Vgl. עֲבַד *thun* mit הִתְעֲבֵד *vollzogen werden*; עֲרַב *mischen* mit הִתְעָרַב *sich mischen, vermischt werden*; שַׁכְלֵל *vollenden* mit הִשְׁתַּכְלַל *vollendet werden*.

**32.** Besondere Eigentümlichkeiten des Verbums.

*a.* Vom *Pĕ'al* kann das Aramäische ein Passivum bilden, das in allen Verben mit Ausnahme der ל״א mit dem Participium passivi zusammenfällt und für die vorhandenen Formen überall die verbalen Flexionsendungen angenommen hat. Es ist das sogenante *Pĕ'il* cf. יְהִיב, קְרִי (während das Particip pass. von dem letztern Verb קְרָא gelautet hat).

*b.* Das Aramäische besitzt nur *einen* Infinitiv, der jedoch seine Form in allen abgeleiteten Stämmen ändert, wenn ein ihm untergeordnetes Nomen folgt. Alle nichtreflexiven Stämme haben zwei Participien, eins für das Aktivum und eins für das Passivum. Vom Jussiv sind nur noch wenige Spuren erhalten, die zeigen, dass es sich vom gewöhnlichen Imperfekt durch den Abfall des *Nūn* in der 3. pers. plur. masc. unterschied (cf. § 52 *a*, u. § 64 *l*). Dagegen hat das Aramäische fast überall vor Suffix die Formen des Imperfectum energicum erhalten (die Ausnahmen s. § 52 *a*).

**33.** Zur Übersicht über das ganze System der Verbalstämme, über ihre Bildungsweise und die Zusammengehörigkeit der einzelnen Stämme diene nebenstehende Tabelle.

**34.** Die Flexion der Verbalstämme wandelt die Form derselben ab, je nach der Person oder den Personen, welche die durch den Verbalstamm ausgedrückte

| | Einfacher Stamm. | Steigerungsstämme. | | | Kausativstämme. | |
|---|---|---|---|---|---|---|
| Stämme innerer Bildung | Pĕ'al כְּתַב bezw. Pĕ'el כְּתֵב bezw. Pĕ'il כְּתִב | Pa''il כַּתִּב bezw. Pa''ēl כַּתֵּב | Pa'lel כַּתְבֵּב | Pō'al כּוֹתַב | — | — |
| Stämme äusserer Bildung. Kausativstämme. | — | — | — | — | Haph'el הַכְתֵּב pass. Hoph'al הָכְתַּב | Šaph'el שַׁכְתֵּב |
| Stämme äusserer Bildung. Reflexivstämme. | Hith-pĕ'el הִתְכְּתֵב | Hith-pa''al הִתְכַּתַּב | Hith-pa'lel הִתְכַּתְבֵּב | Hith-pō'al הִתְכּוֹתַב [resp. 'Ethpō'al] | Hit-taph'al הִתַּכְתַּב | Hiš-taph'al הִשְׁתַּכְתַּב |

Handlung oder Eigenschaft vollziehen oder besitzen, und je nach dem, ob die Handlung eine vollendete, der Zu-

3*

stand ein gewordener oder ob die Handlung eine noch unvollendete, der Zustand ein erst werdender ist. Demnach sind die Verbalformen nach Person, Geschlecht, Zahl des Subjekts und nach dem Stadium der Handlung (*Perfectum* oder *Imperfectum*) verschieden. Daneben bildet die Flexion noch besondere Formen, um eine Handlung zu befehlen (*Imperativ*), um auszudrücken, daß eine Handlung längere oder kürzere Zeit dauernd von jemand ausgeübt wird oder ein Zustand jemand anhaftet (*Participium*), oder um eine Handlung als solche oder einen Zustand als solchen zu bezeichnen (*Infinitiv*).

Anm. Die Namen *Perfectum* u. *Imperfectum* sind nicht in ihrer konventionellen Bedeutung zu verstehen, sondern nach ihrer Etymologie. Dabei ist zu beachten, daß das Aramäische auf keine Einteilung der Zeit bei den Perfekt- u. Imperfektformen reflektiert. Das Perfektum kann eine in der Vergangenheit, Gegenwart oder Zukunft vollendete Handlung bezeichnen, wie das Imperfektum sich ebenso auf Vergangenheit, Gegenwart und Zukunft beziehen kann.

35. Die Bezeichnung des Subjekts nach Person, Geschlecht u. Numerus geschieht im Perfektum durch Anfügung von Flexionselementen am Ende des Stammes, im Imperfektum durch Anfügung solcher Elemente vorn und hinten. Vgl. unter den Paradigmen Tab. I.

Über die Verbindung des Verbums mit Pronominalsuffixen vgl. § 50—54.

36. Das Perfekt weist folgende Afformative auf:

*a.* Die III. Pers. Sing. masc. bleibt als die Grundform, von der die andern erst abgeleitet sind, ohne jegliches Afformativ.

Die III. Pers. Sing. fem. erhält die Femininendung

-*at* (תַ—). Einmal findet sich תָ— D. 7, 8, was rein willkürlich zu sein scheint.

Die II. Pers. Sing. masc. hängt an die Grund- *b.*
form das aus dem Pronomen personale separatum der 2. Person אַנְתְּה verkürzte Afformativ תְּ oder תָּ an.

Für die II. Pers. Sing. fem. enthält das Biblisch-Aramäische kein Beispiel, wie auch für dieselbe Person das Pronomen separatum fehlt.

Für die I. Pers. Sing. lautet jetzt die Flexions- *c.*
endung -*et* (תֵ—). Möglicherweise ist dieselbe dadurch entstanden, daß das zurückgeworfene *i* der alten Endung *i* die Umlautung des vorangehenden *a* bewirkt hat und so aus — *a* + *ti* schließlich *et* entstanden ist.

Die III. Pers. Plur. masc. hängt das Afformativ *d.*
an die Form des Singulars an.

Die III. Pers. Plur. fem. lautet im *Kĕthībh* wie das Masculinum; nur das *Ḳĕrē* hat hiefür eine besondere Form mit der Flexionsendung ה—ָ.

Die II. Pers. Plur. masc. wird durch die An- *e.*
fügung der Endung תּוּן— gebildet. תּוּן ist offenbar eine Verkürzung des Pron. pers. sep. אַנְתּוּן (*ihr* masc.)

Die II. Pers. Plur. fem. ist nicht zu belegen.

Die I. Pers. Plur. wird durch das Afformativ *f.*
נָא— (einen Rest des entsprechenden Pron. sep. אֲנַחְנָא) bezeichnet.

Das Imperfektum verwendet sowohl Präformative, 37.
als Afformative. Die Präformative dienen zur Unter- *a.*
scheidung der Person, außerdem in der 3. Pers. Sing. zur Unterscheidung des Geschlechts u. in der 1. Pers.

zur Unterscheidung der Zahl, die Afformative dagegen zur Unterscheidung von Geschlecht und Zahl.

*b.* Die Präformative sind folgende:

| | | Sing. | Plur. |
|---|---|---|---|
| III. Pers. | masc. | —י | —י |
| | fem. | —ת | |
| II. Pers. masc. u. fem. | | —ת | —ת |
| I. Pers. | | —א | —נ. |

Anm. 1. Die Vokale, mit welchen diese Präformative gesprochen werden müssen, welchseln je nach dem Charakter des Verbalstammes, dem sie vorgesetzt werden.

2. Bei dem Verbum הֲוָה lautet das Präformativ der III. Pers. Sing. masc. u. Plur. (masc. u. fem.) ל statt י. Siehe § 65 a.

*c.* Die Afformative. Im Singular bleibt nur noch die Differenzierung des Masculinums und des Femininums übrig, da die Präformative die Formen sonst genau von einander geschieden haben und die Unterscheidung der 3. Pers. fem. von der 2. Pers. masc. für unnötig erachtet wurde. Aber auch für diesen einzigen übrigen Fall fehlt in den biblisch-aramäischen Texten ein Beispiel. Wahrscheinlich war das Afformativ des Femininums der 2. Pers. aber —ִין.

Im Plural bleibt die 1. Pers. ohne Afformativ, da das Präformativ über die Form keinen Zweifel bestehen läßt. Dagegen sind in der 3. und 2. Pers. Numerus und Genus zu bestimmen. Für das Masculinum der beiden Personen ist das Afformativ —ון gebraucht und für das Fem. der 3. Pers. das Afformativ —ָן. Es ist keine Frage, daß das gleiche Afformativ —ָן auch die 2. Pers.

fem. kennzeichnete. In der Bibel fehlt aber ein Beleg für diese Form.

38. Dem Imperativ fehlen die Präformative ganz; er hat keine Bezeichnung der Person nötig, da nur die 2. Person gemeint sein kann. Die Afformative sind die um ן verkürzten Afformative des Imperfektums; nur fehlt ein Beleg für das Femininum Plur. Demnach bleibt der masculine Singular auch ohne jedes Afformativ, der Plural erhält *ū* (וּ); der feminine Singular hat die Endung *ī* (י), der Plural wahrscheinlich *ā* (ָה). Vgl. zu der Endung des femininen Plurals im Imperativ Dalman, Gr. des jüdisch-palästinischen Aramäisch 1894 S. 221 u. 224.

39. a. Die Formen des Perfektums vom einfachen Stamm. Der einfache Stamm hat drei Formen; der Vokal nach dem zweiten Radikal kann nämlich *a*, *i* oder *e* sein, der erste Radikal dagegen bleibt vokallos. Die Verba mit *i* oder *e* haben in den meisten Fällen intransitive Bedeutung (z. B. קְרֵב *herantreten*, יְתִב *sitzen*).

b. Das *Pathach* bleibt in allen Formen unverändert mit Ausnahme der 3. Pers. sing. fem. und der 1. Pers. sing., wo es sich zu *Šĕwā* verflüchtigt und sich infolge davon der ursprüngliche Vokal *a* des ersten Radikals zu *i* verdünnt erhält. Die 3. Pers. sing. fem. bildet demnach כִּתְבַת, die 1. Pers. sing. כִּתְבֵת.

c. Die Verba mit *i* und *e* haben dieselbe Flexion: Bei vokalisch anlautender Flexionsendung tritt *i* ein, also 3. Pers. plur. יְתִבוּ (fem. יְתִבָה); bei konsonantischer Endung lautet dagegen der Vokal immer *e*, also יְתֵבְתְּ,

[יִתֵּבְתוּן], יִתְּבְנָא, Die 3. Pers. sing. fem. und die 1. Pers. sing. werden ganz wie bei den Verben mit *a* gebildet: יִתְבַת, יִתְבֵת. Vgl. unter den Paradigmen Tab. II.

**40.** Der **Steigerungsstamm** Paʿʿil hat in der ersten Silbe das ursprüngliche *a* dieses Stammes erhalten, in der zweiten aber *i* und in **einem** Beispiel *e* (קַבֵּל). Nur Verba mit gutturalem Schlußlaut haben das ursprüngliche *a* auch in zweiter Silbe erhalten. Formen mit konsonantisch anlautendem Afformativ (also 2. Pers. sing. u. plur. und 1. Pers. plur.) von einem Verbum ohne Guttural und Schwäche des dritten Radikals kommen nicht vor, und es muß daher fraglich bleiben, ob sie mit *a* oder *e* lauteten. Die 3. fem. sing. und die 1. sing. verflüchtigen den I-laut כַּתְּבַת, כַּתְּבֵת; die 3. plur. hält das *i* fest כַּתִּבוּ. S. Paradigmen Tab. III.

**41.** Die **Kausativstämme** Haphʿel und Šaphʿel

*a.* stimmen in Bezug auf die Flexion ganz mit einander überein. Sie haben überall unter dem Stammpräformativ den Vokal *a*, der erste Radikal ist gänzlich vokallos, und die zweite geschlossene Silbe hat *e*. Die Flexion ist ganz dieselbe, wie im *Paʿʿil*: in der 3. Pers. fem. sing. und in der 1. Pers. sing. ist der zweite Vokal verflüchtigt und vor der Endung der 3. Pers. plur. (וּ) erscheint er als *i*. Für die 2. Pers. sing. masc. giebt es hier **ein** Beispiel; die Form hat das *e* behalten. Sicher sind daher folgende Formen: הַכְתֵּב, (הַכְתְּבַת), הַכְתֵּבְתְּ, (הַכְתְּבֵת), הַכְתִּבוּ. Die eingeklammerten Formen sind nicht belegbar. Vgl. unter den Paradigmen Tab. III.

*b.* Das Passivum des ersten Kausativstammes, das

Hoph'al (mit kurzem *o* in erster und *a* in zweiter Silbe). ist nur in wenigen Beispielen vorhanden. Neben der Form der 3. Pers. sing. masc. הָנְחַת ist zu erwähnen das fem. der 3. Pers. sing. הָחָרְבַת und die merkwürdige Form הָתְקְנַת D. 4, 33, die ebenfalls nur die 3. Pers. sing. fem. sein kann, die man jedoch als 1. Pers. sing. fasst, aber als solche הָתְקְנֵת lauten müßte. Vgl. unsere Anmerkung zu dem Texte von D. 4, 33.

Die Reflexivstämme. Der Reflexivstamm zu 42.
*Pĕ'al* Hithpĕ'el kommt nur in Formen der 3. Pers. fem. a.
sing. und masc. plur. vor. Während die letztere nach der Regel, welche *Pa''il, Haph'el* und *Šaph'el* befolgen, ein *i* aufweist (הִתְרְחִצוּ), hat die erstere eine eigentümliche Gestalt angenommen. Sie lautet nämlich הִתְגְּזֶרֶת (resp. 'אִתְ) D. 2, 34. 45 und ist aus ursprünglichem *hithgazarath* mit Verflüchtigung des *a* der Feminineendung *at* entstanden. Denn aus *hithgĕzarĕth* ist dann weiter mit der üblichen Umlautung und der Annahme eines Hilfs-*Sĕgōls* הִתְגְּזֶרֶת geworden.

Anm. Nach Analogie der gewöhnlichen Bildungsweise sowohl der 3. Pers. fem. sing. mit der Endung *at*, als der Imperfekt- und Partizipialformen des Hithpĕ'els hätte man die Restitution eines ursprünglichen *a* unter dem ersten Radikal, also die Form ***hithgazĕrat*** erwarten dürfen.

Vom Reflexivstamm des *Pa''il* Hithpa''al ist als b.
sicher anzunehmen, daß er im gewöhnlichen Verbum, das keine Schwächen aufweist, in letzter Stammsilbe den *a*-Vokal hatte, den er in der 3. Pers. plur. regelrecht beibehielt. Die 2. Pers. plur. masc. scheint durch

die Form הזמנתון D. 2, 9 vertreten zu sein, die vielleicht הִזַּמִּנְתּוּן mit Assimilation des ד an ז (siehe § 12 *a*) zu lesen und dann dem *Ḳerē* הִזְדְּמִנְתּוּן gleich zu fassen ist. Das *i* dieser unsicheren Form, das überdies aus *a* verdünnt sein könnte, wäre auf alle Fälle nicht im Stande eine Form mit *i* für die 3. Pers. perf. zu postulieren. Für *a* sind beweisend die Formen הִתְחָרַךְ, הִתְנַדַּבוּ und אִתְיָעַטוּ.

*c.* Ganz sporadisch nur treten Perfektformen der übrigen Reflexivstämme auf. Vom Hithpaʿlel findet sich nur die 2. Pers. masc. sing. הִתְרוֹמַמְתָּ, vom Hithpōʿal nur die 3. Pers. masc. sing. mit אָ am Anfang für הִ, nämlich אֶשְׁתּוֹמַם, und vom Hištaphʿal ist gar kein Perfekt zu belegen. Vgl. unter den Paradigmen Tab. III.

43. *a.* Die Formen des Imperfekts vom einfachen Stamm. Das Aramäische weist, entsprechend der ursprünglichen Bildung mit *u*, *a*, und *i*, noch drei verschiedene Imperfektformen auf. Der ursprüngliche *a*-Vokal unter dem Präformativ ist zwar überall mit Ausnahme der gutturalen Verba in *i* verdünnt; in zweiter Silbe aber erscheinen die drei Vokale *u*, *a* u. *e* (resp. *i*), jedoch ohne daß man den einen Vokal für die transitive oder für die intransitive Bedeutung oder auch nur für die Perfektform mit *a* oder mit *e* (resp. *i*) reklamieren dürfte.

Beispiele mit *u*: יֶאֱכֻל יִסְגֻּד
mit *a*: יִשְׁלַט יִלְבַּשׁ
mit *e*: nur יִפֵּל und die 2. Pers. תִּנְתֵּן vgl. dazu mit *i* יִתִּב יִנְתִּן.

Die Präformative und Afformative des Imperfekts b.
sind § 37 gegeben. Vor den letzteren, die alle vokalisch anlauten, verflüchtigt sich der vorhergehende Vokal.

Die belegbaren Formen sind folgende:

| | | | | |
|---|---|---|---|---|
| 3. pers. masc. | sing. | יְכַתֵּב | plur. | יְכַתְּבוּן |
| fem. | „ | תְּכַתֵּב | „ | יְכַתְּבָן |
| 2. pers. masc. | „ | תְּכַתֵּב | „ | תְּכַתְּבוּן |
| 1. pers. | „ | אֲנַדַּע [אֲכַתֵּב] | „ | נְכַתֵּב |

Vgl. auch Parad. Tab. II.

Beim Imperfekt des Steigerungsstammes Pa''il 44.
treten die Präformative, weil in offener Silbe stehend, mit *Šĕwā* an, nur das Präformativ der 1. Pers. sing. א erhält notwendig einen *Chaṭēph-Vokal*, nämlich ◌ֲ (siehe § 18 *a*). Die Vokale bleiben im übrigen die gleichen, wie im Perfekt, auch hier in zweiter Silbe schwankend zwischen *i* und *e* (vgl. aber zu תְּקָרֵב E. 7, 17), und wie im *Pĕ'al* verflüchtigt sich der *I*- resp. *E*-vokal vor den Afformativen. Vgl. Parad. Tab. III.

Ganz dieselbe Flexionsweise weisen die Imperfekte 45.
der Kausativstämme Haph'el u. Šaph'el auf, da auch hier der zweite Vokal (*i* oder *e*), wie im *Pa''il* kurz ist. Zu beachten aber ist, daß die Synkope des ה nach den Präformativen nur selten eintritt und diese daher ganz vokallos (resp. א mit ◌ֲ) lauten z. B. 3. pers. sing. יְהַשְׁפִּל, 1. pers. sing. אֲהוֹדַע, 2. pers. plur. תְּהוֹדְעוּן; mit Synkope תַּטְלַל. Vgl. Parad. Tab. III.

Das Imperfekt der Reflexivstämme. Das Hith- 46.
pĕ'el hat im Imperfekt dieselben Vokale, wie im Per- a.
fekt, also יִתְכְּתֵב, doch auch mit *i* z. B. תִּשְׁתְּבִק. Nach

den Präformativen ist immer Synkope des ה erfolgt und darum der Vokal desselben auf das Präformativ zurückgeworfen (in der 1. Pers. sing. unter א ist er wohl zu *Sĕgōl* geworden, doch ist die Form nicht belegbar). In den Formen mit Afformativen und dadurch bewirkter Verflüchtigung des vorausgehenden Vokals kommt unter dem ersten Radikal der ursprüngliche Vokal *a* wieder zum Vorschein; aus *jithkathabhūn* wird יִתְכַּתְבוּן vgl. auch 2. pers. plur. תִּתְעַבְדוּן D. 2, 5.

*b.* Auch im Imperfekt des Hithpa‘‘al tritt keine Veränderung im Vokalbestande ein; die Präformative und Afformative treten an, wie im *Hithpĕ‘el*, und das Imperfekt *Hithpa‘‘al* unterscheidet sich in den Formen mit Afformativen vom Imperfekt *Hithpĕ‘el* nur durch das *Dageš forte* des zweiten Radikals resp. durch die zum Ersatz für die unmögliche Schärfung dieses Radikals eingetretene Dehnung des vorangehenden Vokals zu ָ (*ā*). Also *Hithpa‘‘al* Imperf. יִתְכַּתְּבוּן, dagegen *Hithpĕ‘el* יִתְכַּתְבוּן. Vgl. יִשְׁתַּנּוֹן von einem schwachen Verbum und die Partizipien מִתְכַּנְּשִׁין, מִתְעָרְבִין.

*c.* Von den übrigen Reflexivstämmen ist nur das Hištaph‘al durch ein Imperfekt vertreten, das eine durchaus regelmäßige Form aufweist, nämlich 3. pers. plur. masc. יִשְׁתַּכְלְלוּן E. 4, 13. 16.

Vgl. Parad. Tab. III u. über den Jussiv vgl. § 32 *b*.

**47.** Die Formen des Imperativs entsprechen in ihrem Vokalismus den Formen des Imperfekts vom betreffenden Stamm ohne die Präformative. Nur verflüchtigen sie den Vokal des zweiten Radikals vor den

Afformativen nicht. Somit erhalten wir, da der Imperativ keine Präformative kennt (§ 38), folgende Formen:

| | Sing. | | Plur. |
|---|---|---|---|
| für *Pĕʿal*: | m. כְּתֻב | fem. כְּתֻבִי | m. כְּתֻבוּ |
| mit *a* vgl. | אֱמַר | | אֱמַרוּ |
| für *Paʿʿil*: | | | כַּתִּבוּ |
| für *Haphʿel*: | הַשְׁלֵם | | אַתַּרוּ (mit *a* wegen ר). |

Anm. 1. Von den übrigen Stämmen sind keine Imperativformen überliefert.

2. Von der 2. Pers. fem. plur. giebt es in den aram. Texten des A. T. kein Beispiel. Ob sie nach Analogie des späteren Aramäisch *kĕthubhā* gelautet hat, wie zu vermuten ist, muß dahingestellt bleiben (vgl. o. § 38).

Die Formen des Infinitivs. Das Aramäische kennt nur *einen* Infinitiv, und zwar zeigt sich der Substantivcharakter desselben in allen Stämmen noch recht deutlich. 48. a.

Im Pĕʿal wird der Infinitiv nach der Nominalform *miḳṭal* gebildet (s. § 86 *b*). Demnach entstehen Formen wie: מִכְנַשׁ, מִנְתַּן, מִשְׁבַּק, מִנְדַּע, מֶעְבַּד (zu letzterer Form vgl. § 18 *b*). b.

Anm. 1. Der Infinitiv ist stets durch eine Präposition (gewöhnlich לְ) eingeleitet oder mit einem ihm untergeordneten Nomen verbunden.

Ältere Infinitivformen, die ohne מ gebildet sind, lassen sich nicht mit voller Bestimmtheit nachweisen. Immerhin scheint in טְעֵם D. 5, 2 die infinitivische Kraft noch fühlbar zu sein.

In allen übrigen Stämmen erhält der Infinitiv in der letzten Stammsilbe ein unverdrängbares *ā* und lautet als feminines Nomen auf die Femininendung (ה ָ-) aus. In der Verbindungsform und vor Suffixen tritt an c.

die Stelle von ָה– gewöhnlich das *ū* (וּ) der Abstraktbildungen samt der Femininendung ת— (Hauptform וּ— vgl. § 15 *i*). Somit lauten die Infinitivformen ohne Suffixe: *Paʿʿil* כַּתָּבָה; *Haphʿel* הַכְתָּבָה: *Šaphʿel* שַׁכְתָּבָה; *Hithpĕʿel* הִתְכְּתָבָה; *Hithpaʿʿal* (Verbindungsform:) הִתְכַּתָּבוּת. Weitere Formen sind nicht zu belegen. Mit ַת– in der Verbindungsform vgl. לְהַנְזָקַת E. 4, 22, wofür aber zu lesen ist לְהַנְזָקַת, wie D. 5, 12 אַחֲוָיַת herzustellen ist.

**49.** Die Formen der Participia. Abgesehen von den

*a.* Reflexivstämmen unterscheidet das Aramäische aktive und passive Partizipien.

*b.* Das Participium Activi Pĕʿal hat unmittelbar nach dem ersten Radikal ein langes, unverdrängbares *ā* und nach dem zweiten Radikal einen *I*-laut, der teils als *i* sich erhalten hat, teils zu *e* geworden ist; vgl. z. B. יָכִל, נָחִת mit *i* und קָטֵל, נָגֵד mit *e*.

*c.* Das Participium Passivi Pĕʿal hat die Form *kĕthībh* d. h. *Šĕwā* nach dem 1. und langes *ī* nach dem 2. Radikal, z. B. בְּרִיךְ. שְׁלִיחַ, שְׁלִם (E. 5, 16 ohne ruhendes *Jōd*).

*d.* Pĕʿīl. Neben der Nominalflexion kennt das aramäische Participium Passivi des *Pĕʿal* in bereits (§ 32 *a*) erwähnter eigentümlicher Weise auch die Verbalflexion mit Anhängung der perfektischen Afformative. Dieses *Pĕʿīl* ersetzt das nicht mehr erhaltene Passivum des *Pĕʿal* und zeigt folgende Formen auf:

3. pers. fem. sing. בְּטִלַת יְהִיבַת

2. pers. masc. sing. תְּקִלְתָּא

3. pers. masc. plur. פְּתִיחוּ כְּפִתוּ

Alle übrigen Stämme bilden die Participia mit der Vorsetzung eines מ. Die aktiven Stämme unterscheiden das Partizip des Passivs von dem des Aktivums durch den Vokal unter dem mittleren Radikal: im aktiven Partizip lautet er *i* oder *e*, im passiven dagegen *a* (*Pathach*). Beide Vokale verschwinden beim Antritt von Endungen der Nominalflexion, und formell sind dann beide Partizipien nicht mehr zu unterscheiden. Die Formen sind nicht mehr alle zu belegen; doch vgl. e.

für Pa‘‘il part. act.: מְהַלֵּךְ מְמַלֵּל

pass: מְבָרַךְ

mit Flexionsendung: מְצַבְּעִין

מְכַפְּתִין

für Haph‘el part. act.: מַשְׁפֵּל (mit Synkope des ה)

pass.: מְהֵימַן

mit Flexionsendung: מְהַקְרְבִין

מְהַחְצְפָה

für Šaph‘el part. act.: מְשֵׁיזִב

für Pō‘al part. plur.: מְסוֹבְלִין.

Von den Reflexivstämmen sind nur Partizipien des *Hithpĕ‘el* und des *Hithpa‘‘al* erhalten. Der Vokal des Participium im *Hithpĕ‘el* unter dem mittleren Radikal ist *e*, im *Hithpa‘‘al a*; zugleich unterscheidet sich das Partizip des letzteren natürlich durch seinen festen *a*-Vokal nach dem 1. Radikal und durch die Schärfung des 2. Radikals. Nur bei Antritt von Flexionssilben erscheint im *Hithpĕ‘el* auch nach dem 1. Radikal, aber ohne Schärfung des 2. Radikals ein *Pathach*. Die Formen sind folgende: f.

| | ohne Afformativ | mit Afformativ |
|---|---|---|
| Hithpĕʿel: | מִתְעֲבֵב מִתְיְהֵב | מִתְיַהֲבִין מִתְקַטְלִין |
| Hithpaʿʿal: | מִתְנַדַּב מִשְׁתַּכַּל | מִתְעָרְבִין מִתְכַּנְּשִׁין. |

Anm. Einmal hat d. Partic. *Hithpaʿʿal* ebenf. *e* vgl. מִתְחַנַּן D.6,1[…]

50. Das Verbum mit Pronominalsuffixen (Parad[…]

a. Tab. X.) Die Pronominalsuffixe (§ 24 *b* und Parad[…] Tab. IX) können ohne irgendwelche Veränderung a[…] die vokalisch auslautenden Verbalformen antreten, wäh[…]rend sie, wo sie mit konsonantisch auslautenden Forme[n] verbunden werden, Veränderungen erleiden. Aber auc[h] die Verbalformen sind nicht überall die gewöhnlichen[;] es haben sich zum Teil noch ältere Formen erhalten[,] weil sie durch die angefügten Suffixe geschützt waren[;] andrerseits haben die neuen Tonverhältnisse eine Umgestaltung der Form hervorgerufen.

b. Die Formen der Suffixe, die an konsonantisch auslautende Verbalformen antreten, sind dadurch entstanden, daß das wirkliche Suffix eine Verbindung mit dem ursprünglichen Auslaut *a* der jetzt vokallosen Formen eingegangen ist. Es sind folgende:

- ◌ֵהּ für die III. Pers. masc. sing. הִי verbunden mit *a* wird *ahi*, daraus ist aber (wahrscheinlich durch Zurückwerfung des *i*) ◌ֵהּ geworden.
- ◌ַהּ für die III. Pers. fem. sing. Urspr. *ha* mit *a* wird *ah*[*a*] = ◌ַהּ.
- ◌ָךְ für die II. Pers. masc. sing. Urspr. *ka* mit *a* wird *ak*[*a*] = ◌ָךְ.
- ◌נִי für die I. Pers. sing. entstanden aus נִי + *a*.
- ◌ַנָא für die I. Pers. plur. entstanden aus נָא + *a*.

Anm. 1. Diese Gestalt haben die Suffixe natürlich auch, wo sie an Verbalformen antreten, welche schon an sich auf *a* auslauten. Die einmal in diesem Falle eingetretene Änderung des *Pathach* in *Sĕgōl* ist wahrscheinlich als Hebraismus zu beurteilen, vgl. הוֹדַעְתֶּנָא (*du hast uns wissen lassen*) D. 2, 23.

2. Zwei Fälle giebt es, in denen das verbindende *a* verflüchtigt wird: 1. im Imperativ Haph'el des Verbums עֲל mit Suff. ־נִי D. 2, 24: הַעֲלְנִי (*führe mich hinein*) und 2. in den energischen Imperfektformen mit dem Suffix der 2. Pers. pl. masc. ־כוֹן: יְשֵׁיזְבִנְּכוֹן D. 3, 15 (*er wird euch wahrhaftig befreien*) und יְשָׁאֲלִנְּכוֹן E. 7, 21 (*er wird euch bitten*).

Die Veränderungen der Verbalformen beim 51.
Antritt von Suffixen sind folgende: a.

Im Perfekt verliert die 3. Pers. sowohl des Plur. als des Sing. den Vokal des zweiten Radikals; im Singular ist dafür das ursprüngliche Pathach des 1. Radikals wieder hörbar geworden. So lautet die 3. Pers. sing. vor Suffix כַּתְבֵ־ im *Pĕʿal*, הַכְתְּבֵ־ in *Haphʿel*, שַׁכְתְּבֵ־ im *Šapheʿl*, die 3. Pers. masc. plur. כַּתְּבוּ־ im *Paʿʿil* u. הַכְתְּבוּ־ im *Haphʿel*.

In der 1. Pers. sing. ist nach dem einzigen Bei- b.
spiele בְּנַיְתַהּ (D. 4, 27) = *ich habe sie gebaut* die ursprünglichere Form mit Diphthong hergestellt. Es ist zu vermuten, daß bei einem starken Verbum die Form *kĕthabht-* lautete. Vgl. Dalman a. a. O. S. 305.

Die Formen des Perfekts mit Suffixen sind somit: c.

3. pers. m. s. c. suff. der 3. pers. m. s. שַׁכְלְלֵהּ הַשְׁלְטֵהּ סַתְרֵהּ

f. s. חַתְמַהּ

3. pers. m. s. c. suff. der 2. pers. m. s. הוֹדְעָךְ

2. pers. m. s. c. suff. der 1. pers. sing. הוֹדַעְתַּנִי

2. pers. m. s. c. suff. der 1. pers. plur. הוֹדַעְתֶּנָא (vg
aber § 50*b* Anm. 1).
1. pers. sing. c. suff. der 3. pers. fem. בְּנַיְתַהּ
3. pers. m. pl. c. suff. der 1. pers. sing. *Pa''il*: חַבְּלוּנִי
der 3. pers. s. *Haph'el*: הַקְרְבוּהִי.

52. a. Im **Imperfekt** haben sich in zwei Beispielen, welch beide mit אַל verbundene Verbalformen enthalten un eine Bitte ausdrücken, die Formen des **Jussivs** e halten: D. 4, 16 steht die 3. Pers. sing. u. D. 5, 10 di 3. Pers. masc. plur. des *Pa''il* mit dem Suff. der 2. Per masc. sing. Beide Formen haben Veränderungen e litten: in der ersten יְבַהֲלָךְ hat sich naturgemäß de Vokal des zweiten Radikals in ein gefärbtes *Šĕwā* ve flüchtigt, und in der zweiten יְבַהֲלוּךְ ist richtig vor dem Suffi das *Nūn* des gewöhnlichen Imperfekts verschwunden, d der Jussiv dieses *Nūn* nicht kennt (s. § 32*b*).

b. Sonst tritt vor den Suffixen überall das für sic allein nicht mehr vorkommende alte **Imperfectu energicum** (§ 32 b) ein. Dasselbe verflüchtigt überal den Vokal des zweiten Radikals auch da, wo ihn da gewöhnliche Imperfekt noch aufweist, und hängt di Endung *inna* resp. in der 3. Pers. plur. *unna* an de Stamm des Verbums. Die Suffixe gehen daher, wenn sie an das energische Imperfekt antreten, mit dem *a* die in § 50*b* besprochenen Verbindungen ein und nehmen die dort aufgezählten Formen an, wie die folgenden Beispiele zeigen:

3. pers. masc. sing. mit Suff. d. 3. pers. fem. sing. יְתְּנִנַּהּ
2. pers. masc. sing. יְשֵׁיזְבִנָּךְ

| | | |
|---|---|---|
| 3. pers. msc. sing. | mit Suff. d. 1. pers. sing. | יְדַחֲלִנַּנִי |
| 3. pers. fem. sing. | mit Suff. d. 3. pers. fem. sing. | תַּדְּקִנַּהּ |
| 1. pers. sing. | mit Suff. d. 3. pers. msc. sing. | אֲהוֹדְעִנֵּהּ |
| 3. pers. msc. plur. | mit Suff. d. 3. pers. msc. sing. | יְבַהֲלֻנֵּהּ |
| | 1. pers. sing. | יְבַהֲלֻנַּנִי |
| 2. pers. msc. plur. | mit Suff. d. 1. pers. sing. | תְּהוֹדְעֻנַּנִי |

Zu der Verflüchtigung des *a* vor dem Suffix כוֹן in יְשֵׁיזְבִנְכוֹן und יְשָׁאֲלֻנְכוֹן vgl. § 50*b*. Anm. 2. u. zu der Aufhebung der Schärfung des *Nūn* in diesen beiden Beispielen vgl. § 15 *h*.

Der Imperativ des starken Verbums verflüchtigt ebenfalls den Vokal des zweiten Radikals, wie die einzige vorkommende Form beweist: 53.

חַבְּלוּהִי D.4,20 Imperativ *Pa''il* c. Suff. der 3. pers. masc. sing.

Ueber die Suffixe am Infinitiv, der seine verbale Kraft auch darin bewährt, daß er das Pronominalsuffix der 1. Pers. sing. in der Gestalt, wie es an die Verba tritt, annehmen kann, ist nur folgendes zu bemerken: 54.

1. Der Infinitiv *Pĕ'al* verliert den Vokal des zweiten Radikals. So wird z. B. aus מִקְרַב mit suff. 3. pers. masc. sing. מִקְרְבֵהּ, ebenso aus מֵזֵא (entstanden aus *mēzaj*) mit demselben Suffix מֵזְיֵהּ. a.

2. Die übrigen Infinitive tragen bei der Verbindung mit Suffixen statt der Endung ָה die Endung וּת, so entstehen Formen wie: שֵׁיזָבוּתַנָא הוֹדָעֻתַנִי שֵׁיזָבוּתָךְ הַצְלוּתֵהּ b.

Über die Verbindung der Partizipien mit Suffixen vgl. bei der Lehre vom Nomen § 75.

Die Verba mit Gutturalen und Rēš unter ihren Radikalen gehören zu den starken Verben. Die meisten 55. a.

Eigentümlichkeiten, die ihre Flexion aufweist, sind nach § 18*f*. selbstverständlich. Es sollen daher nur die auffallenden Formen erwähnt werden, deren Verständnis sich nicht sofort ergiebt.

*b*. Im Fem. der 3. Pers. sing. perf. von Verben mit ר an dritter Stelle ist das *a* der Endung *at* ausgefallen; aus *-art* ist aber dann *eret* geworden, so bildet von אֲמַר das Fem. im *Pĕʿal* אֲמֶ֫רֶת D. 5, 10, und von גְּזַר im *Hithpĕʿel* הִתְגְּזֶ֫רֶת (resp. 'אִתְ) D. 2, 34. 45.

*c*. Da das Imperfekt *Haphʿel* des Verbums חסן mit *a* יַחְסְנוּן bildet und das Aramäische für das Präformativ im *Haphʿel* keinen verschiedenen Vokal für Perfekt und Imperfekt kennt, ist in der Bildung des Perfekts mit *Sĕgōl* הֶחֱסִ֫נוּ vielleicht ein Hebraismus zu sehen.

*d*. Endlich verdienen noch besondere Erwähnung die Formen des Verbums שכח. Wenn nicht der Infinitiv לְהַשְׁכָּחָה D. 6, 5 (*bis*) lautete, könnte man versucht sein, die Formen trotz dem Präformativ ה als *Pĕʿal* zu erklären. Diese Infinitivform spricht aber nicht dafür, wir haben demnach das Verb im Kausativ- und im Reflexivstamm zu *Pĕʿal*; die Formen sind folgende:

*Haphʿel:* Perf. Sing. 1. pers. הַשְׁכַּ֫חַת (s. § 18*f*).
Plur. 3. p. m. הַשְׁכַּ֫חוּ
1. pers. הַשְׁכַּ֫חְנָא
Imperf. Sing. 2. p. m. תְּהַשְׁכַּח
Plur. 1. pers. נְהַשְׁכַּח
Infinitiv הַשְׁכָּחָה
*Hithpĕʿel:* Perf. Sing. 3. p. m. הִשְׁתְּכַח *er ist gefunden worden.*
3. p. fem. הִשְׁתְּכַ֫חַת (s. § 18*f*).

*Hithpĕʿel*: Perf. Sing. 2. p. m. הִשְׁתְּכַחַתְּ D. 5, 27 (s. § 18*f*). Vgl. auch Parad. Tab. IV.

Die schwachen Verba sind solche, die unter ihren drei Radikalen einen oder mehrere Konsonanten aufweisen, welche zu schwach sind, um sich in gewissen Formen zu halten. Sie zerfallen in drei Klassen: 56.

I. Verba mit schwachem Radikal an erster Stelle.
II. Verba mit schwachem Radikal an zweiter Stelle.
III. Verba mit schwachem Radikal an dritter Stelle.

Diejenigen Verba, welche an 1. u. 3. Stelle oder an 2. u. 3. Stelle schwache Radikale aufweisen, verbinden die Eigentümlichkeiten der betreffenden Klassen der einfach schwachen Verba. Dagegen sind als IV. Klasse zu behandeln die Verba mit gleichem 2. u. 3. Radikal, die sog. Verba ע״ע.

I. Klasse: Die Verba mit schwachem Anfangskonsonant. Als solche kommen in Betracht: die Verba פ״ן, die dem starken Verbum am nächsten stehen, dann die Verba פ״ו u. פ״י und endlich die Verba פ״א. 57.
Vgl. Paradig. Tab. V.

1. Die Verba פ״ן. Die Schwäche des ersten Radikals *Nūn* zeigt sich darin: 58.

a) daß er im Imperativ *Pĕʿal* ganz wegfällt; da er ohne Vokal stehen sollte, ist er zu schwach, um sich in der Befehlsform zu erhalten, die schon ihrer Bedeutung und ihrem Charakter gemäß nach Kürze strebt. *a.*

So lautet der Imperativ von נְשָׂא *heben:* שָׂא
von נְפַק *herausgehen:* פֻּקִי.

*b.* b) daß *Nūn* dem folgenden Radikal sich assimiliert, wo es nur mit *Šĕwā quiescens* versehen ist, d. h. also wo es am Ende einer geschlossenen Silbe stehen sollte (s. § 12 *b*). Dieser Fall tritt ein:

im Imperf. *Pĕʿal*, z. B. יִתְּנִנַּהּ תִּפְּלוּן יִפֵּל für *jinpel, tinpĕlūn, jintĕninnah.*

im *Haphʿel* Imperf., Impera., Inf. und Partic.

z. B. Imperf.: תַּחֵת für *tanchet.*

Impera.: אַתַּרוּ für *'antarū.*

Inf.: [לְ]הַצָּלָה für *[lĕ]hanṣālā.*

Partic.: מַצִּל und מְהַחֲתִין für *manṣil* u. *mĕhanchătīn.*

Anm. Im Imperativ *Haphʿel* von נחת ist sogar das *Nūn* ganz ausgefallen, sodaß die Form אַחֵת (für *'anchet*) lautet (vgl. § 15 *f*).

*c.* Eine Ausnahme bilden alle übrigen nicht genannten Formen der Verba פ״ן, nämlich das *Haphʿel* von נזק: מְהַנְזְקַת לְהַנְזָקַת תְּהַנְזִק, und von נְפַק: הַנְפִּקוּ הַנְפֵּק; ferner das *Hophʿal* von נחת: הָנְחַת und alle nicht mit Pronominalsuffix verbundenen Formen des Verbums נתן *geben*: יִנְתְּנוּן תִּנְתֵּן יִנְתְּנָךְ und לְמִנְתַּן.

59. 2. Die Verba פ״ו und פ״י. Die beiden Arten von Verba sind in der Grundform des Perfekts *Pĕʿal* einander gleich, weil ו in י übergegangen ist (§ 13 *a*).

*a.* Von ursprünglich mit י anlautenden Verben hat sich im Aramäischen nur ein einziges Beispiel erhalten, nämlich das Imperf. *Pĕʿal* יֵיטַב von יטב, entstanden durch Kontraktion aus *jajṭab, jaiṭab.*

*b.* Die ursprünglich mit ו, jetzt aber mit י anlautenden Verba פ״י erleiden folgende Abweichungen von der Bildung der starken Verba:

a) Das zu Ende einer Silbe, also vokallos stehende *Wāw* schmilzt in den Formen des *Haph'el* und *Šaph'el* mit dem vorausgehenden Vokal zusammen und zwar

entweder in seiner ursprünglichen Gestalt als *Wāw*:

also $a$ + ו wird zu $\bar{o}$ (וֹ), z. B.

im Perfekt: הוֹתַב הוֹדַע

im Imperfekt: יְהוֹדַע

im Infinitiv: לְהוֹדָעָה

im Particip: מְהוֹדַא (resp. מוֹדַא), מְהוֹדְעִין

$u$ + ו wird zu $\bar{u}$ (וּ) im *Hoph'al* vgl. הוּסְפַת (D. 4, 33).

oder in seiner späteren Gestalt als *Jōd*:

also $a$ + י wird $\bar{e}$ (—ֵי)

im *Haph'el* Perfekt: הֵיבֵל

Infinitiv: לְהֵיבָלָה

im *Šaph'el* Perfekt: שֵׁיזִב (von יזב); שֵׁיצִיא (von יצא ?).

Imperfekt: יְשֵׁיזִב

Inf. c. suff.: לְשֵׁיזָבוּתָהּ

Particip: מְשֵׁיזִב

b) Im Imperfekt des Pĕ'al dagegen assimiliert *c.* sich das vokallose *Wāw* dem folgenden Konsonanten, der dadurch eine Schärfung erleidet. So entstehen Formen, wie יִכֻּל תִּכֻּל (von יְכִל *vermögen*) und יִתִּב (von יְתִב *sitzen*).

Anm. 1. Bei dem Verbum יְדַע ist die Assimilation durch die Einfügung eines *Nūn* wieder aufgewogen vgl. תִּנְדַּע יִנְדְּעוּן אִנְדַּע.

2. Die Schreibart יוּכַל D. 2, 10 ist ein Hebraismus, der nicht ursprünglich ist, und den die Masora unbeanstandet gelassen hat, während sie mit Recht תוכל in D. 5, 16 zweimal in תִּכֻּל verbessert hat.

d. c) Das zu Anfang des Wortes ohne vollen Vokal zu stehen kommende *Wāw* resp. *Jōd* fällt ganz weg im Imperativ *Pĕ῾al* vgl. הַב *gieb* (von יְהַב) und דַּע *wisse* (von יְדַע), während sich im Perfektum das י unbeanstandet erhält.

60. 3. Die Verba פ״א. א hat sich nicht als Konsonant gehalten, wo es ohne vollen eigenen Vokal hinter einem Vokal gesprochen werden sollte.

a. Das Verbum אבד (*zu Grunde gehen*) hat das *Haph῾el* und *Hoph῾al* nach Analogie der Verba פ״י (§ 59) gebildet, sodaß folgende Formen entstanden sind:

*Haph῾el* Imperfekt: יְהוֹבְדוּן תְּהוֹבֵד

Infinitiv: לְהוֹבָדָה

*Hoph῾al* Perfekt: הוּבַד

b. Sonst hat sich das vokallose א zu י verdichtet. Dann aber hat sich teils der Diphthong *ai* erhalten, teils ist durch Kontraktion daraus *ē* (vielfach mit Beibehaltung der etymologischen Schreibung mit א, also א‍ֵ neben י‍ֵ) geworden.

Der Diphthong *ai* ist nur in den Formen des *Haph῾el* von אֲתָא (resp. אֲתָה) *kommen* unkontrahiert geblieben; vgl. das Perfekt הַיְתִי plur. הַיְתִיו

den Infinitiv לְהַיְתָיָה

Sonst ist daraus *ē* geworden; so

a) überall im *Pĕ῾al* der Verba אבד *zu Grunde gehen*, אֲזָא *heizen*, אֲכַל *essen*, אֲמַר *sagen* und אֲתָא *kommen*. Von diesen Verben lautet das Imperfekt: תֵּאכֻל יֵאכֻל יֵאבְדוּ נֵאמַר תֵּאמְרוּן יֵאמַר und

der Infinitiv: לְמֵזֵא (mit Weglassung des א); לְמֵאמַר, auch ohne א geschrieben לְמֵמַר und ebenso לְמֵתֵא.

b) Ferner im *Haph'el* von אמן *fest sein*: Perf. הַימַן Partic. pass. מְהַימַן und

c) in den eigentümlichen Passivformen des *Haph'el* des Verbums אֲתָא: 3. Pers. sing. fem. הַיתָית und 3. plur. הַיתַיו. Wahrscheinlich hängt der passive Charakter dieser Formen an dem *Pathach* unter ת.

Zu dem Imperativ אֵזֶל von אֲזַל *gehen* vgl. § 23.

II. Klasse: Die Verba mit schwachem mittleren Konsonant oder mit langem Vokal in der Mitte an Stelle des zweiten Radikals. Diese beiden Arten sind hier zusammengenommen, weil vielfach die mittelvokaligen Verba als ursprüngliche Verba *mediae* ו oder י gefasst und noch als solche in den Wörterbüchern eingereiht werden, obschon dann mit ו oder י die Form nur als Infinitiv gelesen werden kann. Diese Auffassung wird aber schon dadurch widerraten, daß die wirklichen Verba *mediae* ו oder י, wie הֲוָה, חֲוָה, שׁוה, תְּוַהּ und חיה die Konsonanten ו und י nicht aufgelöst haben. Das Partic. *Haph'el* מַחֵא für מַחְיֵא ist ein besonderer Fall (s. § 15 *e*). 61.

1. Die Verba הֲלַךְ (*gehen*) und סְלֵק (*hinaufsteigen*) verlieren in gewissen Formen den mittleren Radikal. 62.

Im Imperfekt und Infinitiv *Pĕ'al* von הלך verschwindet ל, so daß die Form, an welche die Präformative treten, nur הָךְ— lautet und die Präformative daher vokallos bleiben. Die vorkommenden Formen sind: *a.*

Imperf. יְהָךְ E. 5, 5; 7, 13. Inf. לְמְהָךְ E. 7, 13.

Anm. Die Schreibung mit *Pathach* יְהַךְ E. 6, 5, die zwar gut, aber nicht allgemein bezeugt ist, kann angesichts von לְמְהָךְ,

wo die Pausa jedenfalls nicht eingewirkt hat, schwerlich anerkannt werden. (Vgl. die englische Aussprache von *walk*).

*b.* Im Verbum סלק dagegen hat die im *Haph'el* und *Hoph'al* eintretende Rückassimilation des ל die Schärfung des vorangehenden Konsonanten zur Folge, so daß Formen erscheinen, wie die von Verba פ״ן, ein Schein, der auch dadurch genährt wird, daß der Infinitiv die Schärfung durch die Insertion eines *Nūn* aufwiegt. Demgemäß lautet das *Haph'el*: הַסִּקוּ und das *Hoph'al* הֻסַּק, aber der Infinitiv לְהַנְסָקָה.

**63.** Die mittelvokaligen Verba zerfallen in zwei
*a.* Klassen je nach dem Vokal, den sie im Imperfektum *Pĕ'al* haben. Sonst werden aber beide Klassen, sowohl diejenige, welche im Imperf. und Imperativ *Pĕal* *u*, als auch diejenige, welche *i* hat, gleich flektiert. Diese zweite Klasse ist im Aramäischen nur durch ein einziges Verbum vertreten.

*b.* Als Hauptregel gilt, daß der zwischen den beiden einzigen Konsonanten stehende Vokal lang ist und sich nicht verdrängen läßt. Dieser Vokal ist im Perfekt *Pĕal* immer *ā*, und da auf ihm der Ton ruht, lautet die Endung der 1. Pers. sing. —ֶת mit *Sĕgōl* statt mit *Ṣĕrē*, wie bei den starken Verben. Vgl. קָם und קָמוּ; שָׁמֶת שָׁמְתְּ שָׁם und שָׁמוּ, und die 3. Pers. fem. sing. סָפַת.

*c.* Das Imperfekt *Pĕal* kommt nur von Verben, die es mit *u* bilden, vor. Vor dem langen *ū*, das diese Form charakterisiert, bleiben die Präformative ohne vollen Vokal, z. B. תְּקוּם יְקוּם und יְקוּמוּן. Weitere Beispiele von anderen Verben sind:

für die 3. Pers. masc. sing.: יְתוּב plur. fem. יְדֻרָן (*Ḳĕrē*)
fem. sing.: תְּנֻד תְּדוּר u. mit Suff. תְּדֻשִׁנַּהּ.

Der Imperativ *Pĕʿal* lautet dem ganz entsprechend mit demselben langen charakteristischen Vokal, wie das Imperfekt: *ū*, wo das Imperfekt *ū* hat, und wo sich nur ein Imperativ mit *ī* findet, so ist dies der Beweis, daß das betreffende Verb auch das Imperfekt mit *ī* bildete. Die einzigen Formen, die vom Imperativ vorkommen, sind die 2. Pers. fem. sing. mit *ū*: קוּמִי
und die 2. Pers. masc. plur. mit *ī*: שִׂימוּ. d.

Vom Infinitiv *Pĕʿal* giebt es kein Beispiel, und die Partizipien des Aktivs, die mit dem langen *ā* dem Perfekt in der 3. Pers. masc. sing. gleich lauteten, sind ganz zu Nomina geworden vgl. שָׂב πρεσβύτερος *der Älteste, Vorsteher*; an ihre Stelle ist eine sekundäre Bildung getreten, welche der Analogie der starken Verben folgend die beiden Vokale *ā* und *e* einsetzte, die im *Kĕthībh* durch א, im *Ḳĕrē* durch י auseinander-gehalten sind und zwischen denen das א wie ein *Jōd* zu sprechen war (s. § 13 *a*). Die Beispiele קאמין קָאֵם etc. siehe ebenfalls § 13 *b*. e.

Das passive Partizip bildet regelrecht mit langem *ī* vgl. שִׂים und רִם D. 5, 20 (aber vielleicht ist רָם perf. zu lesen oder ein intrans. Perf. *rim* zu statuieren). Diese Form wird auch als *Pĕʿīl* gebraucht; das Femininum von שִׂים wird allerdings D. 6, 18 שָׂמַת geschrieben, aber ist wohl in שִׂימַת resp. שָׂמַת zu verbessern. f.

Das Haphʿel hat langen *I*-Vokal, der bisweilen als *ē* erscheint, vielleicht aber überall in *ī* verbessert g.

werden sollte. Die Schreibung mit *ē* scheint Hebraismus zu sein. Das Perfekt verflüchtigt regelmäßig den Vokal der Präformative, während das Imperfekt und das Partizip hierin, wie auch in der Beibehaltung oder Auswerfung des ה, inkonsequent verfahren. Die belegbaren Formen sind folgende:

| | Perfekt: | Imperfekt: |
|---|---|---|
| Sing. 3. p. m. | הֲקֵים הֲקִים | יְהָקֵים יְקִים |
| 3. p. f. | — — | תְּסֵף |
| 2. p. m. | הֲקֵימְתָּ | תְּקִים |
| 1. p. | הֲקֵימֶת | — |
| Plur. 3. p. m. | הֲקִימוּ | יַהֲתִיבוּן יְתִיבוּן |
| Partizip: | מְהָקֵים מָרִים | |

Anm. 1. In יַחִיטוּ *sie bessern aus* (E. 4, 12) ist das *Nūn* abgefallen und durch den Guttural das Pathach gehalten.

2. Nur der Infinitiv des Haphʿel hat an Stelle des *I*-Vokals seinen charakteristischen Vokal *ā* nicht entbehren können: לַהֲזָדָה לַהֲקָמוּתֵה.

h. Das Hophʿal behält das *ī* bei, aber setzt unter das präformative ה ein *Chāṭēph-Ḳāmeṣ*, welches den Passiv-Charakter kennzeichnet. Eine weitere Decomposition des *ŭ* in einen indistinkten Vokal stellt die Schreibung mit *Chāṭēph-Sĕgōl* dar. Nur das Fem. der 3. Pers. sing. perf. kommt vor: הֳקִימַת D. 7, 4 und הֱקִימַת D. 7, 5.

i. Vom Hithpĕʿel kommen nur Formen des Imperfekts und des Partizips vor. Hierbei haben sich zwei verschiedene Bildungsweisen zur Geltung gebracht: die eine hat den ursprünglichen *A*-Vokal als langes *ā* erhalten, die andere dagegen den bei den starken Verben jetzt gewöhnlichen *I*-Vokal als langes *ī* aufgenommen. Zugleich wird in den im biblischen Texte aufbehaltenen Formen das *Tāw* der Vorsatzsilbe *hith*- resp. *jith*- geschärft. So entstehen folgende Gebilde:

Imperf. 3. p. m. יִתְּשַׁם und יִתְּוִין

pl. יִתְּשַׁמּוּן

Partiz. מִתְּשַׁם

Anm. Die Erklärung der Schärfung des ת aus dem Drange, die Formen den Hithpĕʿelformen der starken Verba ähnlich zu machen, ist nicht recht befriedigend. Mußte vielleicht die Schärfung eintreten vor *S*-laut, um die Transposition, welche diese Formen entstellt und unkenntlich gemacht hätte, zu verhindern, oder liegen am Ende hier gar Reste eines Hitthaph'al vor? Die Bedeutung würde kein Veto einlegen und für יִתְּוִין nicht übel passen. Vgl. Parad. Tab. VI.

Ein Paʿʿil konnte nur durch Insertion eines neuen Radikals gebildet werden. Alt sind solche Formen nicht, zudem ist nur ein Infinitiv mit einem geschärften *Jōd* vorhanden: לְקַיָּמָה. Das Partizip *Pĕʿal* scheint somit Nachfolge gefunden zu haben. Von der älteren Intensivbildung, welche das *Paʿʿil* ersetzte, hat sich nur ein Partic. act. Paʿlel: מְרוֹמֵם und die 2. Pers. masc. sing. Perf. Hithpaʿlel הִתְרוֹמַמְתָּ erhalten. Das lange *ā*, das hier zu erwarten war, ist in *ō* getrübt. k.

III. Klasse: Die Verba mit schwachem drittem Radikal oder die hintenvokaligen Verba. Vgl. Parad. Tab. VII. Obschon es auch im Aramäischen einst Verba mit dem Auslaut א, ו oder י gegeben hat und dieselben demgemäß in verschiedener Weise flektiert wurden, so sind sie in dem Stadium der Sprache, 64. a.

welchem die Texte des Alten Testamentes entstammen alle gleichmäßig behandelt worden und sämtlich zu Verben geworden, deren letzter Radikal verschwunden ist, und die dafür den Vokal gedehnt und zur Stütze desselben in der Schrift א oder ה angenommen haben. Die jetzt ersichtliche Flexion behandelt diese Verba als ursprüngliche ל״י. Nur in einigen Beispielen scheint wenigstens noch das *Kĕthībh* eine Spur von ursprünglichen ל״א zu kennen. So ist es möglich, daß dem *Kĕthībh* מלאת D. 2, 35 die Formation des starken Verbums zu Grunde liegt und מְלָאַת zu sprechen ist, und ebenso ist vielleicht א als Konsonant gehalten in E. 4, 19: מִתְנַשְּׂאָה, wenn nicht das א ein Ausfluß der Schreib- und Sprechweise ist, die א zwischen zwei Vokalen (hier einem Vokalanstoß und einem Vokal) gleich י faßt.

*b.* Das *Jōd*, welches der Flexion als der Auslaut dieser Verba gilt (ob es nun ursprünglich wirklich vorhanden war oder nur einen Versuch des א, sich als Konsonanten zu halten, darstellt), hat die vielfältigsten Veränderungen erlitten. Diese lassen sich nach folgenden Gesichtspunkten zusammenstellen:

*c.* 1. Hat die betreffende Form kein Bildungsafformativ anzunehmen, käme also *Jōd* an das Ende zu stehen, so ist je nach dem unmittelbar vorausgehenden Vokale verschieden verfahren worden.

Bei vorausgehendem *a*-Vokal, wie er bei diesen Verben im Perfektum nur für das *Pĕal* in Frage kommt, ist *Jōd* abgefallen und aus *aj* ein *ā* mit dem Vokalbuchstaben א geworden. Die 3. Pers. masc. sing. perf.

*Pĕʿal* lautet daher בְּנָא. Dagegen im Imperfektum und Partizipium ist überall, im Infinitiv und Imperativ nur im Pĕʿal aus *a*+*Jōd* durch Kontraktion *ē* geworden, das gewöhnlich mit ruhendem א, bisweilen auch mit י geschrieben ist. Demgemäß sind folgende Formen entstanden:

a) Für das Imperfekt 3. pers., 2. pers. masc., 1. pers. sing. und 1. pers. plur. *d.*

im Pĕʿal: אֶקְרֵא תִּקְנֵא תֶּהֱוֵא יִצְבֵּא

im Paʿʿil: יְבַלֵּא

im Haphʿel: נְהַחֲוֵה יְהַשְׁנֵא

im Hithpĕʿel: תִּתְבְּנֵא יִתְקְרֵי יִתְבְּנֵא und

im Hithpaʿʿal: יִשְׁתַּנֵּא יִשְׁתַּוֵּה

Die Schreibung des Perfekts mit ָה (vgl. רְבָה) und des Imperfekts mit ֵה ist wohl nur als Hebraismus anzusehen.

b) Für das Participium *e.*

des Pĕʿal: קָרֵא חָזֵה im Aktivum

und מְנֵא בְּנֵה im Passivum.

des Paʿʿil: מְשָׁרֵא מְצַלֵּא

des Haphʿel: מְהַשְׁנֵא מוֹדֵא

des Hithpĕʿel: מִתְבְּנֵא

des Hithpaʿʿal: fehlt im afformativlosen Partizip.

c) für den Infinitiv und den Imperativ des Pĕʿal: *f.*

Inf.: לְמִקְרֵא לְמִגְלֵא לְמִבְנֵא u. s. w.

Imp.: שֵׂא (von נְשָׂא); eine Ausnahme bildet חֱיִי (§ 65 *b*).

Bei vorausgehendem *I*-Vokal, den diese Verba in sämtlichen Perfektformen außer Pĕʿal sowie im *g.*

Imperativ Pa''il aufweisen, ist *Jōd* mit diesem homo-genen Vokal in *ī* (ִי—) zusammengeflоßen. Vergleich die Beispiele für die 3. Pers. sing. perf. des

Pa''il: רַבִּי מַנִּי; Haph'el: הַיְתִי הַגְלִי; Hithpĕ'el הִתְמְלִי; Hithpa''al: הִתְנַבִּי. Vgl. auch Šaph'el: שֵׁיצִי; ferner das einzige Beispiel für Imperativ Pa''il: זַמִּי (mit ֶ statt ַ E. 7, 25).

Nach langem *ī* ist natürlich *Jōd* abgefallen, so in Pĕ'īl גְּלִי und גֱּלִי, קֱרִי.

*h.* Demnach läßt sich sagen: Die afformativlosen Verbalformen haben

| | | |
|---|---|---|
| die Endung *ā* (ָא— | oder ָה—) | im Perfektum Pĕ'al. |
| die Endung *ē* (ֵא— | oder ֵה—) | in allen Imperfekten und Partizipien, sowie im Imperativ und Infinitiv des Pĕ'al; |
| die Endung *ī* (ִי—) | | in sämtlichen Perfekten außer Pĕ'al, im Imperativ Pa''il und in dem Passivperfektum Pĕ'īl. |

*i.* 2. Beginnt das Bildungsafformativ mit einem Vokal, besteht es also aus einem bloßen Vokal (וּ—) oder aus einem Vokal mit folgendem Konsonanten (וּן— ָן— ַת—), so ist *Jōd* entweder elidiert oder als Konsonant erhalten.

Elision ist überall eingetreten, wo das afformative וּ— oder וּן— an die Verbalform angefügt werden mußte. Dann aber hat sich der vor *Jōd* stehende Vokal, wenn er *a* ist, mit der Endung *ū* resp. *ūn* zu dem Diphthong *ō* resp. *ōn* zusammengezogen, dagegen wenn er *i* ist, erhalten und mit dem *ū* der Endung den Diphthong *īu* (mit Ton auf *ī* und *u* als Nachschlag) gebildet, der *īw* ־ִיו geschrieben wird.

Da der charakteristische Vokal *i* nur in den Perfekten der abgeleiteten Stämme und der intransitiven Form des *Pĕʿal*, sowie im Passivperfekt *Pĕʿīl* vorkommt, sind nur Perfektformen mit *īu* möglich. Belegbar sind die Formen folgender Stämme: *k.*

Intransitives Pĕʿal: אִשְׁתִּיו (mit א prostheticum s. § 16 *a*).
Passiv perfekt Pĕʿīl: רְמִיו
Paʿʿil: שָׁרִיו שַׁנִּיו
Haphʿel: הֶעְדִּיו הַיְתִיו
Hithpaʿʿal: אִשְׁתַּנּוֹ (D. 3, 19, wofür *Ḳĕrē* den Sing. אִשְׁתַּנִּי lesen will).

Überall sonst, also im transitiven Perfekt *Pĕʿal*, im Imperfekt und Imperativ aller Stämme ist *a* der charakteristische Vokal, sodaß wir hier die Endungen ־וֹ und ־וֹן finden. Wirklich belegbar sind folgende Formen: *l.*

Perfekt Pĕʿal 3. pers. masc. plur.: עֲנוֹ בְּנוֹ
Imperf. Pĕʿal 3. pers. masc. plur.: יִקְרוֹן יִבְנוֹן
Paʿʿil 3. pers. masc. plur.: יְבַעוֹן יְשַׁנּוֹן
Haphʿel 3. pers. masc. plur.: יְהַעְדּוֹן
2. pers. masc. plur.: תְּהַחֲוֺן
Hithpĕʿel 2. pers. masc. plur.: תִּתְרְמוֹן
Hithpaʿʿal 3. pers. masc. plur.: יִשְׁתַּנּוֹן (vgl. יִשְׁתַּנּוֹ Jussiv ohne *Nūn* nach אַל § 52 *a*).
Imperativ Pĕʿal 2. plur.: הֱווֹ אֱתוֹ
Haphʿel 2. plur. c. suff.: הַחֲוֺנִי

Nicht elidiert ist *Jōd* in der Passivform des Haphʿel

הֲיִתִי, welche im Perf. plur. mit Beibehaltung des *a*-Vokals הֵיתַיו (D. 3,13) lautet (s. § 60 *b*).

*m.* Als Konsonant hat sich *Jōd* vor der Endung ־ָן (fem. der 3. Pers. plur.) gehalten in der 3. Pers. fem. plur. des Imperfekts, wie das Beispiel לֶהֶוְיָן (von הֲוָה; zu dem Präformativ ל vgl. § 37 *b* Anm. 2) zeigt. Der dem Afformativ unmittelbar voraufgehende Vokal hat sich regelrecht verflüchtigt (§ 43 *b*).

*n.* Vor der Endung des Femininums der 3. Pers. sing. perf. ־ַת hat sich das ursprüngliche *Jōd* im Pĕʿal nicht gehalten, wenn es auch einmal (D. 4, 21) im *Kĕthībh* als Variante erscheint; die Femininendung *at* hat sich mit der masculinen Form der 3. Pers. verbunden und ist infolge davon zu *āt* geworden, dessen *Ḳāmeṣ* in sekundärer Weise in einzelnen Beispielen zu *Pathach* verkürzt worden ist (§ 20 *b*). Die Überlieferung schwankt daher. Das richtige lange *ā* findet sich in הֲוָת D. 7, 19; E. 4, 24; 5, 5; מְטָת D. 4, 21; עֲדָת D. 3, 27; 4, 28; רְבָת D. 4, 19; מְלָאת D. 2, 35; während sich das *Pathach* eingedrängt hat in הֲוַת D. 2, 35; מְחַת D. 2, 34. 35; מְטַת D. 4, 19; עֲנַת D. 5, 10.

*o.* Im Hitpĕʿel dagegen, wo ein *I*-Vokal der Endung *at* voranging, ist samt diesem *i* das *Jōd* geblieben, aber durch *Dāgēš* geschärft: אִתְכְּרִיַּת D. 7, 15.

*p.* In der eigentümlichen Passivform des Haphʿel הֵיתָיִת (D. 6, 18) endlich ist die Femininendung ohne vorangehendes *a* einfach an die Verbalform angetreten und der Halt von *Jōd* durch den Hilfsvokal *i* noch verstärkt worden. Hier ist, wie im Plural הֵיתַיו das *a* festgehalten, offenbar, weil es zum Passivcharakter der Form gehört (vgl. § 60 *b*).

3. Beginnt das Bildungsafformativ mit einem Konsonant, wie dies überall in der zweiten und ersten Person des Perfekts im Singular und Plural der Fall ist, da doch die Endung der 1. Pers. sing. ursprünglich *ti* gelautet haben muß, so ist wiederum zwischen Pĕʿal und den abgeleiteten Stämmen zu unterscheiden: *q.*

In Pĕʿal ist der Vokal des Stammes *a*. Dieser ist vor der Endung der 2. Pers. Sing. תָּ mit *Jōd* zu dem Diphthong *ai* (ַי) geworden, z. B. חֲזַיְתָ הֲוַיְתָ (das *Ḳĕrē* רְבַת für רבית = רְבַיְתָ D. 4, 19 ist unannehmbar); *r.*

vor den Endungen der 2. und 1. Pers. Plur. ־תוּן und ־נָא ist aus *a*+*j* nicht blos *ai*, sondern der zusammengezogene Vokal *ē* (ֵי) geworden, z. B. חֲזֵיתוּן und רְמֵינָא, und

vor der Endung der 1. Pers. Sing. *ti*, welche im Aramäischen überall den Vokal *i* verloren hat, hat sich ebenfalls bei Verben transitiver Form *ai* in den Vokal *ē* (ֵי) zusammengezogen, z. B. הֲוֵית, חֲזֵית, dagegen ist bei intransitiver Form der Vokal *i* mit dem Schluß-*jōd* vor der Endung ת in langes *ī* zusammengeflossen z. B. צְבִית D. 7, 19.

Zu beachten ist aber, daß, wo ein dem *Jōd* voraufgehender Vokal von Natur lang oder doch für die Form unentbehrlich ist, trotz dem auf *Jōd* folgenden Vokal *Jōd* und Vokal sich erhalten haben, so in den Infinitiven der abgeleiteten Stämme, von welchen sich zwar nur noch Beispiele für Haphʿel vorfinden vgl. לְהַיְתָיָה, *s.*

5*

לְהַשְׁנָיָה, und in den bereits erwähnten Passivformen des Haph῾el von אֲתָה: הֵיתָיִת und הֵיתָיו.

*t.* Für die Verbindung mit Pronominalsuffixen gelten neben den § 50—54 angemerkten allgemeinen Gesetzen die besonderen Regeln, daß im Perfekt der 3. Pers. sing. Pĕ῾al die Form als vokalisch auslautend betrachtet wird und daher das betreffende Suffix in seiner ursprünglichen Gestalt annimmt vgl. בְּנָהִי [= בְּנָא + ־הִי] mit Ausfall des א; ferner daß im Imperfekt die Endungen des Modus energicus *inna* und *unna* an die Stelle der gewöhnlichen Endungen treten und dann wie im starken Verb die Suffixe annehmen, z. B. יַחֲוִנַּנִי, יְחַוִּנַּה und תְּהַחֲוֻנַּנִי; endlich daß im Infinitiv Pĕ῾al das ursprüngliche *Jōd* wieder hervortritt, im übrigen aber die Suffixe regelrecht (d. h. mit Verflüchtigung des Vokals der letzten Silbe) antreten z. B. מִצְבְּיַהּ, מַוְיַהּ.

*u.* Eigenartige Infinitivformen weist der Text für das Verbum בְּנָא *bauen* auf. Neben der regelrechten Form לְמִבְנֵא findet sich E. 5, 9 לְמִבְנְיָה und E. 5, 3. 13 לְבְּנֵא; aber weder die eine noch die andere Form ist als Infinitiv zu halten. Will man לְמִבְנְיָה nicht als *Status emphaticus* fassen oder in לְמִבְנְיַהּ infin. c. suff., welche Verbindung möglich wäre, verbessern, so sind diese Formen in dem gerade hier (E. 5, 3—15) nicht besonders gut überlieferten Texte einfach überall in לְמִבְנֵא zu korrigieren.

**65.** Die Verba הֲוָה (הֲוָא) *sein*, חיה *leben* und חוה *ansagen*.

*a.* Das Verbum הֲוָה hat eine durchaus den Verben ל״א entsprechende Flexion. Der einzige Unterschied besteht in dem Präformativ der 3. Pers. masc. sing. und der 3. Pers. masc. und fem. plur. Imperfecti *Pĕʿal* ל: לֶהֱוֵא, לֶהֱוֹן und לֶהֶוְיָן. Da nun nachgewiesen ist, daß die übrigen westaramäischen Dialekte bei Juden, Christen und Heiden das Präformativ י auch bei הֲוָה gebrauchten, so kann nicht angenommen werden, daß die lebende Sprache ל wirklich verwendet habe. Es muß eine absichtliche spätere Zurechtmachung des Textes erfolgt sein; der Grund der Änderung war die Ähnlichkeit der Formen mit dem Namen יהוה und seiner Abkürzung יה. Die Änderung adoptierte die im Mandäischen und im babylonischen Talmud übliche Imperfektform mit dem Präformativ ל, das dort nicht nur bei diesem Verbum seine Anwendung gefunden hat (cf. *Bevan,* A Short Commentary of the Book of Daniel 1892 S. 35. 36).

Vom Verbum חיה *leben* kommen nur zwei Formen vor: der Imperativ *Pĕʿal* masc. sing. חֱיִי und das Partic. *Haphʿel* מַחֵא. Im Imperativ, den wir nach שֵׂא *hebe* auf *ē* auslautend erwarten, ist offenbar das *Jōd,* das den 2. Radikal bildet, von Einfluß gewesen, und im Part. *Haphʿel* מַחֵא ist das *Jōd* nach *Chēṭ* ausgefallen oder es liegt ein Verbum ע׳ע (חי = *chăjaj*) zu Grunde. b.

Von חוה kommen nur Formen des *Paʿʿil* und *Haphʿel* vor und zwar ohne daß irgend welcher Unterschied in der Bedeutung zu erkennen wäre. Auffallen darf es ferner, daß von diesem Verbum keine *Haphʿel*form mit synkopiertem ה sich findet, wie man sonst sie häufig antrifft. Es ist daher zu vermuten, daß auch die von der Masora als *Paʿʿil* überlieferten Formen als *Haphʿel* c.

zu lesen sind; also יְחַוִּנַּהּ, יְחַוִּנַּנִי, אֲחַוֵּא und נְחַוֵּא und nicht יְהוֹנַהּ, יְהוֹנַנִי, אֲחַוֵּא und נְחַוֵּא. Die Masora hat *Paʿʿil* gelesen, wo dies möglich war, weil im späteren Sprachgebrauch nur dieses in dem Sinne von *anzeigen*, *ansagen* üblich ist.

66. IV. Klasse: Die Verba mit gleichem zweitem und drittem Radikal oder die sog. Verba ע״ע. Vgl. Parad. Tab. VIII.

*a.* In einzelnen Formen dieser Verba ist die Dreilautigkeit vollständig gewahrt:

1) der Steigerungsstamm, ob er die gewöhnliche Form *Paʿʿil* oder die seltenere *Pōʿal* vorzog, konnte nur mit drei Radikalen erscheinen. Daher lautet das *Paʿʿil:* מַלִּל, יְמַלֵּל, מְמַלִּל *reden;* קַצִּצוּ *abhauen;* מְרָעַע *zertrümmern* und das *Hithpōʿal:* אֶשְׁתּוֹמַם *er war bestürzt* von שמם.

2) Dreilautig ist auch das *Haphʿel* von טלל gebildet: תַּטְלֵל *im Schatten ruhen,*

und 3) das *Kĕthībh* weist auch für *Pĕʿal* zwei vollständig dreiradikalige Formen auf: 3. pers. fem. sing. Perf. עַלְלַת (D. 5, 10) und Part. act. im Plural עָלְלִין (D. 5, 8).

*b.* Gewöhnlich erscheinen aber nur zwei Radikale; immerhin ist, wenn Bildungssilben an die Form antreten mußten, einer der beiden Radikale geschärft und zwar ist, wenn beide zur Auswahl standen, die Schärfung des ersten vorgezogen worden, also nicht daran gedacht, womöglich immer den zweiten zu schärfen.

*c.* Keine Schärfung ist ersichtlich bei עַל 3. pers. masc. sing. perf. (*eintreten*), und ohne dieselbe ist דָּקוּ D. 2, 35 geblieben. Die Form mit ַ weist auf ein mittelvokaliges

Verb; aber ehe man dieses annimmt, ist man bereit דַּקוּ zu lesen von דקק *zermalmt sein, zerstieben.*

Der 1. Radikal ist geschärft oder es ist statt der Schärfung Vokaldehnung eingetreten (vgl. § 18*c*) im Imperfekt und Infinitiv *Pĕ'al,* sowie im ganzen *Haph'el* vgl. *d.*

*Pĕ'al* Imperf. 3. pers. fem. sing. תֵּרֹעַ (die Dehnung des *u* zu *ō* kann Hebraismus sein).

Inf. מִחַן [und vielleicht מַעֲלֵי (D. 6, 15) Plur. eines Inf. von עַל; dann aber ‑ַ‑ auffallend].

*Haph'el* Perf. 3. sing. fem. הַדֶּקֶת.

3. pl. masc. הַדִּקוּ.

Impf. 3. sing. fem. תַּדִּק, c. suff. תַּדֶּקִנַּה.

Imper. c. suff. הַעֲלְנִי (vgl. § 50*b* Anm. 2).

Infinitiv לְהַעָלָה (vgl. § 18*c*).

Partic. act. masc. מְהַדֵּק fem. מַדֶּקָה.

*Hoph'al* Perf. 3. sing. masc. הֻעַל. Der Plural dieser Form הֻעַלּוּ mit Schärfung des 2. Radikals macht es nicht notwendig anzunehmen, daß in הֻעַל eine Ersatzdehnung vorliegt, da ‑ֻ‑ durchaus nicht lang zu sein braucht. Statt der Schärfung ist die Einfügung eines *Nūn* erfolgt im Perf. u. Infinitiv *Haph'el* הַנְעֵל und לְהַנְעָלָה.

Der 2. Radikal ist geschärft in den mit vokalisch *e.* anlautenden Afformativen gebildeten Formen des Perfekts *Pĕ'al* נַדַּת und עַלַּת (*Ḳĕrē*), des Imperativs גֹּדּוּ (*ō* statt *u* zu beurteilen wie bei תֵּרֹעַ) und im Plur. des Partic. act. *Pĕ'al* עָלִּין (*Ḳĕrē*) D. 4, 4; 5, 8 [= *āllīn*].

## Kapitel III. Das Nomen (§ 67—88).

67. a. Zu den Nomina, die im weiteren Sinne auch die Zahlwörter (§ 89—91) und die Pronomina (§ 24—28) umfassen, sind hier, wie gewöhnlich, nur die Substantiva und Adjektiva d. h. die Nomina im engeren Sinne gerechnet.

b. Ihrem Ursprung nach unterscheidet man primitive Nomina d. h. solche, die sich nicht auf ein Verbum oder ein anderes Nomen zurückführen lassen, und abgeleitete Nomina, die man, je nachdem sie auf ein Verbum oder Nomen zurückgehen, deverbalia oder denominativa nennt. Schließlich hat man noch die Lehnwörter zu unterscheiden, welche vom Aramäischen aus fremden Sprachen (aus dem Assyrischen, Persischen und Griechischen) übernommen sind.

c. Ihrer Form nach hat man Nominalbildungen kürzester Wurzel, dann solche von dreikonsonantigen Stämmen ohne äußere Vermehrung und endlich solche zu unterscheiden, welche eine Vermehrung aufweisen, sei es, daß der Stamm mehr als drei Radikale hat, sei es, daß die Bildung durch Präformative oder durch Afformative vermehrt worden ist.

Vgl. über die Nominalbildungen § 77—88.

### A. Die Flexion der Nomina.

68. a. Das Aramäische unterscheidet die beiden Genera des Masculinums und Femininums. Auch einige Nomina generis feminini haben, wie die des Masculinums immer, keine äußere Bezeichnung ihres Geschlechts, z. B. יְד

*Hand,* עַיִן *Auge.* Gewöhnlich aber wird das Femininum durch die Endung ָא— oder ָה— bezeichnet, die durch Abwerfung des eigentlichen Femininzeichens ת aus ַת— (*-at*) entstanden ist, wie die Femininbildungen auf ו— und ִי— aus ות— und ִית—. Die Schreibung mit א oder ה bedeutet nur einen orthographischen Unterschied.

Als Kollektiva sind zu betrachten יְהוּד (eine Rück- *b.* bildung aus יְהוּדִי), מָדַי und פָּרָס *Juden, Meder* und *Perser.*

Die Flexion der Nomina kennt die Numeri des **69.** Singularis, Dualis und Pluralis; aber der Dual ist nur *a.* recht spärlich vertreten. Er weist drei verschiedene Endungen auf:

1. auf *ēn* gehen die Duale der Zahlwörter für *zwei* aus vgl. masc. constr. תְּרֵי und fem. תַּרְתֵּין.
2. auf *ajin* ַיִן— gehen die Duale aus: מָאתַיִן *zweihundert,* יְדַיִן *Hände,* קַרְנַיִן *Hörner,* רַגְלַיִן *Füße,* שִׁנַּיִן *Zähne in zwei Reihen* und
3. auf *īn* ִין— in den folgenden Formen, die kaum anders denn als Duale zu verstehen sind: עַיְנִין D. 7, 8 *Augen,* עִדָּנִין D. 7, 25 *zwei Zeiten* und פַּרְסִין D. 5, 25 *zwei Halbminen.*

Die Pluralendung ist ִין— *īn* für diejenigen Wörter, *b.* welche im Singular keine Genusbezeichnung haben, also hauptsächlich für diejenigen, welche masculini generis sind; ִין— kann aber demnach auch an Nomina feminina antreten, vgl. רוּחֵי pl. c. von רוּחַ *Wind.*

Die Pluralendung feminini generis dagegen ist *c.* ָן— *ān*, die in der Regel da eintritt, wo der Singular äußere Bezeichnung des Femininums durch die Endung *ă* besitzt. Doch auch hier ist der Sprachgebrauch nicht mit Konsequenz verfahren vgl. die Femininendungen an Pluralen von Wörtern masculini generis z. B. von אב *Vater*.

*d.* Zu מִלִּין *Worte* wird der feminine Singular מִלָּה *nomen unitatis* sein.

**70.** Die Nomina haben für das Masculinum und Femininum sowohl im Singular, als auch im Plural drei verschiedene Formen, sog. Status:

*a.* den Status absolutus, die indeterminierte Form oder die Hauptform d. h. diejenige Form, welche ein Nomen hat, wenn es für sich allein steht ohne irgend welche nähere Determination durch einen Deutelaut, ein Pronominalsuffix oder ein folgendes Substantiv;

*b.* den Status emphaticus, die determinierte Form oder die Hinweiseform d. h. diejenige Form, welche zur Bezeichnung eines bestimmten Trägers des Nomens dient und

*c.* den Status constructus oder die Verbindungsform, d. h. die Form, welche ein Nomen annimmt, das durch ein unmittelbar folgendes Substantiv bestimmt wird.

**71.** Im Masculinum Singularis sind die Haupt- und
*a.* Verbindungsform meist gleich, da die Änderung des Tones, die durch die enge Verbindung mit dem folgenden Wort erfolgt, im Aramäischen auf den Vokalismus geringen Einfluß ausübt. Nur die einvokaligen Nomina von mittelvokaligen Stämmen mit dem Diphthong *ai*

kontrahieren dieses *ai* in der Verbindungsform zu *ē*, z. B. בַּיִת erhält in der Verbindungsform בֵּית, ebenso wird עַיִן zu עֵין u. s. w. In Verbindung mit Suffixen ist diese Kontraktion nicht eingetreten: *mein Haus* heißt בַּיְתִי (ohne das *Chireḳ* der Hauptform). Außerdem findet sich von צְלַם der st. constr. צְלֵם, einmal (D. 3, 19) aber auch צְלַם, und von טְעֵם zweimal טַעַם (E. 6, 14; 7, 23) neben dreimaligem טְעֵם.

b. Im Plural (masc.) lautet dagegen die Verbindungsform auf *ē* ـֵי, das (wie die Endung vor Pronominalsuffixen zeigt) aus *aj* kontrahiert ist. Von יוֹמִין lautet somit die Verbindungsform יוֹמֵי. Ganz so hat die Verbindungsform des Dual geendet cf. תְּרֵי *zwei*, עֵינֵי *Augen*.

c. Die determinierte Form oder der stat. emph. setzt im Singular und Plural den Deutelaut *ā* an, der gewöhnlich mit ruhendem א, aber auch mit ruhendem ה geschrieben wird. Im Plural tritt dieses *ā* an die ursprüngliche Endung der Verbindungsform *ai* an, d. h. die Endung des stat. emph. der Masculina lautet im Plural *ajja* (vgl. zu der Schärfung § 5*d*) z. B. יוֹמַיָּא.

d. Die Nominalformen vor den Flexionsafformativen der masculinen Abwandlung erleiden etwelche Änderungen, wenn die Hauptform nicht einen festen unverdrängbaren Vokal in der Endsilbe hat. Es gelten dann folgende Regeln:

e. Bei den einvokaligen Nomina erscheint im stat. emphat. des Singulars vor der Endung *ā* die Grundform (abgesehen von geringen Modifikationen infolge der Gutturale oder des Übergangs von *a* in *i*); vor den

Endungen des Plurals ist dagegen eine Form eingetreten, welche auf zweivokalige Nebenbildungen desselben Nomens zurückgeht. Deshalb ist dann der dritte Radikal aspiriert. Der Singular weist z. B. auf die GF. *malk,* der Plural auf die GF. *malakh* zurück (s. § 79). Vgl.

| | stat. abs. | constr. | emph. |
|---|---|---|---|
| Singular: | מֶלֶךְ | מֶלֶךְ | מַלְכָּא |
| Plural: | מַלְכִין | מַלְכֵי | מַלְכַיָּא |

Diese Nichtaspirierung im stat. emph. des Singulars fällt natürlich bei den einvokaligen Formen mit dem Diphthong *ai* weg, z. B. בַּיְתָא *das Haus,* also *baithā* und nicht *bajtā*.

*f.* Nominalformen von ע״ע-Stämmen schärfen den Endkonsonanten vor allen Afformativen, z. B. עַם, עַמָּא; pl. emph. עַמְמַיָּא vgl. ferner אֻמַּיָּא.

*g.* Geht dagegen die Nominalform auf einen kurzen Vokal in der Endsilbe aus, so verflüchtigt sich dieser Vokal vor allen masculinen Flexionsafformativen, z. B. עֲלַם, עָלְמָא, עָלְמִין, [עָלְמֵי], עָלְמַיָּא. Natürlich kommt aber dann in Nominalformen mit zwei kurzen Vokalen der erste, wenn auch gerne *a* in *i* umgewandelt wird, zum Vorschein, z. B. von בְּשַׂר lautet st. emph. sing. בִּשְׂרָא, von זְמַן vgl. זִמְנָא, זִמְנִין und זִמְנַיָּא. Vgl. Parad. Tab. XI a.

72. *a.* Das Femininum unterscheidet auch im Singular Haupt- und Verbindungsform. Die Verbindungsform hat nämlich das ursprüngliche Feminin-*t* (ת) nicht abgeworfen, wie die Hauptform.

| | | |
|---|---|---|
| Demnach lautet von | חֵיוָא *Tier,* | מַלְכוּ *Reich* |
| die Verbindungsform: | חֵיוַת | מַלְכוּת |

Ebenso sind im Plural diese beiden Formen wohl b.
unterschieden: Die Hauptform erhält die Endung ָן
und die Verbindungsform die mit unwandelbarem *ā* versehene Endung ָת (vgl. das Hebr., wo *āt* in *ōt* getrübt erscheint). Diese Endungen treten bei dem auf *ā* im Singular ausgehenden Femininum an die unveränderte Form nach Abwerfung dieses *ā*, bei dem auf וּ ausgehenden Femininum verwandelt sich dieses וּ in den Konsonanten ו *Wāw*. Somit lautet der Plural fem.

in der Hauptform חֵיוָן *Tiere* [מַלְכְוָן] *Reiche*
Verbindungsform חֵיוָת מַלְכְוָת

Der Status emphaticus fügt im Singular und c.
Plural an die Verbindungsform den üblichen Deutelaut *ā*. Im Singular verflüchtigt sich davor das kurze *Pathach* der Endsilbe zu *Šĕwā* resp. zu einem gefärbten *Šĕwā* unter einem Guttural; dagegen im Plural bleibt das lange *ā* unverändert.

Vgl. Status emph. von חֵיוָא מִנְחָה מַלְכוּ
im Singulur: חֵיוְתָא מִנְחֲתָא מַלְכוּתָא
und im Plural: חֵיוָתָא מִנְחָתָא מַלְכְוָתָא

Danach werden die masoreth. Stat. emphat.-Formen גְּבוּרְתָּא, עֲבִידְתָּא, מָרְדְתָּא, מְדִינְתָּא mit *Dāgēš* in ת recht zweifelhaft. Vgl. Parad. Tab. XI *b*.

Die Nomina mit der Endung ַי *āj* (s. § 87 *b*) **73.**
weisen, abgesehen davon, daß *Ḳĕrē* im stat. emph. masc. sing. und im stat. abs. fem. sing. für י ein א schreibt, nur im stat. emph. masc. pluralis eine eigentümliche Bildung auf. Sie werfen nämlich den Deutelaut *ā* ab, und kontrahieren die übrigbleibende Endung *ajj*, welche

die Schärfung des *j* verlieren muß, in *ē*. Auch in diesem stat. emph. masc. plur. weicht die Schreibung des *Ḳĕrē* wieder in der Weise ab, daß sie ein א für י setzt und dann die Endung mit י statt mit ruhendem א, wie *Kĕthībh*, schreibt. So schreibt *Kĕthībh* כַּשְׂדָּיֵא und *Ḳĕrē* כַּשְׂדָּאֵי *die Chaldäer*. Für die Flexion der Nomina auf ־ָי ergeben sich daher folgende Formen:

Singular.

| | Stat. absol. | Stat. emphat. |
|---|---|---|
| Masc. | כַּשְׂדָּי | *Kĕth.* כַּשְׂדָּיָא *Ḳĕr.* כַּשְׂדָּאָה |
| Femin. | *Kĕth.* רְבִיעָיָא *Ḳĕrē* רְבִיעָאָה | רְבִיעָיְתָא |

Plural.

| | | |
|---|---|---|
| Masc. | כַּשְׂדָּאִין | *Kĕth.* כַּשְׂדָּיֵא *Ḳĕr.* כַּשְׂדָּאֵי |
| Femin. | — | קַדְמָיָתָא |

Der Status construct., wie der Stat. abs. des Fem. plur. ist durch kein Beispiel vertreten.

74. a. Die Nomina mit der Endung א־ָ oder וּ von Bildungen der Stämme mit drittem schwachem Radikal (§ 64 u. 83 *c*) lassen den ursprünglichen Endkonsonanten י oder ו gewöhnlich wieder hervortreten. Eine Ausnahme bilden die Nomina generis femin. auf וּ, wie רְבוּ, בָּעוּ, welche der gewöhnlichen Bildung der Feminina auf וּ folgen, die nur im Plural das ו als Konsonant aufweisen; vgl. § 72 und die Formen des stat. emph. רְבוּתָא, בָּעוּתָא.

Anm. Gleicherweise hat das *Ḳĕrē* die ganze Endung *ē* vor Suffix der 1. Pers. sing. apokopiert, wenn es מָרִי *mein Herr* liest, während das *Kĕthībh* das א beibehält מָרְאִי, wie in שָׂנְאָיךְ *deine Hasser*.

Für die Beibehaltung des ו als Konsonant in den *b.*
masculinen Nomina sprechen aber die folgenden Formen: חֶזְוָא *die Vision* stat. emph. masc. sing., ferner der Plural im stat. const. חֶזְוֵי und die Formen mit Pronominalafformativen חֶזְוִי und חֶזְוַהּ. Auch ein Femininum im stat. abs. hat sich mit unaufgelöstem ו erhalten: חֶדְוָה *Freude*, ferner natürlich חַיְוָה *Tier* in allen Formen.

Der ursprüngliche Endkonsonant י hat sich überall *c.*
erhalten, wo eine Flexionsendung antrat, ja im Plural masc. des stat. abs. auch seinen ursprünglich ihm vorausgehenden Vokal *a* bewahrt und durch Verbindung mit der Pluralendung *in* (also aus *aj* + *in*) die Endung *-ájin* mit dem Ton auf *a* gebildet. Vor den übrigen Flexionsendungen dagegen ist der ursprüngliche *a*-Vokal verflüchtigt; infolge davon kann bisweilen der ursprüngliche Vokal der ersten Silbe wieder hervortreten. Bei einigen Substantiven mit femininer Pluralendung ist der Konsonant ו eingetreten. Die Formen der Nomina mit der Endung *ē* d. h. vornehmlich der Partizipien sind daher folgende:

Singular.

| | Partic. act. | Partic. pass. | Nomina. |
|---|---|---|---|
| Masc. | דָּמֵה | בְּנֵה | אַרְיֵה *Löwe* כָּרְסֵא *Thron* |
| Fem. | דָּמְיָה | שְׁנִיָא | |

Plural.

| | | | |
|---|---|---|---|
| Masc. | חָזַיִן | שְׁרַיִן | |
| Fem. | שָׁנְיָן | — | אַרְיָוָתָא emph. כָּרְסָוָן abs. |

Zu diesen Nomina sind ferner zu vergleichen Formen wie עֲלָוָן *Brandopfer* und כְּנָוָתֵהּ *seine Genossen.*

**75.** Das Nomen mit Pronominalsuffixen. Über
*a.* die Formen der Pronomina personalia suffixa vgl. § 24*l*.
Die Veränderung, welche die Pronominalsuffixe jener
Formen gegenüber aufweisen, ist die Folge der Ver-
schmelzungen, welche die Suffixe mit den Nominal-
endungen eingehen. Nur dadurch entsteht der Schein,
als ob die Suffixe am Plural anders als am Singular
lauteten. Vgl. Parad. Tab. XII.

*b.* Die Form des Nomens, welche die Suffixe an-
nimmt, ist die Verbindungsform, da die Pronominal-
suffixe die Bedeutung eines in Abhängigkeit zu dem
vorhergehenden Nomen stehenden zweiten Nomens haben.
Da die Suffixe unmittelbar an die Wortform antreten,
so weist diese gelinde Unterschiede gegenüber der ge-
wöhnlichen Verbindungsform auf. Sie ist aber zu er-
halten durch die Weglassung des אָ— vom Stat. emphat.
Nur tritt vor den Suffixen der 3. und 2. Pers. plur.
das *a* der femininen Verbindungsform *at* wieder hervor.
Demnach hätten wir überall konsonantischen Auslaut
vor dem Suffix: beim Masc. Sing. den letzten Radikal
des Stammes resp. der Bildung, beim Fem. Sing. ת—,
im Plur. des Masc. *aj* (ַי—) und des Fem. תָ—; aber
die Endung des Masc. Plur. ist als Diphthong *ai*, also
vokalisch zu fassen, und vor den Suffixen der 3. und
2. Pers. plur. geht sie geradezu in *ē* über.

*c.* An den vokalisch auslautenden Formen sind
die Pronominalsuffixe unverändert geblieben, nur konnte
das Suffix der 1. Pers. sing. ִי— als Vokal nicht noch
an den Vokal antreten; an der Endung *aj* hat es aber

doch so weit gewirkt, daß hier die Endung der Form ein Diphthong *aj* geblieben ist. Sonst hat die Endung bei dem Antritt der Suffixe folgende Änderungen erlitten:

Vor dem Suffix der 3. Pers. masc. sing. ist an die Stelle von *aj* ein *ō* (וֹ) getreten, vor denen der 3. und 2. Pers. plur. ist *aj* in *ē* (ֵי) contrahiert, und vor allen übrigen hat sich י in der Aussprache ganz verloren und nur in der Schrift erhalten, so daß von *aj* nur der *A*-laut übrig blieb: als *Pathach* vor dem Suffix der 3. Pers. fem. sing. und als *Ḳāmeṣ* vor denen der 2. Pers. masc. sing. und der 1. Pers. plur.

Der vokalisch auslautende masculine Plural mit Suffixen lautet somit:

| | | | |
|---|---|---|---|
| Plur. masc. c. suff. | 3. pers. m. sing.: | רַעְינוֹהִי | *seine Gedanken* |
| | 3. pers. f. sing.: | רַגְלַיהּ | *ihre Füße* |
| | 2. pers. m. sing.: | רַעְיוֹנָךְ | *deine Gedanken* |
| | 1. pers. sing.: | רַעְיוֹנַי | *meine Gedanken* |
| | 3. pers. m. plur.: | יוֹמֵיהוֹן | *ihre Tage* |
| | 3. pers. f. plur.: | יוֹמֵיהֵין | *ihre Tage* [*Ḳĕrē*]. |
| | 2. pers. m. plur.: | יוֹמֵיכוֹן | *eure Tage* |
| | 1. pers. plur.: | יוֹמָנָא | *unsere Tage.* |

An die konsonantisch auslautenden Nominal- *d.*
formen im Sing. masc. und fem. und im Plur. fem. konnte nur das vokalische Suffix der 1. Pers. sing. ohne weiteres antreten, ebenso ließen sich die Suffixe der 2. u. 3. Pers. anschließen; dagegen haben die übrigen Suffixe die Verbindung durch den *A*-Vokal erhalten. In der 1. Pers. plur. und in der 2. masc. sing. erscheint derselbe als ָ,

dagegen im Fem. der 3. Pers. sing. als *Pathach*; im Masc. 3. Pers. sing. aber ist er bei Antritt von *hi* in *ē* umgelautet, sodaß als Suffix der 3. Pers. masc. sing. ֵ־הּ erscheint (vgl. § 50).

Die Formen, welche durch die Verbindung der Suffixe mit dem Mascul. Sing., Fem. Singul. und Plural entstehen, sind daher folgende:

| Suffix. | | | Masc. sing. | Fem. sing. | Fem. plur. |
|---|---|---|---|---|---|
| Sing. | 3. pers. | masc. | יוֹמֵהּ | חֵיוָתֵהּ | חֵיוָתֵהּ |
| | | fem. | יוֹמַהּ | חֵיוְתַהּ | חֵיוָתַהּ |
| | 2. pers. | masc. | יוֹמָךְ | חֵיוְתָךְ | חֵיוָתָךְ |
| | 1. pers. | | יוֹמִי | חֵיוְתִי | חֵיוָתִי |
| Plur. | 3. pers. | masc. | יוֹמְהוֹן | חֵיוַתְהוֹן | חֵיוָתְהוֹן |
| | | fem. | יוֹמְהֵין | חֵיוַתְהֵין | חֵיוָתְהֵין |
| | 2. pers. | masc. | יוֹמְכוֹן | חֵיוַתְכוֹן | חֵיוָתְכוֹן |
| | 1. pers. | | יוֹמָנָא | חֵיוְתָנָא | חֵיוָתָנָא |

Anm. 1. Das Suffix der 3. Pers. fem. plur. ist nach dem *Ḳĕrē* mit י = הֵין geschrieben, obschon das י eben nur als Vokalbuchstabe das *Ṣērē* andeuten soll.

2. Ob das im *Kĕthībh* erscheinende י bei den Suffixen am mascul. Plural ֿ־ יהּ, ־ַיךְ, ־ָינָא auf eine einst diphthongische Aussprache zurückgeht, ist hier nicht zu entscheiden.

**76.** Eine eigentümliche Flexion haben folgende Nomina:

*a.* אַב *Vater* bildet den Plural durch Vermehrung mit ה und durch Annahme der Femininendung. Das Wort ist nur in Formen, die Suffixe tragen, in unsern Texten erhalten: אֲבוּהִי *sein V.*, אֲבוּךְ *dein V.*, אֲבִי *mein V.*, אֲבָהָתָךְ *deine Väter,* אֲבָהָתִי *meine V.* und אֲבָהָתָנָא *unsere V.*

אח *Bruder* nur vorhanden in der Form אֶחָיךְ *deine* b.
*Landsleute* (also mit Schärfung des ח).

בית *Haus* regelmäßig im Sing.: constr. בֵּית, absol., c.
בַּיְתָא, mit Suff. בַּיְתֵהּ, aber בֵּיתִי (wenn nicht Hebraismus,
wohl Einfluß des *i*; doch die Überlieferung ist nicht
einstimmig: *Bär-Delitzsch* liest בַּיְתִי D. 4, 1); der eigen-
tümliche Plural mit ָ zeigt sich in בָּתֵּיכוֹן (*bātēkhōn*)
*eure Häuser*.

בר *Sohn* st. c. בַּר, c. suff. בְּרֵהּ; Plural: st. c. בְּנֵי, d.
c. suff. בְּנוֹהִי, בְּנֵיהוֹן.

יד *Hand* st. c. יַד, st. emph. יְדָא, c. suff. יְדֵהּ, יְדָךְ, e.
יְדֵהֹם l. יְדְהוֹן E. 5, 8; Dual: יְדַיִן c. suff. יְדַי.

פֻּם *Mund* (*u* durch Einwirkung des *Mēm* vgl. שֻׁם), f.
st. c. פֻּם, c. suff. פֻּמֵּהּ.

ראשׁ *Haupt* st. c. רֵאשׁ (aus *rajš* entstanden), st. g.
emph. רֵאשָׁה; c. suff. רֵאשֵׁהּ, רֵאשַׁהּ, רֵאשָׁךְ, רֵאשִׁי, רֵאשְׁהוֹן;
Plural st. abs. רֵאשִׁין, aber mit Suff. רָאשֵׁהֹם [= He-
braismus in doppelter Weise] l. רֵאשֵׁיהוֹן resp. רֵאשְׁהוֹן
(E. 5, 10).

שֻׁם *Name* (in Bezug auf *u* s. bei פֻּם), st. const. שֻׁם, h.
c. suff. שְׁמֵהּ; pl. (mit ה vermehrt vgl. אב) constr. שְׁמָהָת,
c. suff. שְׁמָהָתְהֹם (l. שְׁמָהָתְהוֹן).

שְׁמַיָּא *der Himmel* nur in dieser Form des Empha- i.
ticus vorhanden; schwerlich Emphaticus plur., da von
*šamaj* die Endung *āje* zu erwarten wäre. Also wohl
Singular mit Schärfung des *Jōd*, der als Plural gefühlt
werden mochte. Vielleicht ist das *Dāgēš* in עֲוָיָתָךְ D.
4, 24 ähnlich zu beurteilen.

6*

## B. Die Bildung der Nomina.

77. **Nomina kürzester Bildung.** Die Nomina, welche weniger als drei Konsonanten aufweisen, sind nur in geringer Anzahl vorhanden. Zu ihnen sind zu rechnen: אב *Vater*, אח *Bruder*, אָע *Holz*, בר *Sohn*, פֻּם *Mund*, שֻׁם *Name*, sowie die Feminina יַד *Hand* und שְׁנָה *Jahr*. Vgl. zur Flexion dieser Nomina § 76.

78. Die Nomina, die vom dreikonsonantigen Stamme ohne äußere Vermehrung herzuleiten sind, zerfallen wieder in mehrere Klassen, je nachdem sie nur einen Vokal oder zwei kurze oder einen kurzen und einen langen Vokal zugleich oder endlich eine Verdopplung des zweiten Radikals aufweisen.

79. Die einvokaligen Nomina haben als ursprünglichen Vokal entweder *a* oder *i* oder *u*. Nach der gewöhnlich als Paradigma gebrauchten Wurzel קטל bezeichnet man die Grundform dieser Nomina als *ḳaṭl*-, *ḳiṭl*- oder *ḳuṭl*-Formen. Da die Nomina dieser Bildung den Nomina mit zwei kurzen Vokalen (§ 80) sehr nahe stehen, so geht die eine Form eines solchen Nomens oft auf diese und die andere auf jene Bildungsweise zurück. So gehen die Plurale (vgl. § 71 *e*) und auch oft der Stat. absol. des Singulars auf die zweivokalige Bildung zurück, während der Stat. emphat. die einvokalige festhält. Einvokalig sind deshalb z. B. כַּסְפָּא *das Silber* (GF. *kasp*), צַלְמָא *das Bild* (GF. *ṣalm*), מַלְכָּא *der König* und mit *Sĕgōl* מֶלֶךְ *König* (GF. *malk*); mit Übergang des *a* in *i* שִׁמְשָׁא *die Sonne* (GF. *šamš*); עִשְׂבָּא *das Kraut* (GF. *ʿisb*); תֻּקְפָּא *die Stärke* (GF. *tuḳp*). Vgl. ferner die

Feminina: מַלְכָּא *Königin* (GF. *malk* + *ā*), צִדְקָה *Gerechtigkeit* (GF. *ṣidḳ* + *ā*), חָכְמָה *Weisheit* (GF. *chukm* + *ā*).

Dagegen gehören כְּסַף *Silber*, סְפַר *Buch*, צְלֵם *Bild*, קְשֹׁט *Wahrheit* etc. zu den zweivokaligen Nomina (§ 80).

Die Nomina mit zwei kurzen Vokalen gehen **80.** auf die Formen *ḳaṭal*, *ḳiṭal*, *ḳaṭil* und *ḳaṭul* zurück, *a.* haben aber im Aramäischen den ersten Vokal in der gewöhnlichen Form verloren, z. B. דְּהַב *Gold* (GF. *dahabh*); לְבַב *Herz* (GF. *libhabh*); נְמַר *Pardel* (GF. *namir*); חֲנֻכַּת *Einweihung* (GF. *chanuk[kat]*).

Der erste Vokal kommt bei den Formen *ḳaṭal* und *b.* *ḳiṭal* zum Vorschein, wenn das Wort Flexionssilben annimmt und nicht etwa, wie im letzten Beispiel mit *u*, der letzte Radikal geschärft wird (vgl. שְׁמַיָּא *der Himmel* GF. *šamaj* § 76 *i*); aber dann ist der Übergang des kurzen *a* in *i* nicht selten, z. B. דִּכְרִין *Widder* (GF. *dakhar*), נִשְׁמְתָךְ *dein Atem* (GF. *našama*).

Die Nomina mit einem langen Vokal nach dem **81.** ersten Radikal und einem kurzen *a*, *i* oder *u* nach *a.* dem zweiten Radikal gehen auf die Grundformen *ḳāṭal*, *ḳāṭil* und *ḳāṭul* zurück und erscheinen auch im Aramäischen, abgesehen von der GF. *ḳāṭil*, die auch mit *e* statt *i* häufig vorkommt, in dieser ursprünglichen Gestalt z. B. עָלַם *die weitentlegene Zeit*, אָשַׁף *Zauberer* (GF. *ḳāṭal*), בָּעוּ *Bitte* fem. (GF. *bā'u'* resp. *bā'uj*), ebenso גָּלוּתָא *die Gefangenschaft* [= הַגּוֹלָה].

Nach diesen Formen *ḳāṭal* und *ḳāṭil* sind auch die *b.* Partizipia des einfachen Verbalstammes gebildet vgl. דָּלִק *brennend*, קָטֵל *tötend*, יָדַע *wissend*.

Anm. 1. Ob wegen der Form שַׁגְלָתֵהּ an eine Grundform mit langem *i*-laut in erster Silbe zu denken sei, bleibt sehr fraglich Einmal würde dann reines *i* erwartet, und andrerseits ist vielleicht *šingal* die ursprüngliche Form gewesen.

2. Dagegen weist das Biblisch-Aramäische ein Beispiel für die Form *ḳāṭōl* auf, also mit zwei langen Vokalen, nämlich כָּרוֹזָא *der Herold.*

**82.** Die Nomina mit einem langen Vokal in zweiter Silbe und kurzem Vokal in erster Silbe gehen auf die Grundformen *ḳaṭāl, ḳaṭīl, ḳaṭūl*; *ḳiṭāl, ḳiṭīl* etc. zurück. Im Aramäischen ist der kurze Vokal verflüchtigt, so daß die Unterscheidung, ob *a, i* oder *u* in erster Silbe stand, für gewöhnlich wegfällt. Es kommen folgende Formen vor:

GF. *ḳaṭāl*: mit *ā* שְׁלָם *Heil.*
mit *ō* נְהוֹרָא *das Licht.*

*ḳiṭāl*: אֱלָהּ *Gott,* אֱנָשׁ *Mensch,* כְּתָב *Schrift.*

*ḳuṭāl*: קֳדָם *vor.*

*ḳaṭīl*: a) mit *ī*: שְׁבִיבָא *die Flamme.* In der Form *ḳaṭīl* sind viele Verbaladjektive und die Partizipia passivi *Pĕ'al* gebildet, und mit der Femininendung kann auch eine Abstraktbildung, eine Art Infinitiv, so lauten vgl. עֲבִידַת *Bearbeitung.*
b) mit *ē* erscheint eine ähnliche Femininbildung, z. B. גְּזֵרָא *Entscheidung,* שְׁלֵוְתָךְ *dein Ruhen.* Daneben auch לְחֵנָתֵהּ *seine Kebsweiber.*

*ḳaṭūl*: לְבוּשֵׁהּ *sein Kleid,* אֱסוּר *Fessel.* Die Feminina dieser Form sind wieder infinitivartig cf.

נְבוּאַת *Weissagung*, גְּבוּרְתָּא *die Stärke* vgl. ebenso mit *ū*: אֶשְׁתַּדּוּר *Empörung*.

Anm. 1. Auf die (deminutive?) Form *ḳuṭail* mit Kontraktion des *ai* zu *ē* geht wohl das im Femininum belegbare זְעֵירָה *klein* zurück.

2. In einigen Formen dieser Bildungsart mit festem Vokal in zweiter Silbe ist nachträglich eine Schärfung des zweiten Radikals eingetreten. Dies ist der Fall bei לִשָּׁן *Zunge* (GF. *ḳaṭāl*) und fast regelmäßig bei den Adjektiven der Grundform *ḳaṭīl*, welche zur Stütze des *a ḳaṭṭīl* geworden ist, z. B. חַכִּים *weise*, יַתִּיר *ausgezeichnet*, עַתִּיק *alt*.

Die Nominalbildungen dieser Klassen erleiden bei schwachen Wurzeln die durch die Schwäche der Konsonanten hervorgerufenen Änderungen. Erwähnung verdienen folgende Eigentümlichkeiten: **83.**

1) Vokalloses *Jōd* ist am Anfang eines Wortes weggefallen in Bildungen der Formen *ḳaṭil* und *ḳaṭēl* vgl. für *ḳaṭil*: von שְׁנָה *Schlaf* kommt vor שְׁנְתֵּהּ *sein Schlaf* für *jašintēh*; für *ḳaṭēl*: עֵטָא *Rat* fem. = *ja'ēṭa*. *a.*

2) Der mittlere Radikal *Nūn* hat sich bisweilen dem dritten assimiliert z. B. עִזִּין [= *'inzīn*] *Ziege* GF. *ḳiṭl*. *b.*

Bei den mittelvokaligen Stämmen erscheint die *ḳaṭl*-Form mit langem *ō*, z. B. תּוֹר *Ochs*, יוֹם *Tag* oder mit langem *ā* שָׁב πρεσβύτερος oder mit dem *Diphthong ai*: חֵיל *Kraft*, קֵיט *Sommer*. Es sind hier *ḳaṭl*, *ḳaṭal* und *ḳaṭil* zusammengeflossen. Die GF. *ḳiṭl* erscheint mit langem *ī*, z. B. דִּין *Gericht*, עִיר *Wächter*, בִּינָה *Einsicht* und die GF. *ḳuṭl* mit langem *ū*: טוּר *Berg*, נוּר *Feuer*, רוּחַ *Wind*. Vgl. für GF. *ḳāṭil* § 63*e*.

Mittleres א hat sich in י verwandelt und mit dem *a* in der GF. *ḳaṭl* zum Diphthong *ē* vereinigt, z. B. רֵאשׁ

*Haupt* (entst. aus *ra'š, rajš*), רֵו *Aussehen* (= *ra'w, rajw*) das Femininum גֵּוָה *Stolz* (= *ga'wa, gajwa*). In der GF *ḳaṭīl* dagegen ist א einfach für die Aussprache verschwunden vgl. בְּאִישְׁתָּא *die böse.*

*c.* Von Stämmen mit drittem schwachem Radikal haben sich von der einvokaligen Nominalbildung Formen wie רְבוּ *Größe,* צְבוּ *Wille* erhalten und daneben Formen, die mit Flexionssilben vermehrt sind, und zwar kommt in diesen Formen der 3. Radikal zum Vorschein vgl. חֶזְוָא *das Gesicht* (GF. *ḳaṭl*), fem. קִרְיָא *Stadt* (GF. *ḳaṭl*), עָפְיֵהּ *sein Laub* (GF. *ḳuṭl*); fem. חֵיוָא *Tier* (GF. *ḳaṭl*), חֶדְוָא *Freude* (GF. *ḳiṭl*). Sonst sind die üblichen Verschmelzungen (resp. Veränderungen) (§ 14 und 64) mit dem vorhergehenden Vokal vollzogen vgl. die folgenden Beispiele:

GF. *ḳaṭal*: מְנֵא *Mine.*

*ḳaṭil*: חֲדוֹהִי *seine Brüste.*

*ḳāṭil*: מָרֵא st. c. *Herr,* מָרְאִי c. suff. *mein Herr.*

*ḳāṭul*: בָּעוּ *Bitte.*

*ḳaṭāl*: חֲטָיָךְ *deine Sünde,* פְּתָיֵהּ *seine Breite.*

*d.* Bei Stämmen mit gleichem zweitem und drittem Radikal tritt die Schärfung des zweiten Radikals beim Antritt von Flexionsendungen hervor. Vgl.

GF. *ḳaṭl*: יַמָּא *das Meer*; עַם *Volk,* עַמָּא *das Volk.* Zum Plur. עַמְמַיָּא vgl. § 71*f* und 79.

*ḳiṭl*: מִלָּה fem. *Wort.*

*ḳuṭl*: כֹּל *Gesamtheit,* גֹּב stat. emph. גֻּבָּא *Grube.*

*ḳaṭal* (*ḳiṭal*): רַב *groß*; לִבִּי *mein Herz*; חַי *lebend.*

*ḳaṭāl*: pl. c. עֲנָנֵי *Wolken.*

*ḳaṭīl*: שְׁבִיבָא *die Flamme.*

Die Nomina mit geschärftem zweitem Radikal **84.**
weisen folgende Gebilde auf:

GF. *ḳaṭṭal* (*ḳiṭṭal*): pl. st. c. אִדְּרֵי *Tennen* (v. *'iddar*); pl. צִפְּרִין *Vögel*; fem. אִגְּרָא *Brief*; st. emph. יַבֶּשְׁתָּא *das Festland.*

*ḳaṭṭāl* (*ḳiṭṭāl*) die Steigerungsformen für die Verbaladjektive (GF. *ḳāṭil* etc.) und als Denominativbildung zur Bezeichnung von sogen. nomina opificum: קַיָּם *feststehend.* Dahin gehören auch die Infinitive *Pa''il*, wie z. B. לְחַטָּאָה *zu entsündigen* E. 6, 17. Ferner vgl. חִוָּר *weiß*; פֶּחָר *Töpfer*; דַּיָּנִין *Richter* pl.; גִּבָּרֵי *kräftige Männer*; עִלָּיָא *der Höchste.*

*ḳaṭṭīl* (*ḳiṭṭīl*): Über die Adjektiva חַכִּים etc. vgl. § 82 Anm. 2. Dagegen ist zu den Formen mit geschärftem mittlerem Radikal das femin. עִלִּיתֵהּ *sein Obergemach* zu rechnen.

Weitere sichere Formen kommen nicht vor; ob אַתּוּן = *ḳaṭṭūl* ist, bleibt fraglich.

Die Nominalbildungen mit mehr als drei **85.**
Radikalen zerfallen 1) in solche, welche durch Wieder- *a.*
holung eines oder zweier Radikale entstanden sind, und zwar entstehen durch Wiederholung des letzten Radikals folgende Gebilde:

*ḳaṭlal*: רַעֲנַן *glücklich,*

*ḳaṭlāl* (*ḳiṭlāl*): נִיחֹחִין *Wohlgerüche.*

Durch Wiederholung der zwei letzten Radikale resp. (bei den ע״ע) des ganzen Stammes:

*ḳaṭalṭāl*: שְׁפַרְפָּרָא *Morgendämmerung.*

Wiederholung des ganzen Stammes mit zwei kurzen *a*: גַּלְגַּלּוֹהִי *seine Räder*; רַבְרְבִין pl. *große*; viell. כַּכְּרִין *Talente* für *karkerīn*,

mit *a* in erster und *ā* in zweiter Silbe: הַרְהֹרִין *Gedanken* und

b. 2) in solche, die wirkliche vier Radikale aufweisen: פַּרְזֶל *Eisen*, כָּרְסֵא *Thronsitz*, חַרְטֹם *Magier*; ferner כַּרְבְּלָתְהוֹן *ihre Mäntel*, סַרְבָּלֵיהוֹן *ihre Hosen*; endlich das schwierige אָשַׁרְנָא E. 5, 3. 9 mit fraglicher Bedeutung.

86. a. Die Nominalbildungen von dreiradikaligen Stämmen mit Präformativen. Als Präformative dienen: מ (*ma*-), ת (*ta*-), א, ה, שׁ (*'a*-, *ha*- und *ša*-).

b. Das Präformativ מ dient zur Bildung der Infinitive *Pĕ'al* (GF. *maktal*; aram. gewöhnlich *miktal*), der Partizipien aller abgeleiteten Stämme (§ 49*e*), sowie von Nomina des Ortes: מַדְבְּחָא, die *Schlachtstätte, der Altar*; מְדִינָה *Gerichtsbezirk*; der Zeit: מֶעָל *Zeit des Untergangs* (vgl. § 66*d*): des Instruments: מֹאזַנְיָא oder מֹאזְנַיָּא *die Wage*.

c. Das Präformativ ת kommt nur vor in תְּדִירָא *Umkreisung, Fortdauer*, eine Infinitivform im Femininum von GF. *taktila*.

d. Die Präformative א, ה und שׁ leiten Nomina des Kausativstammes ein: Das א prostheticum ist nur eine orthophonische Beifügung (cf. § 16*a*); als Nominalpräformativ ersetzt es in אַחֲוָיַת *das Verkündigen* das gewöhnliche ה des Infinitivs *Haph'el*. Über diese Formen mit ה vgl. § 48*c*. Ebenso ist שׁ beim Nomen nur als Präformativ des Inf. *Šaph'el* erhalten, vgl. לְשַׁכְלָלָה.

Die Nominalbildungen mit Afformativen. Als 87.
Afformative dienen: *āj* (—ָי); ferner *ān* (—ָן), *ōn* (—ֹן) a.
und *ēn* (—ֵין) und schließlich *ī* (—ִי) und *ū* (—וּ) resp.
*īt* und *ūt* mit Femininendung.

Mit dem Afformativ *āj* (—ָי) werden die sogen. b.
Nomina der Beziehung gebildet, z. B. קַדְמָיְתָא *die erste* d. h. *die nach vorn gehörige*, תְּלִיתָיָא *eine dritte*; besonders gehören dazu die sogen. Gentilicia, z. B. כַּשְׂדָּי *Chaldäer*, יְהוּדָאִין *Juden*.

Mit den Afformativen *ān*, *ōn*, *ēn* werden Substan- c.
tive und Adjektive mit folgenden Formen gebildet:

Substantive auf *ān* mit GF. *ḳiṭlān*: אִילָן *Baum*, בִּנְיָנָא *das Gebäude*, עִדָּן *Zeit*.

GF. *ḳuṭlān*: שָׁלְטָן *Herrschaft*, פָּלְחָן *Gottesdienst*. (Vielleicht ist aram. שְׁלְטָן zu lesen).

auf *ōn*: שִׁלְטֹנֵי *Machthaber*, רַעְיוֹנֵי *Gedanken*, דִּכְרוֹנָה *die Erinnerung, Denkwürdigkeit*.

Adjektive auf *ān*: רַבְרְבָנַי *meine Granden*, אָחֳרָן *ein anderer*; von einem Femininum denominiert (mit Beibehaltung der Femininendung): אֵימְתָנִי *fürchterlich*; ebenso ist das Substantiv שָׂכְלְתָנוּ *Einsicht* von einem Adjektiv auf *ān* abgeleitet, das auf ein fem. Nomen שׂכלתא zurückgeht.

auf *ēn*: vielleicht אָחֳרֵין *ein letzter*; doch vgl. § 94 *b*.

Mit den Afformativen *ūt* oder *īt* (*t* = Feminin- d.
endung) werden Femininnomina gebildet. Auf *ūt* gehen alle Infinitive der abgeleiteten Stämme in Verbindungs-

form oder vor Pronominalsuffix aus (s. § 54). Manche dieser Bildungen sind denominativ, z. B. בְּהִילוּ *Eile,* נַהִירוּ *Erleuchtung,* שָׂכְלְתָנוּ *Einsicht.* Weitere Beispiele sind: מַלְכוּ *Reich,* נְוָלוּ *Misthaufen.* Mit ־ִי vgl. die Formen נְוָלִי *Misthaufen,* שְׁרֹשִׁי *Entwurzelung,* ferner die st. c.-formen אַחֲרִית *das Letzte,* אַרְעִית *das Untere,* עִלִּיתֵהּ *sein Obergemach* und die femininen Formen der Adjektiva: אָחֳרִי *eine andere* (fem. zu masc. אָחֳרָן vgl. *c*), אֵימְתָנִי *eine fürchterliche.*

Anm. Über Gebilde wie רְבוּ und בָּעוּ, die nicht hierher gehören, vgl. § 83*c*.

88. Die Fremdwörter des Biblisch-Aramäischen sind zum Teil den aramäischen Bildungen angepaßt worden, wie z. B. כָּרוֹזָא (GF. *ḳāṭōl*), אִגְּרָה (GF. *ḳaṭṭal*). Bei andern war dies nicht möglich; die Fremdwörter weisen daher ihre eigenen Formen auf, die mehr abweichen, wenn sie einer nicht verwandten Sprache entstammen. Das ist nun besonders der Fall bei den aus dem Persischen und den aus dem Griechischen stammenden Wörtern.

Persischen Ursprungs sind z. B. אַדְרַזְדָּא, אֲחַשְׁדַּרְפְּנַיָּא, אפתם, דְּתָבְרַיָּא, גְּדָבְרַיָּא, גִּזְבְּרַיָּא, גִּנְזַיָּא, הַדָּמִין, המינכא (*Kĕrē* הַמְנִיכָא), נִשְׁתְּוָנָא, פַּרְשֶׁגֶן, פִּתְגָם, רָז.

Aus dem Griechischen sind dagegen entlehnt: כָּרוֹזָא, סוּמְפֹּנְיָה oder סוּפֹּנְיָה oder סיפניה, פְּסַנְתֵּרִין (auch mit ט geschrieben), קַתְרֹס (קיתרס), שַׂבְּכָא (סַבְּכָא).

Vgl. zu diesen Wörtern, sowie den übrigen Fremdwörtern, die nicht so sicher nach ihrem Ursprung zu bestimmen sind, das Lexikon.

## Kapitel IV. Das Zahlwort (§ 89—91).

Die Kardinalzahlen, welche im Texte vorkommen, **89.**
sind folgende: *a.*

| | in masculiner Form | | in femininer Form |
|---|---|---|---|
| 1 | חַד | | חֲדָה |
| 2 | תְּרֵי (st. constr.) | | תַּרְתֵּין |
| 3 | תְּלָת | | תְּלָתָא (תְּלָתָה) |
| 4 | אַרְבַּע | | אַרְבְּעָה |
| 6 | שֵׁת, שִׁת | | — |
| 7 | — | | שִׁבְעָה st. c. שְׁבַעַת |
| 10 | עֲשַׂר | | עַשְׂרָה |
| 12 | תְּרֵי עֲשַׂר | | — |
| 20 | | עֶשְׂרִין | |
| 30 | | תְּלָתִין | |
| 60 | | שִׁתִּין | |
| 62 | | שִׁתִּין וְתַרְתֵּין | |
| 100 | | מְאָה | |
| 120 | | מְאָה וְעֶשְׂרִין | |
| 200 | | מָאתַיִן | |
| 400 | | אַרְבַּע מְאָה | |
| 1000 | | אֲלַף | |
| 10000 | | רִבּוֹ | |

Anm. Von den Zehnern an, deren Form unverändert bleibt, gehen nur noch für die beigegebenen Einer die Geschlechter auseinander.

Die Zahlwörter für 1 und 2 sind Adjektiva, dagegen *b.*
die von 3—10 Substantiva, die die Eigentümlichkeit haben, daß sie immer in dem Genus gebraucht werden, welches von dem Genus des Wortes verschieden ist, das den gezählten Gegenstand bezeichnet vgl. D. 3, 24 גֻּבְרִין תְּלָתָה *drei*

*Männer, Männer: eine Trias*; D. 7, 2: אַרְבַּע רוּחֵי שְׁמַיָּא *das Quartett der Winde des Himmels* (רוּחַ ist fem. gen.). Die Zahlsubstantiva stehen vor oder hinter dem Gezählten, vorn gewöhnlich im Stat. constr. dem gezählten Gegenstand übergeordnet, der immer im Plural aufgeführt ist. Nur wenn מְאָה hinzutritt, also die Hunderter gezählt werden, bleibt der gezählte Gegenstand im Sing. vgl. אַרְבַּע מְאָה.

*c.* Auch bei den Zahlen über 10 steht der gezählte Gegenstand immer im Plural, aber das Zahlwort folgt hier ohne Ausnahme demselben erst nach.

*d.* Die Kardinalzahlen werden auch zur Datierung gebraucht; dann stehen sie in Abhängigkeit zu dem Jahr oder Tag, der gezählt wird, und wieder muß bei den Zahlen 3—10 das von dem gezählten, hier übergeordneten Worte verschiedene Genus gewählt werden; vgl. E. 6, 3: בִּשְׁנַת חֲדָה *im Jahre eins;* aber 6, 15: עַד יוֹם תְּלָתָה *bis zum Tage drei* (יוֹם ist masc., תְּלָתָה fem.).

*e.* In Verbindung mit einem Suffix kommt nur das Zahlwort für 3 vor: תְּלָתֵּהוֹן (D. 3, 23) *sie drei* spr. *tĕlātēhōn.*

90. Von den Ordnungszahlen sind die folgenden zu belegen:

| | Masc. | Fem. |
|---|---|---|
| 1. Sing. | — | st. emph. קַדְמָיְתָא |
| Plur. st. emph. קַדְמָיֵא | — | „ „ קַדְמָיָתָא |
| 2. | st. abs. תִּנְיָנָה | — |
| 3. | st. abs. תְּלִיתָיָא | — |
| 4. | st. abs. רְבִיעָיָא | st. emph. רְבִיעָיְתָא. |

91. Von Bruchzahlen ist nur der Ausdruck für die Hälfte
*a.* bekannt פְּלַג st. constr. D. 7, 25: פְּלַג עִדָּן *eine halbe Zeit.*

Zum Ausdruck der **Zahladverbia** *einmal, zweimal* b.
etc. wird זְמַן *Zeit, Mal* in Verbindung mit der Kardinalzahl gebraucht; also *dreimal* = זִמְנִין תְּלָתָה D. 6, 11.

Als **Ordinalzahladverb** kommt vor תִּנְיָנוּת *zum* c.
*zweiten Male* D. 2, 7 (abgeleitet mit וּת— von der Ordinalzahl).

Die **Multiplikation** ist ausgedrückt durch חַד שִׁבְעָה d.
*siebenfältig, siebenfach* (wohl urspr. [*im Verhältnis von*] *eins zu sieben, statt eins sieben*).

## Kapitel V. Die Partikeln (§ 92—98).

Eine vollständige Aufzählung der Adverbien, Prä- 92.
positionen und Konjunktionen ist hier nicht am Platze. Zudem ist die Grenze für die Adverbien schwierig zu ziehen, da es z. B. Verbindungen von Substantiv und Präposition giebt, die auch fast ganz als Adverbien gefühlt wurden, z. B. בִּתְדִירָא *mit anhaltendem Fleiß = stets, ununterbrochen*. Ferner giebt es auch keine besondere Adverbialendung; als solche kann nur vielleicht וּת— in dem Ordinalzahladverb תִּנְיָנוּת (§ 91 *c*) angesehen werden. Substantive und Adjektive können daher, ohne ihre Form zu ändern, adverbiell gebraucht werden; auch die Präpositionen sind zum guten Teil nichts anderes als alte, wenn auch vielleicht viel verkürzte Substantive, und das von ihnen regierte Nomen steht dabei zu ihnen in dem gleichen Verhältnis der Abhängigkeit, wie zu irgend einem andern übergeordneten Nomen. Die Präpositionen selber aber können wieder in deutlicher Abhängigkeit von Nomen oder Verbum

stehen, oder, wo diese Abhängigkeit nicht direkt ist, sind sie, wie die eigentlichen Adverbien alle, in einem besondern, wenn auch nicht mehr durch besondere Endung ausgezeichneten Status zu denken. Eine Spur hievon zeigt sich wohl in der Beibehaltung des ת in תִּנְיָנוּת (*das zweite Mal*). Im folgenden sollen nur die wichtigsten Erscheinungen zur Sprache kommen.

93. a. Die eigentliche Negationspartikel ist לָא (לָה geschrieben D. 4, 32) vor Perfekt, Imperfekt, Infinitiv mit לְ, Particip. Eng verbunden mit Partizip hat sie dieselbe Bedeutung wie unser vorgesetztes *un*— und bildet also eine Art Nominalkomposition, z. B. D. 4, 32: לָא חֲשִׁיבִין = *unangesehene*, vgl. auch לָא־יָכְלִין *unvermögend* D. 4, 15; vor einem Substantiv verneint es die Existenz des ganzen Genus und bedeutet: *es giebt durchaus nicht* E. 6, 9; D. 2, 27; ebenso ist לָא בְ = *durchaus nicht durch* D. 2, 34.

b. אַל μή steht dagegen nur vor Jussiv, also wenn der Wunsch oder die Bitte ausgesprochen wird, daß etwas nicht geschehe: D. 2, 24; 4, 16 und 5, 10 (*bis*).

94. Von Adverbien seien genannt

a. die Ortspartikeln: כָּה *hier*, עַד־כָּה *soweit* und תַּמָּה *dort*.

b. die Zeitpartikeln: אֱדַיִן und בֵּאדַיִן (mit vorgesetztem בְּ: vgl. § 15c Anm. 1) *sodann*, אחרין (wahrscheinlich אָחֳרָיִן zu lesen) *schließlich*, *zuletzt* (vgl. vulgär-arab. بَعْدَيْن *ba'dain* = *nachher*); כְּעַת, כְּעַן und כְּעֶנֶת *jetzt, nun* und ebenso mit Vorsetzung von כְּ: כַּחֲדָה *auf eins, zu gleicher Zeit* (vgl. syr. ܐܟܚܕܐ, ܐܟܚܕ); עוֹד *noch*.

c. die Verhältnispartikeln: כֵּן *so* und mit angehängtem

מָה *indefinitum:* כְּנְמָא *ungefähr so;* das Verhältnis einer Ausnahme drückt aus das ebenso mit verkürztem מָה gebildete בְּרַם (= ברמא) *jedoch, ausnahmsweise.*

Die Präpositionen sind entweder wirklich bloß dem Nomen vorgesetzte Partikeln oder Verbindungen von solchen mit Substantiven. Daneben haben wieder andere eine längere Form erhalten, sodaß sie nicht mit dem folgenden Nomen in ein Wort zusammenfließen mußten. 95.

Die kürzesten Präpositionen sind: בְּ *in, an* drückt den allgemeinen Begriff des Haftens an etwas, des Enthaltenseins in etwas aus, z. B. שְׁתָה בְּ *den Inhalt von etwas trinken.* a.

כְּ (eigentlich: *Gleichheit von, in Ähnlichkeit mit, in entsprechender Weise wie*) also *wie.*

לְ *zu, nach — hin,* im Aram. gebraucht, um die Beziehung und Wirkung auszudrücken, welche ein Verbum auf ein Nomen ausübt, also oft mit Dativ und oft mit Akkusativ zu übersetzen.

מִן (bisweilen mit assimiliertem *Nūn*) = *von,* im allgemeinsten Sinn: *Teil von, weg von, ausgehend von* etc.

Wie das unassimilierte מִן bleiben unverbunden die einfachen Präpositionen: b.

אַחֲרֵי *nach,* בֵּין *zwischen,* נֶגֶד *gegenüber von,* עַד *bis,* עַל *auf, über, wegen,* עִם *bei, mit,* קֳדָם *vor,* תְּחוֹת *unter.*

Unter diesen einfachen Präpositionen haben בֵּין, עַל, קֳדָם und תְּחוֹת, wo sie mit Suffixen verbunden sind, eine um *ai* verlängerte, ursprünglichere Form erhalten, so daß dieselben Endungen entstehen, wie bei dem maskulinen c.

Plural mit Suffixen. Nur lautet עַל mit dem Suff. der 1. Pers. pl. עֲלֵינָא mit *ē* und nicht mit *ā*. Vielleicht tritt in diesen verlängerten Formen ein wirklicher Status constructus Pluralis zu Tage.

d. Zusammensetzungen aus verschiedenen Bestandteilen stellen folgende präpositionell gebrauchten Ausdrücke dar:

בָּתַר *nach* (entst. aus בְּ + אֲתַר *Spur*) *auf den Spuren jemandes; Kĕthībh* D. 7, 7 באתר (vgl. § 15*c*).

בְּגוֹא *im Innern von,* לְגוֹא *ins Innere von,* מִן־גּוֹא *aus dem Innern von.*

מִן־לְוָת *von bei, aus der Gemeinschaft von, aus der Verbindung mit.*

לְצַד *nach der Seite jemandes hin;* מִצַּד *von Seiten.*

לָקֳבֵל *in der Richtung des Angesichts jemandes, in jemandes Angesicht, vor den Augen, im Gesichtskreis jemandes.*

Mit כְּ vermehrt ist die Form כָּל־קֳבֵל entstanden, die fälschlich in zwei Worten geschrieben wird; ihre Bedeutung ist: *dem im Gesichtskreis, vor Augen liegenden entsprechend; dem entsprechend; demgemäß.*

מִן־קֳדָם *von der Vorderseite jemandes, vor.*

Über die Formen der Präpositionen in Verbindung mit Suffixen s. Paradigm. Tab. XIII.

**96.** a. Unter den Konjunktionen ist die allgemeinste וְ *und,* die sowohl einzelne Wörter, wie Sätze verbindet und einfach aneinander reiht. Den Sinn von *aber* oder *während* gewinnt וְ erst durch die veränderte Wortstellung resp. neue Konstruktion des von ihm eingeleiteten Satzes. Verstärkt wird וְ durch die Beifügung von אַף *auch.* Vgl. § 130.

Zum Ausdruck, daß irgendwelche Beziehung des neuen Satzes mit dem vorhergehenden resp. mit dem folgenden bestehe, wird die allgemeine *nota relationis* דִּי gebraucht. In welcher Beziehung der durch דִּי eingeleitete Satz zu der ganzen Periode oder einem Teile derselben steht, muß der Zusammenhang lehren (s. § 132ff.). *b.*

Besondere Beziehungen werden durch die Beifügung von Präpositionen ausgedrückt (vgl. § 136), z. B. *c.*

כְּדִי *gleich dem Umstand, daß; gleichwie* oder *gleichzeitig mit dem Umstand, daß* z. B. D. 3, 7.

מִן־דִּי *von dem Umstand, daß,* also = *sobald als,* oder *weil* (D. 3, 22).

עַד־דִּי *bis zu dem Umstand, daß; bis daß; bis daß schon.*

עַל־דִּבְרַת · דִּי (resp. עַד D. 4, 14 Schreibfehler für עַל oder Assimilation) *auf Grund der Aussage des Umstandes, daß = um deswillen, weil.*

כָּל־קֳבֵל דִּי *dem Umstand entsprechend, daß = demgemäß daß;* D. 5, 22: *wie es dem Umstand entsprechen würde, daß = trotzdem.*

Zur Einleitung eines Bedingungssatzes steht הֵן *wenn.* In Verbindung mit לְ־ hat לָהֵן verschiedene Bedeutungen gemäß dem verschiedenen Ursprung von לְ. Einmal geht לָהֵן zurück auf לָא + הֵן und bedeutet dementsprechend *ausgenommen wenn, es sei denn* und nach *d.*

7*

Negation *sondern;* das andremal ist לָהֵן eine Verstärkung von הֵן in der ursprünglichen Bedeutung von *siehe, die Sachlage ist die, die einzige Möglichkeit ist,* also לָהֵן = *somit bleibt nichts andres übrig, also die einzige Möglichkeit ist: . . .*

**97.** Erwähnt seien noch die Fragepartikel הֲ, die vor א und vor vokallosen Nichtgutturalen הַ lautet und letztere wenn sie ein *Dāgēš forte* zu tragen vermögen, schärft und אִתַי (אִיתַי) ein altes Substantiv (*Existenz, Vorhandensein*), das jetzt den Sinn hat: *es giebt, es ist vorhanden es ist,* und sich mit den Suffixen verbindet, gerade wie ein Plural masculini, z. B. אִיתָךְ *du bist.*

**98.** Neben den Interjektionen הָא D. 2, 43, הָא D. 3, 25 אֲרוּ und אֲלוּ, die alle die Bedeutung *siehe!* haben, ist noch auf den eigentümlichen fast interjektionellen Gebrauch hinzuweisen, der zuweilen von עַד gemacht wird Bei solchem Gebrauch ist der Zusammenhang mit dem Vorhergehenden gelockert; עַד hebt dann nur den Zeitpunkt hervor, in dem ein für den Gang der Erzählung wichtiges Ereignis eintrifft. Es hat den Sinn von: *da endlich, da nun* (vgl. D. 4, 5: *Da nun endlich* [*trat zuletzt Daniel vor mich*]) und wenn דִּי darauf folgt: *da nun geschah es, daß; da endlich trat der Umstand ein, daß*

---

## III. Bemerkungen zur Syntax (§ 99—141).

### Kapitel I. Gebrauch der Verbalformen (§ 99—102).

99. Von verschiedenen Tempora darf man im Ara-
a. mäischen, wie in den semitischen Sprachen überhaupt

nicht reden, da die Flexion der Verba von jeder Rücksichtnahme auf eine Einteilung der Zeit in Vergangenheit, Gegenwart und Zukunft absieht. Mit dem Perfektum wird eine Handlung ausgedrückt, die abgeschlossen oder als abgeschlossen gedacht ist, mit dem Imperfektum dagegen eine Handlung, die nicht abgeschlossen ist, sei es, weil sie noch im Vollzug begriffen oder weil sie noch gar nicht begonnen ist.

Wo eine Thätigkeit oder eine Eigenschaft als einem *b.*
Subjekte dauernd eigen bezeichnet werden soll, behilft sich die Sprache damit, daß sie ein Nomen als Prädikat verwendet. Als solches Nomen ist im Aramäischen besonders das Partizipium beliebt. In Verbindung mit einem Pronomen personale separatum bildet es fast eine neue Art von Verbalflexion z. B. יָדַע אֲנָה D. 2, 8, vgl. E. 4, 16.

Das Perfektum ist daher die gebräuchliche Ver- **100.**
balform *a.*

1. für die Erzählung von vergangenen Ereignissen und 2. für die Konstatierung einer in der Vergangenheit oder im gegenwärtigen Moment abgeschlossenen oder einer in der Zukunft als vollendet gesetzten Handlung.

Im ersten Fall entspricht das Perfektum unserem *b.*
Imperfekt; in den anderen Fällen ist es mit dem Perfektum, Plusquamperfektum, Präsens oder Futurum exaktum zu übersetzen. Vgl. folgende Beispiele:

D. 2, 10: כָּל־מֶלֶךְ רַב מִלָּה כִדְנָה לָא שְׁאֵל לְכָל־חַרְטֹם *nie hat irgend ein großer König dergleichen von irgend einem Zauberer verlangt* (Perfekt).

D. 3, 3: צַלְמָא דִּי הֲקִים נְבוּכַדְנֶצַּר מַלְכָּא *das Bild, welches der König Nebukadneṣṣar aufgestellt hatte* (Plusquamperfekt).

D. 4, 6: אֲנָה יָדְעֵת *ich erfahre* (resp. *habe soeben erfahren*); E. 4, 14 הוֹדַעְנָא לְמַלְכָּא *wir lassen den König wissen* = *hiemit haben wir den König wissen lassen* (Präsens).

D. 6, 6: *Ein Grund zu seiner Anklage wird uns unerfindlich sein* לָהֵן הַשְׁכַּחְנָא, *es sei denn, daß wir denselben in seiner Religion gefunden haben werden* (Futurum exaktum). Vgl. auch D. 7, 27: יְהִיבַת *und es wird gegeben sein.*

101. a. Das Imperfektum ist, je nachdem die von ihm ausgedrückte Handlung in die Zukunft oder Vergangenheit fällt, mit dem Futurum (eventuell auch Präsens) oder mit dem Imperfektum zu übersetzen. Immer aber ist die Handlung auch im letzteren Falle im Verhältnis zu der Umgebung als eine unvollendete gefaßt.

b. Am häufigsten steht das Imperfektum natürlich da, wo es sich um eine erst in Zukunft eintretende Begebenheit handelt, z. B.

D. 7, 17: אַרְבְּעָה מַלְכִין יְקוּמוּן מִן־אַרְעָא *vier Könige werden auf Erden erstehen* (Futurum).

D. 3, 29: *Es giebt keinen andern Gott* דִּי־יִכֻּל לְהַצָּלָה כִּדְנָה *der je im Stande sein wird wie dieser zu retten* resp. *der im Stande ist* etc. (Futurum oder Präsens).

c. Häufig wird das Imperfektum gebraucht, um eine Handlung zu bezeichnen, die nur im Verhältnis zu ihrer Umgebung als unabgeschlossen gelten kann, in Wirklichkeit aber so gut der Vergangenheit angehört, also abgeschlossen ist, wie die Haupthandlung, deren begleitende Nebenumstände durch das Imperfektum angegeben werden. Die ursprüngliche Bedeutung des Unabgeschlossenen tritt dann gewöhnlich darin hervor, daß das Imperfektum den Begriff der Dauer oder der Wiederholung angenommen hat.

D. 7, 16: קִרְבֵת וְיַצִּיבָא אֶבְעֵא *ich trat herzu und erbat mir zuverlässige Auskunft* d. h. *ich trat herzu, um mir zuverlässige Auskunft zu erbitten.*

D. 4, 2: חֵלֶם חֲזֵית וִידַחֲלִנַּנִי *ich hatte im Traum eine Vision, die versetzte mich in Angst und Schrecken.*

D. 4, 31: *Ich hob meine Augen empor* (נִטְלֵת) *und nach und nach kam ich wieder zu Verstand* (יְתוּב).

D. 4, 30: *Aus der menschlichen Gesellschaft wurde er ausgestoßen* (טְרִיד), *und er lebte von Grünfutter wie die Rinder* (יֵאכֻל) [= duratives Imperfektum].

D. 4, 9: *In seinem Schatten pflegten die wilden Tiere zu ruhen* (תַּטְלֵל) *und in seinen Zweigen die Vögel der Luft zu nisten* (יְדֻרָן) [= iteratives Imperfektum].

Besondere Erwähnung verdient die Verbindung des *d.*
Imperfektums mit אֱדַיִן (resp. בֵּאדַיִן) D. 6, 20, die ganz der hebräischen Verbindung des Imperfektums mit אָז entspricht: *Dann stand der König auf* (יְקוּם).

Aus der ursprünglichen Bedeutung des Imperfek- *e.*
tums erklärt sich auch leicht der Gebrauch desselben als Jussiv, der nur in wenigen Fällen (vgl. § 32) besondere Formen erhalten hat. Vgl. z. B. D. 4, 11: תְּנֻד; 4, 12: יִצְטַבַּע; 4, 13: יְשַׁנּוֹן, יִתְיְהִב, יַחְלְפוּן.

**102.** Die Partizipien werden so häufig als Prädikat verwendet, daß dieser Gebrauch geradezu als eine Eigentümlichkeit des Aramäischen bezeichnet werden kann.

*a.* Da die Partizipien, wie alle Nomina, indifferent sind in Bezug auf die Unterscheidung zwischen Abgeschlossensein und Nichtabgeschlossensein, welche den Formen des Perfekts und des Imperfekts eigen ist, so werden sie besonders da gebraucht, wo wir unser Präsens setzen, das ebenfalls diese Unterscheidung nicht kennt z. B. D. 2, 21 f.: *Er führt den Wechsel der Zeiten herbei* (מְהַשְׁנֵא), *stürzt Könige* (מְהַעְדֵּא) *und setzt Könige ein* (מְהָקֵים) etc. etc.

*b.* Diese Indifferenz ermöglicht es ferner, daß das Partizipium sowohl das Perfektum als auch das Imperfektum vertreten kann. Ohne daß ein Unterschied der Bedeutung ersichtlich wäre, lautet die häufig vorkommende Formel zur Einführung einer Rede im Singular immer mit doppeltem Partizipium עָנֵה וְאָמַר, im Plural aber עֲנוֹ וְאָמְרִין (Perfekt und Partizip) mit einer einzigen Ausnahme, die wiederum zwei Partizipien aufweist (D. 3, 24). Aber vielleicht ist überall das Perf. עֲנָה u. עֲנוֹ zu lesen.

*c.* Dagegen mit einem Imperfektum wechselt das Partizipium z. B. D. 4, 22: *Du wirst aus der menschlichen Gesellschaft ausgestoßen werden* (לָךְ טָרְדִין) *und bei den Tieren des Feldes hausen* (לֶהֱוֵה מְדֹרָךְ).

*d.* Soll der Begriff des Perfektums oder des Imperfektums hervorgehoben werden, so wird das Partizipium mit der Perfekt- oder Imperfektform von הֲוָה verbunden z. B. D. 5, 19: *alle Völker zitterten und fürchteten sich vor ihm*

(הֲוָה זָאֵין וְהֲוָה מַחֵא); *er tötete, wen er wollte, u. schenkte das Leben, wem er wollte* (דִּי־הֲוָא צָבֵא הֲוָה קָטֵל וְדִי־הֲוָה צָבֵא הֲוָה מַחֵא) etc. etc. D. 6, 3*b*: *Die Satrapen werden ihnen Rechenschaft geben* (לֶהֱוֹן יָהֲבִין) *und der König wird keinen Schaden haben* (לָא־לֶהֱוֵא נָזִק). D. 2, 43: לָא־לֶהֱוֹן דָּבְקִין *sie werden nicht zusammenhalten.*

Endlich kann das Partizipium auch den Sinn unseres „im Begriff sein" haben z. B. D. 2, 13: וְחַכִּימַיָּא מִתְקַטְּלִין *man war im Begriff, (man machte sich daran,) die Weisen umzubringen.* *e.*

## Kapitel II. Die Rection des Verbums (§ 103—110).

Die Rection eines Verbums kann sich auf Nomina, auf Präpositionen mit darauffolgendem Nomen und auf ganze Sätze erstrecken. **103.**

Steht ein Nomen unter der Rection eines Verbums, so steht dasselbe im Objektskasus, der sich jedoch im Aramäischen durch keine besondere Form zu erkennen giebt. *a.*

Die Stellung des von einem Verbum abhängigen Nomens scheint keine feste; aber wenn es nicht an seiner regelrechten Stelle nach dem Verbum, sondern vor demselben (in unmittelbarer Nähe desselben oder durch andere Worte von demselben getrennt) steht, so liegt ein zusammengesetzter Nominalsatz vor (s. § 124*c*). Nicht anders verhält es sich, wenn das Verbum im Infinitiv steht, der sich mit Vorliebe auf ein an der Spitze des Satzes befindliches Nomen bezieht. Denn dieses Nomen machte ursprünglich das Subjekt des Satzes aus *b.*

(s. § 124 *b* Anm.), wenn schon die Sprache später die Empfindung davon verloren und das Nomen als Objekt des Infinitivs aufgefaßt hat.

104. *a.* Das von einem Verbum abhängige Nomen bezeichnet das direkte Objekt oder eine nähere Bestimmung des Verbums.

*b.* Als direktes Objekt ist auch die Angabe des Produktes, das aus der vom Verbum bezeichneten Thätigkeit hervorgeht, oder des Stoffes, mit dem die Thätigkeit sich befaßt, anzusehen z. B. D. 2, 5: הַדָּמִין תִּתְעַבְדוּן *ihr werdet in Stücke zerhauen* und E. 5, 8: וְהוּא מִתְבְּנֵא אֶבֶן גְּלָל *er wird aus Quadersteinen gebaut.*

105. *a.* Die Näherbestimmung des Verbalbegriffs, welche das abhängige Nomen beibringt, betrifft die Zeit, die Art und Weise und andere Umstände der Handlung, sowie besonders auch den Zustand, der die Handlung kennzeichnet. Zur Darstellung des Abhängigkeitsverhältnisses ist ein inneres Objekt des Verbums, gewöhnlich der dem Verbum entsprechende Infinitiv, zu ergänzen. So dient z. B. das abhängige Nomen zur Bezeichnung der Art und Weise:

D. 2, 12: קְצַף שַׂגִּיא *er zürnte heftig* (= *einen heftigen Zorn*).

E. 4, 18: נִשְׁתְּוָנָא מְפָרַשׁ קֱרִי *der Brief wurde mir deutlich vorgelesen* (= *eine deutliche Vorlesung*).

D. 2, 14: הֲתִיב עֵטָא וּטְעֵם *er antwortete mit Verständnis und Einsicht* (= *eine Antwort, wie sie nur guter Rat und Verständnis geben können*).

*b.* oder zur Zustandsbezeichnung:

D. 5, 7: תַּלְתִּי בְּמַלְכוּתָא יִשְׁלַט *als Triumvir soll er über das*

*Reich herrschen (= er soll die Herrschaft eines Triumvirn über das Reich ausüben).*

Gewöhnlich ist das Nomen, wo es zur Näherbe- *c.*
stimmung des regierenden Verbums dient, indeterminiert.

Zwei Objekte, die beide unmittelbar vom Verbum **106.**
regiert sind, kennt das Aramäische nur, wenn das eine Objekt als Pronomen suffixum mit der Verbalform verbunden ist.

Über die scheinbaren Ausnahmen, wie חֱזֵית פַּרְזְלָא מְעָרַב s. § 110*b*.

Das Abhängigkeitsverhältnis, in welchem eine aus **107.**
Präposition und Nomen gebildete Komposition zu dem regierenden Verbum steht, ist eng oder locker, je nachdem eine notwendige Ergänzung des Verbums oder blos ein mehr oder weniger zufälliger Nebenumstand durch diese Komposition angegeben wird.

Die Präpositionen, die ihrem Ursprung nach Nomina sind, stehen im Objektskasus, das zweite Glied der Komposition dagegen steht in Abhängigkeit vom ersten (s. § 95).

Die allgemeinste Verwendung in solchen vom Ver- **108.**
bum abhängigen Kompositionen hat die Präposition לְ *a.*
gefunden. Von der Vielseitigkeit derselben zeugen schon die Fälle, die hier herauszuheben sind:

לְ steht häufig an der Spitze des direkten Objektes *b.*
und bietet so einen Ersatz für die hebräische Akkusativpartikel אֶת־, die im biblischen Aramäisch nur ein einziges Mal in der Form יָת־ (D. 3, 12) erscheint.

Anm. 1. Selbst diese einzige Stelle mit יָת ist nicht einmal zweifellos sicher, da man vermuten kann, das יָת sei aus Dittographie der beiden letzten Buchstaben des vorangehenden Wortes geflossen vgl. D. 3, 12: מַנִּיתָ יָתְהוֹן.

Anm. 2. Stehen zwei Objekte, von denen keines ein Pronomen ist, in direkter Abhängigkeit von einem Verbum, so muß eins derselben mit לְ eingeleitet sein z. B. D. 5, 29: הַלְבִּשׁוּ לְדָנִיֵּאל אַרְגְּוָנָא.

c. Immer ist לְ im Gebrauch zur Angabe des Zieles bei den Verben der Bewegung vgl. z. B. אזל (D. 6, 19 אֲזַל לְהֵיכְלֵהּ), עלל (D. 5, 10: לְבֵית מִשְׁתְּיָא עַלַּלַת), רמא (D. 3, 20: לְמִרְמֵא לְאַתּוּן) etc.

d. Ferner steht לְ an der Spitze eines entfernteren Objektes, das wir im Dativ vom Verbum abhängig sein lassen z. B. D. 2, 23: גְבוּרְתָא יְהַבְתְּ לִי etc.

e. Die als Objekt eines Verbums gebrauchten Infinitive sind stets mit לְ eingeleitet.

109. a. Dasselbe Verb kann das Objekt direkt oder in der Komposition mit לְ regieren. Der Unterschied in der Bedeutung scheint in diesem Fall äusserst gering zu sein. Denn das *Haph'el* von עלל steht z. B. D. 4, 3. 5, 7 mit לְ, während es D. 6, 19 ohne לְ ein Nomen in Abhängigkeit bei sich hat; vgl. ebenso das *Haph'el* von אֲתָה D. 5, 2 mit לְ, aber D. 5, 3 u. 6, 25 ohne לְ.

Anm. Immerhin steht das Objekt D. 6, 19 voran (s. § 103 *b*), und D. 5, 3 u. 6, 25 ist vielleicht das Passiv zu lesen.

b. Einzelne Verba fordern, daß ihr Objekt immer mit derselben Präposition eingeleitet sei. So trägt z. B. das Objekt des Verbums שלט *herrschen* immer die Präposition בְּ an der Spitze.

c. Bei der Verwendung verschiedener Präpositionen wird ein Unterschied in der Auffassung zu Grunde liegen: z. B. שפר mit על D. 4, 24 im Sinne von: *mein Rat möge sich dir als gut empfehlen* und mit קדם D. 3, 32; 6, 2 im Sinne von: *nach meiner Entscheidung ist es gut.*

Einen ganzen Satz können die Verba regieren, die ein Wahrnehmen, Finden, für etwas Halten, Erklären oder Befehlen ausdrücken. Gewöhnlich sind diese Objektsätze durch דִּי eingeleitet, welches als Nomen, von dem der folgende Satz abhängig ist, zu fassen und etwa = *den Umstand, daß* zu erklären ist (vgl. § 135). **110.** *a.*

Dieses einleitende דִּי, das in einem Allgemeinbegriff den folgenden Satz zusammenfaßt, fehlt gewöhnlich bei den Verben des Redens oder Befehlens, nach welchen das Objekt in direkter Rede wiedergegeben wird, oft auch bei den Verben des Wahrnehmens, für etwas Haltens und Findens, wenn das Prädikat des abhängigen Satzes in einem Partizip besteht. Z. B. D. 2, 43: חֲזַיְתָ פַּרְזְלָא מְעָרַב *du hast gesehen: das Eisen war vermischt.* *b.*

Daß die Sprache das Gefühl davon verloren hat, daß die beiden Nomina im Verhältnis von Subjekt und Prädikat stehen, zeigt die Anwendung eines לְ vor dem Subjekte dieses abhängigen Satzes in D. 6, 12: הַשְׁכַּחוּ לְדָנִיֵּאל בָּעֵה (die Masora trennt die beiden Nomina gar durch *Athnach*). Die Sprache löste somit das ursprüngliche Verhältnis der beiden Nomina zu einander auf, verband das erste enger mit dem Verbum und sah dann in dem zweiten eine Näherbestimmuug des ersten. *c.*

### Kapitel III. Die Kombination der Nomina (§ 111—119).

**111.** *a.* Im Aramäischen ersetzt der Status emphaticus (§ 70 *b*) die im Hebräischen und im Arabischen übliche Komposition des Nomens mit dem Artikel (s. § 28) und die dadurch ausgedrückte Determination.

*b.* Soll der Determination ein besonderer Nachdruck gegeben werden, so setzt das Aramäische vor das zu determinierende Nomen ein dasselbe antecipierendes Pronomen personale oder demonstrativum, z. B. D. 2, 32: הוּא צַלְמָא *es, das Bild = eben dies Bild;* D. 3, 7: בַּהּ זִמְנָא *in ihr der Zeit = gerade zu der Zeit;* E. 5, 4: דְּנָה בִנְיָנָה *eben diesen Bau;* D. 2, 44: כָּל־אִלֵּין מַלְכְוָתָא *eben alle diese Reiche.*

Bisweilen wird die Präposition, welche mit dem antecipierenden Pron. pers. suff. verbunden ist, vor dem Nomen wiederholt, z. B. D. 5, 30: בַּהּ בְּלֵילְיָא *in der gerade folgenden Nacht* vgl. Gen. 26. 24: בַּלַּיְלָה הַהוּא.

*c.* Auch sonst kennt das Aramäische wirkliche Composita nicht, wenn man nicht die Verbindung des Nomens resp. des Partizipiums mit der Negation לָא zu denselben zählen will (s. § 93 *a*).

*d.* Dagegen sind dem Aramäischen die beiden andern Arten von Kombination der Nomina: die Beiordnung und die Überordnung wohlbekannt. Bei der Beiordnung sind wieder die beiden Fälle der Apposition und der Qualifikation zu unterscheiden.

**112.** *a.* Die Apposition eines mit einer Präposition eingeleiteten Nomens wiederholt die Präposition nicht.

Das Nomen כֹּל *Gesamtheit* hat seine Näherbestimmung nie in Apposition, sondern stets in Unterordnung nach sich oder folgt selber als Apposition in Beiordnung nach vgl. E. 5, 7 שְׁלָמָא כֹלָּא. b.

Über die Beiordnung der Zahlwörter vgl. § 90 *b*. Beizufügen ist noch, daß statt der Beiordnung auch Unterordnung vorkommt vgl. תְּלָתֵּהוֹן *sie drei* (D. 3, 23). c.

Eine **Qualifikation** kann aus einem Adjektivum, aus einer Komposition von Präposition und Nomen oder aus einem Relativsatz (§ 138 u. 139) bestehen. 113.

Das qualifikative **Adjektivum** richtet sich nicht nur in Bezug auf Genus und Numerus, sondern auch in Bezug auf Determination (§ 70) nach dem Substantivum, zu welchem es gehört. Z. B. חֵיוְתָא רְבִיעָיְתָא D. 7, 19; חֵיוָן רַבְרְבָן D. 7, 3; מִלַּיָּא רַבְרְבָתָא D. 7, 11. a.

Von seinem gewöhnlichen Platze unmittelbar **hinter** dem qualifizierten Substantiv kann es nur durch ein dazwischentretendes, dem Substantiv untergeordnetes Nomen oder durch eine Komposition von Präposition und Nomen verdrängt werden z. B. בֵּית־אֱלָהָא דְנָה E. 6, 16; מֶלֶךְ לְיִשְׂרָאֵל רַב E. 5, 11. b.

Über die vermeintliche Ausnahme, die man für das bisweilen **vor** dem Nomen stehende Pronomen demonstrativum hat statuieren wollen, vgl. § 111 *b*. c.

Die durch eine **Komposition von Präposition und Nomen** gebildete Qualifikation erfordert im Deutschen, wo sie nicht durch einen Genitiv oder ein Adjektiv (z. B. E. 5, 11: מֶלֶךְ לְיִשְׂרָאֵל רַב *ein großer israelitischer König*) wiederzugeben ist, irgend eine Ergänzung, 114. a.

die den Zusammenhang der Qualifikation mit dem Substantiv ausdrückt, z. B. D. 2, 35: הֲווֹ כְּעוּר מִן־אִדְּרֵי־קַיִט *sie wurden wie Spreu, die von Sommertennen davonfliegt,* D. 4, 29: עִשְׂבָּא כְתוֹרִין לָךְ יְטַעֲמוּן *Grünfutter, wie es die Rinder fressen, wird dir zur Nahrung gegeben;* E. 6, 9: לַעֲלָוָן לֶאֱלָהּ שְׁמַיָּא *zu Brandopfern, die dem Gott des Himmels zu Ehren dargebracht werden.*

*b.* Besondere Erwähnung verdient der Gebrauch dieser Qualifikation bei Datierungen z. B. D. 7, 1: בִּשְׁנַת חֲדָה לְבֵלְשַׁאצַּר מֶלֶךְ בָּבֶל *im ersten Jahre des babylonischen Königs Belšaṣṣar* vgl. E. 6, 3; ferner E. 6, 15: יוֹם תְּלָתָה לִירַח אֲדָר *der dritte Tag im Monat Adar* und שְׁנַת־שֵׁת לְמַלְכוּת דָּרְיָוֶשׁ מַלְכָּא *das sechste Jahr der Regierung des Königs Darius.*

*c.* Steht eine aus Präposition und Nomen gebildete Qualifikation in enger Verbindung mit dem vorhergehenden Nomen, so kann diese enge Zusammengehörigkeit dadurch zum Ausdruck gebracht werden, daß das qualifizierte Nomen im status constructus steht. Z. B. D. 7, 27: מַלְכְוָת תְּחוֹת כָּל־שְׁמַיָּא *die Reiche unter dem ganzen Himmel.*

**115.** *a.* Steht ein Nomen zu einem andern im Verhältnis der Zugehörigkeit, so tritt Unterordnung (Annexion) ein und die beiden Nomina gehen eine Verbindung mit einander ein.

Das erste Nomen, das dann immer im Status constructus stehen muß (§ 70 *c*), wird durch das in Annexion folgende Nomen determiniert, und zwar ist der Grad der Determination ein verschiedener, je nach dem das untergeordnete Nomen selber determiniert oder indeterminiert ist.

Ist das abhängige Nomen determiniert, so ist die b. Determination eine individualisierende, z. B. D. 6, 13: גּוֹב אַרְיָוָתָא *die Löwengrube;* D. 5, 10: בֵּית מִשְׁתְּיָא *der (bestimmte) Speisesaal.* Die gleiche Determinationskraft besitzen die mit einem Nomen verbundenen Pronomina suffixa, z. B. D. 2, 17: בַּיְתֵהּ *sein Haus.* Nur wenn das untergeordnete Nomen blos generell determiniert ist, so ist die Determination des übergeordneten Nomens entsprechend weniger straff z. B. קָל קַרְנָא *Hörnerklang,* קְיָם מַלְכָּא *ein königlicher Erlaß.*

Steht das untergeordnete Nomen im Status abso- c. lutus, so ist die Determination allgemeinerer Art, z. B. אִדְּרֵי־קַיִט *Sommertennen;* לְבַב אֱנָשׁ *ein Menschenherz;* בַּר אֱלָהִין *ein Göttersohn (ein Himmlischer);* רוּחַ אֱלָהִין קַדִּישִׁין *ein heiliger göttlicher Geist;* כָּל־חַרְטֹם *irgend ein Zauberer.*

Soll die Indetermination geflissentlich hervorgehoben d. werden, so ist statt der Unterordnung Beiordnung vermittelst einer aus der Präposition לְ und dem Nomen gebildeten Qualifikation zu verwenden, vgl. § 114*a* und das Beispiel מֶלֶךְ לְיִשְׂרָאֵל *ein israelitischer König.*

Dem untergeordneten Nomen kann wieder ein No- 116. men in Annexion folgen, z. B. שְׁאָר חַכִּימֵי בָבֶל. a.

Ferner kann eine ganze Reihe von einander gleich- b. stehenden Substantiven von ein und demselben übergeordneten Nomen abhängig sein z. B. קָל קַרְנָא מַשְׁרוֹקִיתָא קִיתְרֹס שַׂבְּכָא פְּסַנְתֵּרִין סוּמְפֹּנְיָה וְכֹל זְנֵי זְמָרָא D. 3, 5.

Bisweilen sind die beiden Nomina so sehr zusammen- 117.

a. gewachsen, daß sie einem Kompositum nicht mehr ferne stehen, vgl. עֲבַר־נַהֲרָה (*die Provinz*) *Transeuphratensis*. Die beiden Worte bilden dann sozusagen einen Begriff.

b. In Folge dieser engen Verbindung nimmt in einem Fall sogar auch das abhängige Nomen die Pluralendung an, weil das übergeordnete im Plural steht: קַדִּישֵׁי עֶלְיוֹנִין *Heilige des Höchsten* (D. 7, 25. 27). Vgl. im Hebräischen בָּתֵּי כְלָאִים Jes. 42, 22 (neben dem Singular בֵּית כֶּלֶא Jes. 42, 7) und בְּנֵי אֵלִים Ps. 29, 1. Ähnlich folgt D. 3, 19 das Verbum im Plural auf eine Komposition, deren zweiter Bestandteil allein im Plural steht: צְלֵם אַנְפּוֹהִי = *seine Mienen*, und D. 4, 23 gehört das Suffix von עִקַּר שָׁרְשׁוֹהִי zur ganzen Komposition (*sein Wurzelstock*).

118. a. Uneigentlich nennt man die Annexion 1. wenn das erste Wort nur der zusammenfassende Ausdruck für das zweite ist, z. B. עַם קַדִּישֵׁי עֶלְיוֹנִין *ein Volk, das aus Heiligen des Höchsten besteht* (D. 7, 27); ebenso bei כֹּל

b. *Gesamtheit* (vgl. § 112 *b*) und 2. wenn das annektierte Wort eine Näherbestimmung zu dem übergeordneten Adjektiv ausdrückt, z. B. עַתִּיק יוֹמִין = (*alt an Jahren*) *ein hochbetagter* (D. 7, 9).

119. a. Infinitive und Partizipien können vermöge ihrer Doppelnatur nicht nur, wie die Verba, eine verbale Rektion ausüben (vgl. § 103—110), sondern auch, wie die Nomina, Nominalverbindungen eingehen.

b. Zum Infinitiv kann sowohl das Subjekt, als auch das Objekt der Verbalthätigkeit, zum Partizip dagegen nur das Objekt in Annexion treten. Beispiel für:

Infin. mit annekt. Subj.: כְּמִקְרְבֵהּ D. 6, 21.
„ „ „ Obj.: לְהַנְזָקַת מַלְכִין E. 4, 22.
Partiz. „ „ Obj.: מְהַנְזְקַת מַלְכִין E. 4, 15.

### Kapitel IV. Der einfache Satz (§ 120—128).

Die Sätze zerfallen in Verbalsätze und in Nominalsätze. 120. a.

Scheinbar stehen die Sätze, in welchen das Verbaladjektiv (das Participium) oder das Nomen אִיתַי prädikativ gebraucht ist, auf der Grenzlinie zwischen den beiden Arten von Sätzen. Aber auch hier ist die Unterscheidung durchzuführen. Wo das Participium als reine Verbalform (= verbum finitum) erscheint und wo אִיתַי wirkliche Verbalbedeutung angenommen hat, liegt ein Verbalsatz vor, in den übrigen Fällen aber ein Nominalsatz. b.

Auch in Bezug auf die Bedeutung sind ursprünglich Verbalsatz und Nominalsatz sehr verschieden (s. § 121 und 123). Doch ist nicht zu verkennen, daß im biblischen Aramäisch dieser Unterschied schon stark geschwunden oder im Schwinden begriffen ist. c.

Den ersten und unerläßlichen Bestandteil des Verbalsatzes bildet ein Verbum finitum. Dies ist so sehr der Fall, daß schon das Verbum finitum für sich allein einen ganzen Satz ausmachen kann. Das Subjekt ist dann in dem in der Verbalform enthaltenen Pronomen implicite vorhanden (z. B. חֲזַיְתָ *du hast gesehen*). Wird das Subjekt durch ein dem Verbum nachgesetztes Nomen näher bestimmt, so ist dies als Explikation des im 121.

8*

Verbum verborgenen Subjektes zu betrachten z. B. עֲנוֹ כַּשְׂדָּיֵא = *sie antworteten, die Chaldäer.*

Im Verbalsatz ist die vom Verbum ausgedrückte Thätigkeit die Hauptsache und seinen Inhalt bildet daher der Vollzug einer Handlung.

122. Soll oder kann das Subjekt nicht expliziert werden, so verwendet das Aramäische die 3. Pers. plur. In solchem Falle gebrauchen wir unser unbestimmtes „man" oder das Passivum. Z. B. D. 4, 22: לָךְ יְטַעֲמוּן (Verb. fin.) und לָךְ מְצַבְּעִין (Partic.) = *dir wird man (Grünfutter) zur Nahrung geben* und *du wirst benetzt werden.*

123. a. Der Nominalsatz beginnt mit dem Subjekt, das den Hauptbegriff dieser Satzart bildet. Das Prädikat enthält dann irgend eine Beschreibung des Subjektes, und der ganze Satz drückt daher einen Zustand aus. Das Subjekt ist gewöhnlich bestimmt, das Prädikat dagegen unbestimmt, wenn es aus einem einfachen Nomen besteht (vgl. § 124 *a*).

*b.* Erwähnung verdient, daß bisweilen das Subjekt eines Nominalsatzes aus einer Komposition von Präposition und Nomen besteht. Z. B. D. 2, 42: מִן־קְצָת מַלְכוּתָא תֶּהֱוֵה תַקִּיפָה וּמִנַּהּ תֶּהֱוֵא תְבִירָה = *ein Teil des Reiches wird fest, ein anderer zerbrechlich sein.*

124. a. Als Prädikat des Nominalsatzes kann gebraucht werden:

ein einfaches Nomen (Adjektiv, Partizip, Substantiv), z. B. D. 4, 9: עָפְיֵהּ שַׁפִּיר (*sein Laubwerk war schön*); D. 4, 15: אַנְתָּה כָּהֵל (*du bist imstande*) und D. 4, 34: אֹרְחָתֵהּ דִּין (*seine Wege sind gerecht* [eig. *Recht*]).

eine Komposition von Präposition und Nomen, z. B. D. 4, 28: מִלְּתָא בְּפֻם ([*Noch*] *war das Wort im Munde des Königs*); D. 5, 14: רוּחַ אֱלָהִין בָּךְ (*göttlicher Geist* [*wohnt*] *in dir*). *b.*

Anm. Als eine besondere Art solcher Komposition sind die Fälle zu erwähnen, in welchen der mit לְ eingeleitete Infinitiv prädikativ steht, z. B. D. 2, 18: וְרַחֲמִין לְמִבְעֵא (*und Erbarmen ist zu erflehen*); D. 5, 15: וּפִשְׁרֵהּ לְהוֹדָעֻתַנִי (*und seine Deutung sei mir kundzuthun*).

ein vollständiger Satz, der selber wieder a) ein Verbalsatz oder b) ein Nominalsatz sein kann. Z. B. *c.*

a) דָּתָא נֶפְקַת *der Befehl* (*er*) *war erlassen* (D. 2, 13).
כְּתָבָא אֶקְרֵא *die Schrift* (*die*) *will ich lesen* (D. 5, 17).

b) הוּא צַלְמָא רֵאשֵׁהּ דִּי־דְהַב טָב *eben dies Bild, sein Haupt war von lauterem Gold* (D. 2, 32).

Anm. 1. Gewöhnlich ist im prädikativen Satz auf das Subjekt zurückgewiesen, damit die Beziehung deutlich werde (z. B. E. 6, 10; 7, 24). Diese Zurückweisung ist unerläßlich, wenn das Prädikat in einem Nominalsatz besteht (vgl. D. 2, 29; 5, 18), dagegen unmöglich, wenn im prädikativen Verbalsatz der gleiche Begriff Subjekt ist, wie im ganzen Nominalsatz. Unterbleiben kann auch die Zurückweisung, wenn das Subjekt des Nominalsatzes das Objekt des Verbums im prädikativen Verbalsatz bildet; doch vgl. E. 5, 12: בַּיְתָה דְנָה סַתְרֵהּ *dieses Haus, er zerstörte dasselbe.*

2. Ein Nominalsatz, dessen Prädikat durch einen vollständigen Satz gebildet wird, heißt ein zusammengesetzter Nominalsatz.

Ist das Prädikat des Nominalsatzes ein Substantiv, so kann es ohne jedes Bindewort einfach dem Subjekt nachgestellt werden, z. B. D. 3, 33: מַלְכוּתֵהּ מַלְכוּת עָלַם *sein Reich ist ein ewiges Reich.* **125.** *a.*

Bisweilen aber tritt zwischen die beiden Nomina, *b.*

die sich wie Subjekt und Prädikat zu einander verhalten, das Pronomen personale in der 3. Person, das demgemäß unser Verbum „*sein*“ ersetzt und auf das Subjekt einen gewissen Nachdruck legt, z. B. D. 2. 47: אֱלָהֲכוֹן הוּא אֱלָה אֱלָהִין *euer Gott, er ist der Gott der Götter.*

c. Dieses Pronomen personale der 3. Pers. kann auch selbst da stehen, wo ein Pronomen der 1. oder der 2. Pers. das Subjekt bildet, z. B. E. 5, 11: אֲנַחְנָא הִמּוֹ עַבְדוֹהִי דִי־אֱלָה שְׁמַיָּא וְאַרְעָא *wir sind die Anbeter des Gottes des Himmels und der Erde.*

126. Die Kongruenz von Subjekt und Prädikat ist weder im Verbalsatz, noch im Nominalsatz eine vollständige.

a. Im Verbalsatz, wo das Subjekt nur die nachträgliche Explikation des in der Verbalform enthaltenen Pronomens ist, können Verbum und Nomen in Genus und Numerus von einander differieren. Es kommt in dieser Hinsicht bis zu einem gewissen Grade ganz auf die Intention des Autors an.

b. Der im maskulinen Genus gegebenen Verbalform kann ein femininer Subjektsexponent folgen, im Grunde ist er eine Apposition in anderem Genus zu dem in der Verbalform enthaltenen Pronomen, z. B. הִשְׁתְּכַח מְגִלָּה *es wurde gefunden, eine Rolle* (E. 6, 2).

c. Das Verbum kann im Singular stehen, und nachher kann eine Mehrzahl von Subjektsexponenten folgen, z. B. אֲתָה עֲלֵיהוֹן תַּתְּנַי וּשְׁתַר בּוֹזְנַי וּכְנָוָתְהוֹן *es kam zu ihnen: Tattĕnaj und Šĕthar-Bōzĕnaj und ihre Kollegen* (E. 5, 3); vgl. ferner D. 4, 11; E. 5, 1. 6. Natürlich kann in solchen

Fällen auch der Plural angewandt werden, selbst da, wo der erste Exponent den Singular aufweist (D. 5, 2).

Bildet der Verbalsatz das Prädikat eines Nominal- *d.*
satzes (§ 124 *c*) und ist das vorausgehende Nomen sachlich auch das Subjekt des Verbalsatzes, so herrscht die gleiche Freiheit. So kann ein Kollektivum als Vielheit behandelt werden und das Verbum im Plural stehen D. 7, 10. Ferner kann aus einer ganzen Reihe von Substantiven eines als Hauptbegriff herausgenommen werden, dem das Verbum dann in Bezug auf Genus und Numerus folgt, z. B. D. 5, 12. Wo diese Reihe von Substantiven aber Personen aufzählt, ist es natürlich, daß das Verbum im Plural steht (D. 5, 23).

Im Nominalsatz richtet sich das prädikative Ad- **127.**
jektiv oder Partizip in Genus und Numerus nach dem *a.*
Subjekt, z. B. D. 2, 15: עַל־מָה דָתָא מְהַחְצְפָה *warum ist der Befehl so streng?*

Erwähnenswert ist, daß E. 6, 8 nach einem femininen *b.*
Subjekt das erste partizipiale Prädikat im Femininum, das zweite aber im Maskulinum steht. Offenbar ist die Beziehung des zweiten zum Subjekte gelockert und aus dem Subjekte ein allgemeinerer Begriff (für uns mit dem unbestimmten neutrischen „es“ wiederzugeben) zu entnehmen. עֲבִידְתָּא אָסְפַּרְנָא מִתְעַבְדָא וּמַצְלַח בְּיְדְהוֹן ist daher zu übersetzen: *die Arbeit wird aufs genauste ausgeführt und es geht vorwärts unter ihren Händen.*

Im Aramäischen leiten alle Konjunktionen (§ 96) **128.**
außer דִּי und den mit דִּי gebildeten Zusammensetzungen *a.*
selbständige Sätze ein, die immerhin in enger Verbindung

mit dem vorhergehenden oder nachfolgenden stehen können, aber nicht nur ein Glied eines anderen Satzes ausmachen.

*b.* Die mit der Partikel דִּי eingeleiteten Sätze bilden dagegen immer einen Bestandteil eines anderen Satzes, und zwar können sie alle Satzglieder repräsentieren: das Subjekt wie das Prädikat und das Objekt, die Apposition, wie die Qualifikation, die Determination eines Nomens, wie die von einem Verbum abhängige Komposition von Präposition und Nomen. Vgl. § 132—141.

*c.* Die Verbindung ist aber bisweilen so locker, daß wir einen mit דִּי angefügten Satz als selbständig fassen dürfen. Dies ist der Fall, wenn sich der neue Satz auf den ganzen vorhergehenden bezieht und von einem Umstand handelt, der in Betracht gezogen sein will. Vgl. D. 2, 9 דִּי הֵן *dem entsprechend, wenn wenn; also.*

## Kapitel V. Die Satzverbindung und das Satzgefüge (§ 129—141).

**129.** Die einfachste Verbindung der Sätze besteht in
*a.* der bloßen Nebenreihung ohne irgendwelche Verbindungspartikel. Diese Nebenreihung tritt ein, wenn die Handlungen ganz oder teilweise zusammenfallen oder in rascher Folge sich ablösen. (Vgl. D. 7, 1: *Hierauf schrieb er über den Traum einen Bericht nieder, in dem er die Hauptsache mitteilte.*) Besonders sind folgende Fälle zu erwähnen:

*b.* Der erste Satz bezeichnet den Grund für den Vollzug der Handlung des zweiten. Z. B.

E. 5, 12: אֲנָה דָרְיָוֶשׁ שָׂמֶת טְעֵם אָסְפַּרְנָא יִתְעֲבֵד *ich, Darius, habe ein Gebot erlassen, genau sei es ausgeführt.*

Der zweite Satz bezeichnet eine Handlung, die zeit- *c.*
lich mit der Handlung des ersten zusammenfällt. Z. B.

D. 4, 28: עוֹד מִלְּתָא בְּפֻם מַלְכָּא קָל מִן־שְׁמַיָּא נְפַל *noch war das Wort dem Munde des Königs nicht entronnen, als eine Stimme vom Himmel her ertönte.*

Der erste Satz drückt die Bedingung des zweiten *d.*
aus. Der Konditionalsatz ist dann mit הֵן eingeleitet. Z. B.

D. 2, 6: וְהֵן חֶלְמָא תְּהַחֲוֺן מַתְּנָן תְּקַבְּלוּן *aber gesetzt, ihr thut mir kund den Traum, so werdet ihr Geschenke erhalten.* Vgl. ferner D. 2, 5. 9; 3, 15. 17.

Anm. Bei disjunktiven Konditionalsätzen kann der zweite Satz im ersten Gliede fehlen, während derselbe im Deutschen irgendwie angedeutet werden muß. Z. B. D. 3, 15: *es sei nun angenommen, ihr seid bereit* (dann gut!); *wo nicht, so* u. s. w.

Der zweite Satz giebt das Ziel der im ersten ge- *e.*
nannten Handlung an. Z. B. E. 5, 15: שֵׂא אֵזֶל־אֲחֵת הִמּוֹ *nimm, geh, lege sie nieder* (= nimm die Gefäße, um mit ihnen zu gehen, daß du sie niederlegst). Vgl. D. 7, 5.

D. 3, 27: וּמִתְכַּנְּשִׁין אֲחַשְׁדַּרְפְּנַיָּא חָזַיִן *und die Satrapen versammelten sich um zu sehen.* Vgl. D. 3, 26; 4, 11.

Sind die Handlungen einander koordiniert, so wird **130.**
dies durch A n e i n a n d e r r e i h u n g vermittelst der Ver- *a.*
bindungspartikel וְ ausgedrückt. Z. B.

D. 3, 24: מַלְכָּא תְּוַהּ וְקָם בְּהִתְבְּהָלָה *der König erstaunte und stand schleunigst auf.*

Die Anknüpfung mit וְ kann auch da angewandt *b.*
werden, wo ein nicht ganz gleiches Verhältnis zwischen

zwei Sätzen besteht, sondern der zweite einen Nebenumstand zu der Aussage des ersten bezeichnet. Solche Sätze werden **Zustandssätze** geheißen. Z. B.

D. 2, 9: חֲדָה הִיא דָתְכוֹן וּמִלָּה כִדְבָה וּשְׁחִיתָה הִזְמִנְתּוּן לְמֵאמַר קֳדָמַי *es bleibt bei dem Urteilsspruch über euch, da ihr euch verabredet habt, mich nur zu belügen und zu betrügen.* D. 2, 16: וְזְמָן יִנְתֵּן לֵהּ וּפִשְׁרָא לְהַחֲוָיָה לְמַלְכָּא *eine Frist möge er ihm gewähren, da dann dem König die Deutung zu geben sei* (vgl. § 124 *b* Anm.). D. 2, 49: וְדָנִיֵּאל בִּתְרַע מַלְכָּא *während Daniel am königlichen Hofe blieb.* Vgl. ferner D. 2, 7.

Anm. Nach § 123 *a* ist es selbstverständlich, daß die Zustandssätze Nominalsätze sind.

*c.* Eigentümlich ist der Gebrauch von וְ bei Verben des **Befehlens** und **Bittens**. Es kann nämlich der Inhalt des Befehls und der Bitte ungenannt bleiben und sofort mit וְ angeknüpft die Ausführung des Befohlenen resp. des Erbetenen folgen. Z. B.

D. 2, 13: דָּתָא נֶפְקַת וְחַכִּימַיָּא מִתְקַטְּלִין *der Befehl war erlassen und man war im Begriff die Weisen hinzurichten.*

D. 2, 49: וְדָנִיֵּאל בְּעָא מִן־מַלְכָּא וּמַנִּי" *Daniel ersuchte den König (darum) und dieser setzte seine Gefährten als Verwalter der Provinz Babel ein.*

131. Soll ausgedrückt werden, daß zwischen zwei Handlungen ein Intervall liegt, also die erste eine vollständig abgeschlossene ist, so wird der zweite Satz mit אֱדַיִן resp. בֵּאדַיִן (*hierauf*) eingeleitet. Besonders wo das Subjekt wechselt, ist die Anwendung von אֱדַיִן häufig. Vgl. z. B. D. 2, 15; ferner D. 3, 26; 6, 12 ff.

Zum Satzgefüge im weiteren Sinne gehört bereits 132.
der zusammengesetzte Nominalsatz (§ 124 *c*). Im engern Sinn wird aber so ein Satz genannt, der mindestens einen Bestandteil aufweist, welcher durch einen mit דִּי oder dessen Zusammensetzungen eingeleiteten Satz repräsentiert wird (vgl. § 128 *b*). Diese untergeordneten Sätze heißen Relativsätze, weil sie in enger Relation zum Verbum oder zu einem andern Gliede des Hauptsatzes stehen. Je nach dem Redeteil, der ersetzt wird, sind die folgenden Arten von Relativsätzen zu unterscheiden.

Über die Relativpartikel דִּי vgl. § 26 und 96.

Anm. Die Vielseitigkeit von דִּי rührt davon her, daß dieses ursprüngliche Demonstrativpronomen die Bedeutung von „der, welcher; einer, welcher; das, was; etwas, was" hat und in allen den Beziehungen zu Nomen und Verbum stehen kann, welche bei jedem andern Nomen möglich sind.

Der Relativsatz kann selbst a) das Subjekt resp. 133.
b) den Subjektsexponent vertreten, also Subjektssatz sein. Z. B.

a) D. 4, 23: וְדִי אֲמַרוּ לְמִשְׁבַּק עִקַּר שָׁרְשׁוֹהִי מַלְכוּתָךְ לָךְ קַיָּמָה (*Der Umstand*) *daß befohlen wurde, seinen Wurzelstock zu belassen,* [*besagt*]*: Dein Königtum wird dir verbleiben.* Vgl. ferner E. 5, 17 (הֵן אִיתַי דִּי) und mit Inversion von Subjekt und Prädikat D. 2, 47: "מִן קְשֹׁט דִּי (*der Umstand*) *daß euer Gott* u. s. w., *ist Wahrheit,* und D. 6, 16: דָת לְמָדַי וּפָרַס דִּי (*Der Umstand, die Bestimmung*) *daß* u. s. w., *ist medisches und persisches Gesetz.*

b) D. 3, 18: יְדִיעַ לֶהֱוֵא־לָךְ דִּי לֵאלָהָיךְ לָא־אִיתַנָא פָלְחִין

*es sei dir kund gethan (der Umstand), daß wir unter keinen Umständen deinen Gott verehren.*

**134.** Selten ist der Fall, daß ein mit דִּי eingeleiteter Satz das Prädikat ausdrückt. Vgl. D. 6, 27 und 7, 14: מַלְכוּתֵהּ דִּי־לָא תִתְחַבַּל *sein Reich ist unzerstörbar (von seinem Reich gilt der Umstand,* [*kann ausgesagt werden,*] *daß es unzerstörbar ist).* Vielleicht ist aber einfacher מַלְכוּת vor דִּי zu subintelligieren vgl. § 137.

**135.** *a.* Häufiger kommt ein Relativsatz vor zur Vertretung des Objekts, und zwar kann der Objektssatz, gerade wie das vom Verbum regierte Nomen, ein direktes oder ein indirektes Objekt ersetzen (vgl. § 104 und 105). Die Beziehung zum Verbum ist daher eine recht mannigfaltige.

*b.* Über den direkten Objektssatz, in welchem דִּי im Sinne von „den Umstand, daß", „das, was" steht, vgl. § 110 *a* u. *b*. Als Beispiele für die dort bereits namhaft gemachten Verba des Wahrnehmens und Erklärens seien hier genannt: D. 2, 8 für יְדַע (*wissen*), D. 2, 23 für הוֹדַע (*zu wissen thun*), D. 3, 27 für חֲזָה (*schauen*), D. 5, 14 für שְׁמַע (*hören*).

Anm. Auch vor der Anführung der direkten Rede, die als das Objekt des Verbums (אֲמַר *sagen*) im Hauptsatz zu verstehen ist, kann דִּי stehen. In diesem Falle entspricht דִּי dem recitativen כִּי im Hebräischen und dem ebenso gebrauchten griechischen ὅτι. Vgl. D. 2, 25; 5, 7.

*c.* Im indirekten Objektssatz ist דִּי (*Umstand, daß*) mit „*damit*", „*weil*" oder mit einer Umschreibung wiederzugeben, je nach dem Sinn der Näherbestimmung (vgl. § 105), die die Relativpartikel einleitet.

Der Zweck einer Handlung ist z. B. ausgedrückt in dem Relativsatz D. 2, 18: דִּי לָא יְהוֹבְדוּן *damit sie nicht hinrichteten;* vgl. ferner E. 4, 15; 5, 10; ebenso E. 7, 23.

Der Grund wird angegeben z. B. D. 2, 47: דִּי יְכֵלְתָּ *weil du im Stande warst;* vgl. ferner D. 2, 20; 4, 15.

Wie in diesen beiden Fällen liegt eine nähere Bestimmung der Art und Weise, in welcher die Handlung des Hauptsatzes sich vollzieht, in solchen Relativsätzen vor, die für uns ohne Nebensatz wiederzugeben sind z. B. E. 6, 9: דִּי־לָא שָׁלוּ *ungeschmälert, ohne den geringsten Abzug;* D. 2, 34: דִּי־לָא בִידַיִן *ganz ohne Zuthun von Menschenhänden.*

Ersetzt der Relativsatz den zweiten Teil einer von **136.**
einem Verbum abhängigen Komposition aus Präposition *a.*
(resp. einem gleichwertigen Präfix) und Nomen, so bleibt die Präposition und geht mit דִּי eine Verbindung ein. Der mit דִּי eingeleitete Satz steht dann in Abhängigkeit von der Präposition resp. dem Präfix. Da die Präpositionen ursprünglich nichts anderes sind als Nomina, dürfen hier zugleich solche Nomina resp. Nominalkompositionen angereiht werden, die durch Verbindung mit einem folgenden דִּי fast ganz die Bedeutung einer bloßen Konjunktion angenommen haben.

Auf solche Weise erhalten wir im Aramäischen: *b.*
Temporalsätze eingeleitet: a) mit כְּדִי *„wie der Umstand, daß“, „gleichzeitig mit dem Umstand, daß“, „im gleichen Moment, wie“, „sobald als“,* z. B. D. 3, 7; 6, 11 (כְּדִי יְדַע עַל *sobald er erfahren hatte, ging er hinein*).

b) mit מִן־דִּי *„von dem Umstand an, daß“*, *„seitdem“*, *„nachdem“*, z. B. E. 4, 23; 5, 12; D. 4, 23 (מִן־דִּי תִנְדַּע *nachdem du erkannt haben wirst.*

*c.* Ortsbestimmende Nebensätze eingeleitet mit אֲתַר דִּי (*an der Stelle, wo*); vgl. E. 6, 3: אֲתַר דִּי־דָבְחִין *wo man opfert.*

*d.* Grundbestimmende Nebensätze eingeleitet:

a) mit מִן־דִּי *„ausgehend von dem Umstand, daß“*, *„weil“*, z. B. D. 3, 22 (מִן־דִּי מִלַּת מַלְכָּא מַחְצְפָה *weil der königliche Befehl scharf war*).

b) mit כָּל־קֳבֵל דִּי (vgl. § 95) *„genau entsprechend dem Umstand, daß“*, *„demgemäß, daß“*, *„weil“*, z. B. D. 2, 8 (כָּל־קֳבֵל דִּי חֲזֵיתוּן *weil ihr gesehen habt*).

*e.* Zweckbestimmende Nebensätze eingeleitet mit עַל־דִּבְרַת דִּי *„auf Grundlage des Umstandes, daß“*, *„um deswillen, daß“*, *„damit“* z. B. D. 2, 30 (עַל־דִּבְרַת דִּי פִשְׁרָא יְהוֹדְעוּן *damit sie die Deutung verkündigten*); vgl. in gleichem Sinne עַד־דִּבְרַת דִּי D. 4, 14 (s. zu dieser Stelle).

Über die Verbindung von עַד mit דִּי vgl. § 96.

Anm. Wie je nach der Auffassung מִן־דִּי einen zeit- oder einen grundbestimmenden Nebensatz einleiten kann, so steht כְּדִי nicht nur an der Spitze eines zeitbestimmenden Nebensatzes, sondern auch eines Komparativsatzes; vgl. D. 2, 43 (הָא כְדִי *das ist gerade so, wie*). Ebenso kann כָּל־קֳבֵל דִּי um des Zusammenhangs willen *concessiv* übersetzt werden müssen; vgl. D. 5, 22 (*obschon, trotzdem du alles wusstest*).

**137.** Die in § 136 aufgezählten Relativsätze bilden den Übergang von den Nebensätzen, welche ganze im betreffenden Satze notwendige Glieder (Subjekt, Prädikat, Objekt [direktes und indirektes]) ausmachen, zu denjenigen, welche nur Näherbestimmungen eines ohnehin vorhandenen Satzteiles sind.

Diese Relativsätze im engern Sinne können zu jedem Nomen treten, ob dasselbe, als Satzteil angesehen, Subjekt, Prädikat oder Objekt (näheres oder entfernteres) sei, und bringen irgend einen Umstand bei, der in Beziehung zu dem vorausgehenden Nomen steht. In diesen Sätzen dient דִּי recht eigentlich als *nota relationis;* im Grunde ist aber דִּי auch hier eine Art Apposition zu dem Nomen, welche die Vermittlung zwischen diesem und dem dazu gehörigen folgenden Satze bildet.

Anm. In diese Kategorie gehören auch die mit דִּי eingeleiteten Sätze, welchen das Pronomen indefinitum מַן und מָה vorangeht, ob dasselbe nun das Subjekt (z. B. D. 3, 6) oder das Objekt (D. 2, 28) im Hauptsatze ausmache. Ein besonderer Fall liegt D. 2, 29 vor, wo מָה mit folgendem Relativsatz eine nominale Näherbestimmung zu dem (nicht unmittelbar) vorangehenden Nomen רַעְיוֹנָךְ bildet.

Die zu einem Nomen gehörigen Relativsätze können 138.
vollständig oder unvollständig sein.

Der vollständige Relativsatz unterscheidet sich durch nichts von einem selbständigen Satz. Seine Abhängigkeit wird bloß durch die Relativpartikel angezeigt. Im übrigen kann die Beziehung auf das Nomen, zu welchem er gehört, noch durch ein zurückweisendes Element, gewöhnlich ein Pronominalsuffix (selten ein Pronomen separatum [E. 5, 14] oder ein Ortsadverbium [E. 6, 1]) deutlich gemacht werden. Wo jedoch die Beziehung an sich klar ist, unterbleibt diese Zurückweisung. Die Sprache ist hier ganz analog verfahren, wie bei den vollständigen Sätzen, welche das Prädikat in einem zusammengesetzten Nominalsatz bilden (s. § 124*c*. Anm. 1). Z. B. D. 4, 5: דָּנִיֵּאל דִּי שְׁמֵהּ בֵּלְטְשַׁאצַּר *Daniel, dessen Name Belṭšaṣṣar war* (Daniel, Umstand: sein Name war Belṭšaṣṣar) [mit Zurückweisung]. D. 3, 3: צַלְמָא דִּי הֲקֵים מַלְכָּא *das Bild, das der König errichten ließ* (das Bild, Umstand: es ließ der König errichten) [ohne Zurückweisung].

**139.** Der unvollständige Relativsatz vertritt die Apposition, Qualifikation oder die durch Annexion eines Substantivs erfolgte Determination eines Nomens und unterscheidet sich von diesen Bestandteilen einer Nominalverbindung nur dadurch, daß er denselben die Relativpartikel דִּי vorsetzt.

Z. B. E. 5, 14: מָאנַיָּא דִּי דַהֲבָה וְכַסְפָּא *die goldenen und silbernen Geräte;* E. 4, 10: קִרְיָה דִּי שָׁמְרָיִן *die Stadt Samarien* (Apposition).

E. 5, 14: הֵיכְלָא דִּי בִירוּשְׁלֶם *der Tempel zu Jerusalem* (Qualifikation).

E. 5, 14: מָאנַיָּא דִּי בֵית־אֱלָהָא *die Geräte des Hauses Gottes* (Determination).

Anm. Auch in diesen Fällen ist im Grunde דִּי eine Art Apposition zu dem vorausgehenden Nomen, und zwar eine Apposition, die selber wieder eine nähere Bestimmung erhalten hat. Letztere bildet, wo sie einer Apposition oder Qualifikation gleichkommt, mit דִּי im Grunde einen zusammengesetzten Nominalsatz, dessen Prädikat wieder ein Nominalsatz ist. Hier hat dieser prädikative Nominalsatz nur kein ausgesprochenes Subjekt, welches in einem Pronomen bestehen müßte, das auf das durch den Relativsatz näher bestimmte Nomen zurückwiese. So sind die beiden Beispiele für Apposition und Qualifikation folgendermaßen aufzulösen: *Geräte, näherbestimmender Umstand: Gold und Silber sind sie* und *der Tempel, näherbestimmender Umstand: in Jerusalem ist er.*

Etwas anders liegt das Verhältnis im dritten Fall (bei der Determination). Die auf דִּי folgenden Worte sind als in Annexion zu דִּי stehend zu denken; somit wäre etwa aufzulösen: *die Geräte, Umstand der Zugehörigkeit zum Hause Gottes liegt vor.*

Die Verwendung dieser unvollständigen Relativsätze an Stelle der bloßen Bei- oder Unterordnung ist notwendig: **140.** *a.*

a) wenn ein und dasselbe Nomen zwei verschiedenartige Näherbestimmungen erhalten soll, z. B. E. 6, 5: מָאנֵי בֵית־אֱלָהָא דִּי דַהֲבָה וְכַסְפָּא *die goldenen und silbernen Geräte des Hauses Gottes.*

b) wenn eine Näherbestimmung zu einem bereits determinierten Nomen treten soll, z. B. D. 2, 38: רֵאשָׁה דִּי דַהֲבָא *das goldene Haupt* (der Statue).

c) wenn trotz der Beifügung das Nomen indeterminiert ist und indeterminiert bleiben soll, z. B. E. 6, 4: נִדְבָּכִין דִּי־אֶבֶן גְּלָל und נִדְבָּךְ דִּי אָע *Lagen von Quadersteinen* und *eine Holzlage.* D. 5, 5: אֶצְבְּעָן דִּי יַד־אֱנָשׁ *Finger einer Menschenhand.*

Der Gebrauch der Näherbestimmung durch mit דִּי eingeleitete Beifügungen ist so beliebt, daß er häufig auch da vorkommt, wo keine Nötigung vorliegt. *b.*

Nicht selten wird die Auflösung des unmittelbaren Annexionsverhältnisses, welche die Anwendung von דִּי bei der Determination bedeutet, dadurch kompensiert, daß dem zu determinierenden Nomen ein antecipierendes Pronominalsuffix angefügt wird, das auf die Determina- **141.**

tion hinweist. Durch diese Antecipation wird die Bestimmtheit erhöht (vgl. § 111 *b*), die Verbindung enger geknüpft und das Verständnis des Verhältnisses erleichtert, welches zwischen beiden Nomina, dem mit דִּי angefügten und dem zu determinierenden, besteht. Die mit דִּי eingeführte Determination erscheint dann als Erklärung des Pronominalsuffixes, z. B. D. 6, 27: אֱלָהֵהּ דִּי־דָנִיֵּאל *der Gott Daniels;* E. 5, 11: עַבְדוֹהִי דִּי־אֱלָהּ שְׁמַיָּא וְאַרְעָא *die Verehrer des Gottes des Himmels und der Erde.*

# Litteratur.

## A. ALLGEMEINES.

*W. Wright*, Lectures on the Comparative Grammar of the Semitic Languages, Cambridge 1890.

*Jos. Perles*, Beiträge zur Geschichte der hebräischen u. aramäischen Studien. München 1884. VI. 247 S. 8⁰.

## B. GRAMMATIKALISCHES.

*G. B. Winer*, Gramm. des biblischen und targumischen Chaldaismus für akademische Vorlesungen. Leipzig 1824. Zweite Auflage 1842. Dritte Auflage von *B. Fischer* 1882.

*Jul. Fürst*, Lehrgebäude der aramäischen Idiome mit Bezug auf die indo-germanischen Sprachen (I. Theil: Formenlehre der chald. Grammatik). Leipzig 1835.

*S. D. Luzzatto*, Elementi grammaticali del Caldeo Biblico e del dialetto talmudico babilonese. Padua 1865. Deutsch herausgegeben von *M. S. Krüger* (Prof. S. D. Luzzatto's Gramm. der bibl.-chaldäischen Sprache [§ 1—50] u. des Idioms des Thalmud Babli. Breslau 1873), englisch von *J. S. Goldammer* (Grammar of the Biblical Chaldaic Language and the Talmud Babli Idioms, New-York 1877).

*Jul. Henr. Petermann*, Brevis linguae chaldaicae grammatica, litteratura, chrestomathia cum glossario. In usum praelectionum et studiorum privatorum. Carolsruhae et Lipsiae 1872.

*S. Baer*, Adumbratio chaldaismi biblici (in seiner Ausgabe der Libri Danielis Ezrae et Nehemiae, Lipsiae 1882). S. XV—LX.

*E. Kautzsch*, Grammatik des Biblisch-Aramäischen. Mit einer kritischen Erörterung der aramäischen Wörter im Neuen Testament. Leipzig 1884. Vgl. dazu die Anzeigen von *Th. Nöldeke* in Gött. gel. Anzeigen 1884. No. 26, 1014—1023 u. von *M. J. de Goeje* in Theol. Tijdschrift 1885 (XIX), 67—72.

*C. R. Brown*, An Aramaic Method. A classbook for the study of the elements of Aramaic from Bible and Targums. Part I. Text, Notes, Vocabulary. Morgan Park, Illinois 1884. XXX, 312 S. 8⁰.

*E. Montet*, Grammaire minima de l'hébreu et de l'araméen bibliques. Vienne 1891.

9*

*Tony André*, Étude philologique et grammaticale des passages araméens de l'ancien testament. Première Partie: Araméen d'Esdras. Genève 1895.
*Hermann L. Strack*, Abriß des biblischen Aramäisch. Grammatik [S. 9—32], nach Handschriften berichtigte Texte, Wörterbuch. Leipzig 1896.

---

*Adalbertus Merx*, Chrestomathia Targumica. Berlin 1888. Vgl. dazu: *S. Landauer*, Studien zu Merx' Chrestomathia Targumica in Zeitschr. für Assyriologie 1888. S. 263—292.
*Gustav Dalman*, Grammatik des jüdisch-palästinischen Aramäisch nach den Idiomen des palästinischen Talmud und Midrasch, des Onkelostargum (Cod. Socini 84) u. der jerusalemischen Targume zum Pentateuch. Leipzig 1894.

---

*P. de Lagarde*, Übersicht über die im Aramäischen, Arabischen und Hebräischen übliche Bildung der Nomina. Göttingen 1889.
— Register und Nachträge zu der 1889 erschienenen Übersicht über die im Aram., Arab. u. Hebr. übl. Bild. der Nomina. Gött. 1891.
*J. Barth*, Die Nominalbildung in den semitischen Sprachen. 1. Hälfte. Die schlichten Nomina. Leipzig 1889.
— 2. Hälfte. Leipzig 1891.
— Zur Frage der Nominalbildung. ZDMG. 44, S. 679—698.
*A. Müller*, Semitische Nomina. Bemerkungen zu Lagarde und Barth. ZDMG. 45, S. 221—238.
*R. Duval*, Le Passif dans l'Araméen biblique et le Palmyrénien. Revue des Ét. Juiv. 1884. Jan.—Mars. S. 57—63.
*M. Lambert*, De l'emploi du Lamed en Araméen biblique devant le complément direct. Revue des Ét. Juiv. 1893. No. 54. S. 269f.
*L. Hirzel*, De chaldaismi biblici origine et auctoritate crit. commentatio. Lipsiae 1830.
*Franc. Dietrich*, De sermonis chaldaici proprietate. Lipsiae 1839.
*K. Zimmer*, Aramaismi Jeremiani. Pars I. Dissert. Halle 1880.
*F. Selle*, De aramaismis libri Ezechielis. Halle 1890.

## C. LEXIKALISCHES.

*Joh. Buxtorf*, Lexicon Chaldaico-Talmudicum et Rabbinicum. Basileae 1640. Denuo edit. et annott. auctum a *B. Fischer* et *Herm. Gelbe*. Leipzig 1866 ff.
*Wilh. Gesenius*, Thesaurus philologicus criticus linguae Hebraeae et Chaldaeae Vis Ti. 2. Aufl. Leipzig 1835—1858.
*Jul. Fürst*, Hebräisches und chaldäisches Handwörterbuch über das Alte Testament. 3. Aufl. bearbeitet von *Victor Ryssel*. Leipzig 1876.
*Carl Siegfried* und *Bernhard Stade*, Lexidion zu den aramäischen Stücken des Alten Testamentes. Erster Anhang [S. 869—894]

zu ihrem Hebräischen Wörterbuch zum Alten Testament. Leipzig 1893.

*Wilh. Gesenius*, Hebräisches und aramäisches Handwörterbuch über das Alte Testament. 12. völlig umgearbeitete Auflage. In Verbindung mit Prof. *Albert Socin* u. Prof. *H. Zimmern* bearbeitet von *Frants Buhl*. Leipzig 1895. [Das Wörterbuch zu den im alten Test. vorkommenden aramäischen Abschnitten S. 850—886].

*Francis Brown*, *S. R. Driver* and *Charles A. Briggs*, A Hebrew and English Lexicon of the Old Testament with an Appendix containing the Biblical Aramaic. Based on the Lexicon of William Gesenius as translated by Edward Robinson. Part I—V (Aleph—ירש [תִּירוֹשׁ]) Oxford 1892—1895.

*Friedrich Delitzsch*, Prolegomena eines neuen hebräisch-aramäischen Wörterbuchs zum Alten Testament. Leipzig 1886.

*Joh. Buxtorf*, Concordantiae Bibliorum Hebraicae. Accesserunt novae Concordantiae Chaldaicae .... cum praefatione .... per J. Buxtorfium filium. Basileae 1632. Neu aufgelegt editore Bernh. Baer. Stettini 1867.

*Jul. Fuerst*, Librorum sacrorum Veteris Testamenti Concordantiae Hebraicae atque Chaldaicae. Lipsiae 1840.

*Sol. Mandelkern*, Veteris Testamenti concordantiae hebraicae atque chaldaicae ........ servato textu masoretico librorumque sacrorum ordine tradito summa cura collegit et concinnavit. Lipsiae 1896.

*Friedrich Schwally*, Idiotikon des christlichpalästinensischen Aramäisch. Gießen 1893.

---

Über einzelne Punkte handeln:

*R. Duval*, Étymologies Araméens: les Particules לות, כות, כמת et כאמת. Revue des Études Juives 1882, Juillet—Sept. S. 106 ff.

*Clermont-Ganneau*, Mane, Thecel, Phares et le festin de Balthasar. Journal Asiatique Série VIII. vol. 8. p. 36 ff.

*K. Kohler*, Die chaldäischen Namen Daniels und seiner Freunde: Zeitschr. für Assyriol. I, 46—51.

*Theodor Nöldeke*, Mene tekel upharsin: Zeitschrift für Assyriol. I, 414—418.

*Georg Hoffmann*, Namen und Sachen. I. Mene, mene tekel upharsin: Zeitschrift für Assyriol. II, 45—48.

## D. EXEGETISCHES.

*H. A. C. Hävernick*, Commentar über das Buch Daniel. Hamburg 1832.

*Caes. von Lengerke*, Das Buch Daniel verdeutscht und ausgelegt. Königsberg 1835.

*F. Hitzig*, Das Buch Daniel. Leipzig 1850 (10. Lieferung des kurzgefaßten exeget. Handbuchs zum A. T.).

*Rud. Kranichfeld*, Das Buch Daniel erklärt. Berlin 1868.

*H. Ewald*, Die Propheten des Alten Bundes. 2. Ausg., 3. Bd., Göttingen 1868.

*C. F. Keil*, Der Prophet Daniel. Leipzig 1869 (III, 5 des Biblischen Commentars von *Keil* u. *Delitzsch*).

*O. Zöckler*, Der Prophet Daniel. Bielefeld u. Leipzig 1870 (17. Teil des theol.-hom. Bibelwerks von J. P. Lange).

*Ernst Bertheau*, Die Bücher Esra, Nehemia und Ester. In zweiter Aufl. herausgegeben von *Victor Ryssel*. Leipzig 1887.

*Samuel Oettli* u. *J. Meinhold*, Die geschichtlichen Hagiographen (Chronika, Esra [S. 148—175], Nehemia, Ruth, Esther) und das Buch Daniel [S. 255—339]. Nördlingen 1889. (8. Abteilung des kurzgefaßten Kommentars zu den heil. Schriften A. u. N. Tests.).

*A. A. Bevan*, A Short Commentary on the Book of Daniel. Cambridge 1892.

*Georg Behrmann*, Das Buch Daniel. Göttingen 1894 (III. 3, 2 des Handkommentars zum Alten Testament).

---

*Graetz*, Beiträge zur Sach- und Worterklärung des Buches Daniel. Monatsschrift für Geschichte und Wissenschaft des Judenthums 1871.

*J. Meinhold*, Beiträge zur Erklärung des Buches Daniel. Heft 1. Dan. 2—6. Leipzig 1888.

*John Dyneley Prince*, Mene Mene Tekel Upharsin. An Historical Study of the Fifth Chapter of Daniel. Baltimore 1893.

## E. TEXTAUSGABEN.

*S. Baer*, Libri Danielis Ezrae et Nehemiae textum masoreticum accuratissime expressit. Cum praefatione Francisci Delitzsch et glossis babylonicis Friderici Delitzsch. Lipsiae 1882.

*D. Ginsburg*, עשרים וארבעה ספרי הקדש London 1894.

*Hermann L. Strack*, im „Abriß des bibl. Aramäisch". Leipzig 1896, S. 1*—29*.

---

Vgl.: *Eberhard Nestle*, Marginalien und Materialien. Tübingen 1893 Esdrana S. 23—31. Zu Daniel S. 35—42.

---

ZWEITER TEIL.

# PARADIGMEN, TEXTE

UND

# GLOSSAR.

# A.

# Paradigmata.

## Tabula I.

### Suffixa et Praefixa in flexione verbi adhibita.

| Persona | Numerus | Perfectum | Imperfectum: Suffixa: Indicativus | Apocopat. (Jussiv) | Energic. | Praefixa |
|---|---|---|---|---|---|---|
| 3. masc. | sing. | | | | —נַּ— | —יִ (יַ יְ) |
| 3. fem. | „ | ַת— | | | —נַּ— | —תִּ (תַּ תְּ) |
| 2. masc. | „ | (תְּ) תָּ— | | | —נַּ— | —תִּ (תַּ תְּ) |
| 1. | „ | ֵת— | | | —נַּ— | —אֶ (אַ אֲ) |
| 3. masc. | plur. | וּ— | וּן— | וּ— | —נַּ— | —יִ (יַ יְ) |
| 3. fem. | „ | ָה— | ָן— | | | —יִ (יַ יְ) |
| 2. masc. | „ | תּוּן— | וּן— | | —נַּ— | —תִּ (תַּ תְּ) |
| 1. | „ | נָא— | | | —נַּ— | —נִ (נַ נְ) |

A*

# Tabula II.

## Paradigma flexionis verbi sani stirpis Pĕal.

| Persona | Numerus | Perfectum transit. | Perfectum intransit. | Imperfectum transit. | Imperfectum intransitiv. | Imperativus | Passivum (Pĕʿīl). |
|---|---|---|---|---|---|---|---|
| 3. masc. | sing. | כְּתַב | יְתִב קְרֵב | יִכְתֻּב | (יִתַּב) יִקְרַב | | יְהִיב |
| 3. fem. | „ | כִּתְבַת | קִרְבַת | תִּכְתֻּב | תִּקְרַב | | יְהִיבַת |
| 2. masc. | „ | כְּתַבְתְּ (—תָּ) | קְרֵבְתְּ (—תָּ) | תִּכְתֻּב | תִּקְרַב | masc. כְּתֻב<br>fem. כְּתֻבִי | תְּקִלְתָּא |
| 1. | „ | כִּתְבֵת | קִרְבֵת | אֶכְתֻּב | אֶקְרַב | | |
| 3. masc. | plur. | כְּתַבוּ | קְרֵבוּ | יִכְתְּבוּן | יִקְרְבוּן | | יְהִיבוּ |
| 3. fem. | „ | כְּתַבָה | קְרֵבָה | יִכְתְּבָן | יִקְרְבָן | | |
| 2. masc. | „ | כְּתַבְתּוּן | | תִּכְתְּבוּן | תִּקְרְבוּן | כְּתֻבוּ | |
| 1. | „ | כְּתַבְנָא | קְרֵבְנָא | נִכְתֻּב | נִקְרַב | | |

# Tabula III.

**Paradigma stirpium verbi sani.**

| | Pĕʿal | Paʿʿil | Haphʿel | Šaphʿel |
|---|---|---|---|---|
| Perf. 3. p. m. s. | כְּתַב | כַּתֵּב | הַכְתֵּב | שַׁכְתִּב |
| 2. p. m. s. | כְּתַבְתָּ | כַּתֵּבְתָּ | הַכְתֵּבְתָּ | |
| 3. p. m. pl. | כְּתַבוּ | כַּתִּבוּ | הַכְתִּבוּ | שַׁכְתִּבוּ |
| Impf. 3. p. m. s. | יִכְתֻּב | יְכַתֵּב | (יַכְ) יְהַכְתֵּב | יְשַׁכְתִּב |
| 3. p. m. pl. | יִכְתְּבוּן | יְכַתְּבוּן | (יַכְ) יְהַכְתְּבוּן | |
| Imperativus | כְּתֻב | כַּתֵּב | הַכְתֵּב | |
| Partic. Act. | כָּתֵב , —תִב | מְכַתֵּב | (מַכְ) מְהַכְתֵּב | מְשַׁכְתִּב |
| Partic. Pass. | כְּתִיב | מְכַתַּב | (מַכְ) מְהַכְתַּב | |
| Infinitivus | מִכְתַּב | כַּתָּבָה | הַכְתָּבָה | שַׁכְתָּבָה |
| | **Hithpĕʿel** | **Hithpaʿal** | **Hophʿal** | **Hištaphʿal** |
| Perf. 3. p. m. s. | m. הִתְכְּתֵב<br>(f. הִתְכְּתֶבֶת) | הִתְכַּתַּב | הָכְתַּב | הִשְׁתַּכְתַּב |
| 3. p. m. pl. | הִתְכְּתִבוּ | הִתְכַּתַּבוּ | | |
| Impf. 3. p. m. s. | יִתְכְּתֵב | יִתְכַּתַּב | | יִשְׁתַּכְתַּב |
| 3. p. m. pl. | יִתְכַּתְבוּן | יִתְכַּתְּבוּן | | יִשְׁתַּכְתְּבוּן |
| Imperativus | הִתְכְּתֵב | הִתְכַּתַּב | | |
| Participium | מִתְכְּתֵב | מִתְכַּתַּב | | |
| Infinitivus | הִתְכְּתָבָה | הִתְכַּתָּבָה | | |

# Tabula IV.

**Paradigma formarum selectarum flexionis verborum primae aut tertiae gutturalis.**

| | Verba primae gutt. | Verba tertiae gutt. |
|---|---|---|
| Pĕʿal Perf. 3. pers. m. s. | עֲבַד | יְדַע |
| 1. pers. s. | עַבְדֵת | יִדְעֵת |
| Impf. 3. pers. m. | pl. יַעְבְדוּן | Sing. יִשְׁלַח |
| Partic. Act. | עָבֵד | יָדַע |
| „ Pass. | חֲשִׁיב | יְדִיעַ |
| Paʿʿil Perfectum | | שַׁבַּחוּ שַׁבַּחְתָּ |
| Imperf. | | יְשַׁבַּח |
| Partic. | | Act. et Pass. מְשַׁבַּח |
| Haphʿel Perf. 3. pers. s. | | הַצְלַח |
| 1. pers. s. | | הַשְׁכַּחַת |
| 3. pers. pl. | הֶחֱסִנוּ | הַשְׁכַּחוּ |
| Imperf. 3. pers. | Pl.: יַחְסְנוּן | Sing.: יְהַשְׁכַּח |
| Partic. | | מַצְלַח |
| Hithpĕʿel Perf. 3. p. | Pl. הִתְעֲבִדוּ | Sing. m. הִשְׁתְּכַח fem. כַחַת |
| 2. p. m. | | הִשְׁתְּכַחַתְּ |
| Imperf. | יִתְעֲבֵד | יִתְנְסַח |
| Partic. | מִתְעֲבֵד | |

# Tabula V.

**radigma formarum selectarum flexionis verborum פ״ן, פ״י et פ״א.**

| | פ״ן | פ״י | | פ״א |
|---|---|---|---|---|
| | | c. ו origin. | c. י origin. | |
| Perfectum | נְפַל | יְתִב יְדַע יְכִל | | אֲמַר אֲכַל |
| Imperf. | יִפֵּל | יִתִּב יִנְדַּע יִכֻּל | יֵיטַב | יֵאמַר יֵאכֻל |
| Imperat. | פֻּקוּ | דַּע | | אֱמַר אֲכֻלִי |
| Partic. Act. | נָפֵק | יָתֵב יָדַע יָכִל | | אָמַר אָכֵל |
| Infinitivus | | | | מֵאמַר מֵתֵא |
| ʿel Perf. Sing. | הַנְפֵּק | הוֹתֵב הוֹדַע | | הֵימִן הַיְתִי |
| Pl. | הַנְפִּקוּ | | | הַיְתִיו |
| Imperf. | תְּהַנְזֵק תַּחֵת | יְהוֹדַע | | תְּהוֹבֵד |
| Imperat. | אֲחֵת | | | |
| Partic. Act. | מְהַחֲתִין<br>[st. c. מְהַנְזְקַת] | מְהוֹדְעִין | | |
| Partic. Pass. | | | | מְהֵימַן |
| Infinitivus | הַנְזָקָה | הוֹדָעָה | | הוֹבָדָה הַיְתָיָה |
| ʿal Perf. | הָנְחַת | הוּסְפַת | | הוּבַד [?]הֵיתַיוּ |

# Tabula VI.

**Paradigma formarum selectarum flexionis verborum mediae radicalis deficientis.**

| | Pĕʻal | | Haphʻel | Hithpĕʻel |
|---|---|---|---|---|
| Perfect. Sing. 3. m. | שָׂם קָם | | הֲקִים הֲקֵים | |
| 3. f. | סָפַת | | | |
| 2. p. m. | שָׂמְתָּ | | הֲקִימְתָּ | |
| 1. p. | שָׂמֵת | | הֲקִימֵת | |
| Plur. 3. m. | שָׂמוּ קָמוּ | | הֲקִימוּ | |
| Imperf. Sing. 3. m. | יְקוּם | | יְקִים יְהָקִים | יִתְּזִין יִתְּשָׂם |
| 3. f. | תְּקוּם | | תָּסֵף | |
| 2. m. | | | תְּקִים | |
| Plur. 3. m. | יְקוּמוּן | | יְתִיבוּן יַהֲתִיבוּן | יִתְּשָׂמוּן |
| Imperat. Sing. 2. f. | קוּמִי | | | |
| Plur. 2. m. | | שִׂימוּ | | |
| Particip. Act. | קָאֵם | | מָרִים מְהָקִים | מִתְּשָׂם |
| Particip. Pass. | | שִׂים | | |
| Infinitivus | | | הֲקָמָה | |
| Passiv. Perf. | שִׂים | | fem. הֳקִימַת | |

# Tabula VII.

**Paradigma formarum selectarum flexionis verborum ל״א (ל״ה).**

| | Pĕʿal | Paʿʿil | Haphʿel | Hith-pĕʿel | Hithpaʿʿal |
|---|---|---|---|---|---|
| f. Sing. 3. p. m. | בְּנָא | בַּנִּי | הַבְנִי | הִתְבְּנִי | הִתְבַּנִּי |
| 3. p. f. | בְּנָת | | | אִתְכְּרִיַּת | |
| 2. p. m. | בְּנַיְתָ | בַּנִּיתָ | | | |
| 1. p. | בְּנֵית | | | | |
| Plur. 3. p. m. | בְּנוֹ | בַּנִּיו | הַבְנִיו | | הִתְבַּנִּיו |
| 2. p. m. | בְּנֵיתוּן | | | | |
| 1. p. | בְּנֵינָא | | | | |
| erf. Sing. 3. m. | יִבְנֵא | יְבַנֵּא | יְהַבְנֵא | יִתְבְּנֵא | יִתְבַּנֵּא |
| Plur. 3. m. | יִבְנוֹן | יְבַנּוֹן | יְהַבְנוֹן | יִתְבְּנוֹן | יִתְבַּנּוֹן |
| 3. f. | יִבְנְיָן | | | | |
| er. Sing. m. | חֱיִי שְׂא | (מַנִּי) בַּנִּי | | | |
| Pl. m. | בְּנוֹ | | הַבְנוֹ | | |
| tic. Act. | בָּנֵא (—ֵה) | מְבַנֵּא | מְהַבְנֵא | מִתְבְּנֵא | מִתְבַּנֵּא f. מִתְבַּנְּאָה |
| „ Pass. | בְּנֵא (—ֵה) | | | | |
| nitivus | מִבְנֵא | | הַבְנָיָה | | |
| c. suff. | מִבְנְיֵהּ | | | | |
| f. Pass. Sing. | *Pĕʿīl* בְּנִי | | הֵיתַיִת | | |
| Plur. | | | הֵיתַיוּ | | |

# Tabula VIII.

**Paradigma formarum selectarum flexionis verborum ע״ע.**

| | Pĕʿal | Paʿʿil | Haphʿel |
|---|---|---|---|
| Perfect. Sing. 3. m. | עַל | מַלִּל | הַנְעֵל |
| 3. f. | נַדַּת עֲלַלַת | | הֲדֶקֶת |
| Pl. 3. m. | דָּקוּ(?) | קַצִּצוּ | הַדִּקוּ |
| Imperf. Sing. 3. m. | | יְמַלִּל | |
| 3. f. | תֵּרֹעַ | | תַּדִּק תַּטְלֵל |
| Imperativus Sing. | | | |
| c. suff. | | | הַעֵלְנִי |
| Particip. Act. | עָלִּין עָלְלִין | מְמַלִּל | מְהַדֵּק |
| Infinitivus | מִחַן | | הַנְעָלָה הֶעָלָה |
| Passivum Perfecti | | | |
| Sing. 3. p. m. | | | הֻעַל (*Hophʿal*) |
| Plur. 3. p. m. | | | הֻעַלּוּ ( „ ). |

# Tabula IX.

**Conspectus pronominum personalium separatorum et suffixorum.**

| | Pronomina personalia | |
| --- | --- | --- |
| | separata | suffixa. |
| Sing. 3. pers. m. | הוּא | —ֵהּ, —הִי |
| fem. | הִיא | —ַהּ |
| 2. pers. m. | אַנְתָּה (*Kĕrē* אַנְתְּ) | —ָךְ |
| f. | — | — |
| 1. pers. | אֲנָה | —ִי (nomini suff.)<br>—ְנִי (verbo suff.) |
| Plur. 3. pers. m. | אִנּוּן הִמּוֹ הִמּוֹן | —הוֹן [Hebr. —הוֹם] |
| fem. | אִנִּין | —הֵין [*Kĕthībh* —הוֹן] |
| 2. pers. m. | אַנְתּוּן | —כוֹן [Hebr. —כם] |
| f. | — | — |
| 1. pers. | אֲנַחְנָא | —נָא (—ַנָא —ֶנָא) |

# Tabula X.

**Paradigma verbi cum pronominibus suffixis.**

| Pronom. suff.: | Sing. 3. pers. m. | 3. fem. | 2. masc. | 1. pers. | Plur. 2. m. | 1. pers. |
|---|---|---|---|---|---|---|
| Perf. Sing. | | | | | | |
| 3. m. | בְּנָהִי סַתְרֵהּ | חַתְמַהּ | הוֹדְעָךְ | | | |
| 2. m. | | | | הוֹדַעְתַּנִי | | הוֹדַעְתַּנָא [Kĕrē —תֶּנָא] |
| 1. pers. | | בְּנַיְתַהּ | | | | |
| Plur. 3. m. | שְׁנוֹהִי הַקְרְבוּהִי | | | | | הֲתִיבוּנָא |
| Imperf. Sing. | | | | | | |
| 3. masc. | | יִתְנְנַהּ | יְשֵׁיזְבִנָּךְ יְבַהֲלָךְ | יְהוֹדְעֻנַּנִי | יְשֵׁיזְבִנְכוֹן | |
| Plur. 3. m. | יְשַׁמְּשֻׁנֵּהּ | | יְבַהֲלוּךְ | יְהוֹדְעֻנַּנִי | | |
| Imper. Sing. | | | | הַעֱלְנִי | | |
| Pl. | | | | הַחֲוֹנִי | | |
| Infinitiv | הַקָמוּתֵהּ מְקָרְבֵהּ | | הַתָבוּתָךְ | הוֹדָעֻתַנִי | | שֵׁיזָבוּתַנָא |

# Tabula XI.

## Paradigma flexionis nominis.

### a) generis masculini:

α) formae *ḳaṭl.*

| | Status indeterminatus | Stat. constructus. | Stat. determinatus sive emphaticus. |
|---|---|---|---|
| Singul. | מֶלֶךְ | מֶלֶךְ | מַלְכָּא |
| Plural. | מַלְכִין | מַלְכֵי | מַלְכַיָּא |

β) formae *ḳaṭal.*

| | | | |
|---|---|---|---|
| Singul. | זְמַן | זְמַן | זִמְנָא |
| Plural. | זִמְנִין | זִמְנֵי | זִמְנַיָּא |

γ) formae *ḳāṭal.*

| | | | |
|---|---|---|---|
| Singul. | עָלַם | עָלַם | עָלְמָא |
| Plural. | עָלְמִין | עָלְמֵי | עָלְמַיָּא |

δ) formae *kiṭāl* (*ḳaṭāl*).

| | | | |
|---|---|---|---|
| Singul. | כְּתָב | כְּתָב | כְּתָבָא |
| Plural. | כְּתָבִין | כְּתָבֵי | כְּתָבַיָּא |

ε) formae in ־ָי desinentis.

| | | | |
|---|---|---|---|
| Singul. | כַּשְׂדָּי | — | כַּשְׂדָּיָא |
| Plural. | כַּשְׂדָּאִין | — | כַּשְׂדָּיֵא |

## b) generis feminini:

*α*) formae in אָ— (הָ—) desinentis.

| | Stat. indeterminatus. | Status constructus. | Stat. determinatus sive emphaticus. |
|---|---|---|---|
| Singul. | חֵיוָא | חֵיוַת | חֵיוְתָא |
| Plural. | חֵיוָן | חֵיוָת | חֵיוָתָא |

β) formae in וּ— vel ִי— desinentis.

| | | | |
|---|---|---|---|
| Singul. | מַלְכוּ | מַלְכוּת | מַלְכוּתָא |
| Plural. | מַלְכְוָן | מַלְכְוָת | מַלְכְוָתָא |

---

# Tabula XII.

**Paradigma nominis cum suffixis.**

## a) nominis masculini:

*α*) in singulari positi.

cum suffixo 3. pers. masc. sing. כְּתָבֵהּ plur. כְּתָבְהוֹן

„ „ 3. „ fem. „ כְּתָבַהּ [ „ כְּתָבְהֵין *Kĕrē*]

„ „ 2. „ masc. „ כְּתָבָךְ „ כְּתָבְכוֹן

„ „ 1. „ sing. כְּתָבִי „ כְּתָבְנָא

β) in plurali positi.

cum suffixo 3. pers. masc. sing. כְּתָבוֹהִי plur. כְּתָבֵיהוֹן
„ „ 3. „ fem. „ כְּתָבַיהּ [ „ כְּתָבֵיהֵין *Ḳĕrē*]
„ „ 2. „ masc. „ כְּתָבָיךְ „ כְּתָבֵיכוֹן
„ „ 1. „ sing. כְּתָבַי „ כְּתָבָינָא

## b) nominis feminini:

α) in singulari positi.

cum suffixo 3. pers. masc. sing. חֵיוְתֵהּ plur. חֵיוַתְהוֹן
„ „ 3. „ fem. „ חֵיוְתַהּ [ „ חֵיוַתְהֵין *Ḳĕrē*]
„ „ 2. „ masc. „ חֵיוְתָךְ „ חֵיוַתְכוֹן
„ „ 1. „ sing. חֵיוְתִי „ חֵיוְתָנָא

β) in plurali positi.

cum suffixo 3. pers. masc. sing. חֵיוָתֵהּ plur. חֵיוָתְהוֹן
„ „ 3. „ fem. „ חֵיוָתַהּ [ „ חֵיוָתְהֵין *Ḳĕrē*]
„ „ 2. „ masc. „ חֵיוָתָךְ „ חֵיוָתְכוֹן
„ „ 1. „ sing. חֵיוָתִי „ חֵיוָתָנָא

## Conspectus praepositionum cum suffixis.

| | בְּ | לְ | מִן | עִם | עַל | אַחֲרֵי | בֵּין | קֳדָם | תְּחוֹת | בְּגוֹא | בָּתַר [=בָּאתַר] | לְוָת | לָקֳבֵל |
|---|---|---|---|---|---|---|---|---|---|---|---|---|---|
| Sing. 3. m. | בֵּהּ | לֵהּ | מִנֵּהּ | עִמֵּהּ | עֲלוֹהִי | | | קֳדָמוֹהִי | תְּחֹתוֹהִי | בְּגַוֵּהּ | | | |
| 3. f. | בַּהּ | לַהּ | מִנַּהּ | | עֲלַיהּ | | | קֳדָמַיהּ | | בְּגַוַּהּ | | | |
| 2. m. | בָּךְ | לָךְ | מִנָּךְ | עִמָּךְ | עֲלָיךְ | | | קֳדָמָיךְ | | | בָּתְרָךְ | לְוָתָךְ | לָקֳבְלָךְ |
| 1. | בִּי | לִי | מִנִּי | עִמִּי | עֲלַי | | | קֳדָמַי | | | | | |
| Plur. 3. m. | בְּהוֹן | לְהוֹן | מִנְּהוֹן | עִמְּהוֹן | עֲלֵיהוֹן | אַחֲרֵיהֹן | | קֳדָמֵיהוֹן | | | | | |
| 3. f. (*Kĕrē*) | | | מִנְּהֵן | | | | בֵּינֵיהֵין | | | | | | |
| 2. m. | | לְכוֹן | | | | | | | | | | | |
| 1. | | לָנָא | | | עֲלֵינָא | | | | | | | | |

# B.

# Die aramäischen Stücke des Alten Testaments.

## I.

## Daniel 2, 4b — 7, 28.

### *אֲרָמִית

### 2, 4*b*—49.

4*b* מַלְכָּא לְעָלְמִין חֱיִי[1] אֱמַר חֶלְמָא לְעַבְדָיךְ[2] וּפִשְׁרָא

5 נְחַוֵּא[3]׃ עָנֵה מַלְכָּא וְאָמַר לְכַשְׂדָּיֵא[1] מִלְּתָה מִנִּי אַזְדָּא[2] הֵן

לָא תְהוֹדְעוּנַּנִי חֶלְמָא וּפִשְׁרֵהּ הַדָּמִין תִּתְעַבְדוּן וּבָתֵּיכוֹן[3]

6 נְוָלִי יִתְּשָׂמוּן[4]׃ וְהֵן חֶלְמָא וּפִשְׁרֵהּ תְּהַחֲוֹן מַתְּנָן וּנְבִזְבָּה

וִיקָר שַׂגִּיא תְּקַבְּלוּן מִן־קֳדָמָי לָהֵן[1] חֶלְמָא וּפִשְׁרֵהּ הַחֲוֹנִי׃

7 עֲנוֹ תִנְיָנוּת וְאָמְרִין מַלְכָּא חֶלְמָא יֵאמַר לְעַבְדוֹהִי וּפִשְׁרָה[1]

8 נְהַחֲוֵה׃ עָנֵה מַלְכָּא וְאָמַר מִן־יַצִּיב יָדַע אֲנָה דִּי עִדָּנָא

9 אַנְתּוּן זָבְנִין כָּל־קֳבֵל דִּי חֲזֵיתוּן דִּי־אַזְדָּא מִנִּי מִלְּתָא׃ דִּי

הֵן חֶלְמָא לָא תְהוֹדְעֻנַּנִי חֲדָה הִיא דָתְכוֹן וּמִלָּה כִדְבָה

---

* Glosse, um den folgenden Text als „aramäisch“ zu bezeichnen. Vorher (2, 4*a*) gehen die hebr. Worte: וַיְדַבְּרוּ הַכַּשְׂדִּים לַמֶּלֶךְ.

**4b.** [1] § 65*b*. [2] § 75*d*. Anm. 2. [3] M.T.: נְחַוֵּא s. § 65*c*. **5.** [1] § 73. [2] s. Lex. [3] § 76*c*. [4] § 63*i*. **6.** [1] § 96*d*. **7.** [1] M.T.: וּפִשְׁרָה.

וּשְׁחִיתָה הִזְמִנְתּוּן[1] לְמֵאמַר קָדָמַי עַד דִּי עִדָּנָא יִשְׁתַּנֵּא
לָהֵן חֶלְמָא אֱמַרוּ לִי וְאִנְדַּע[2] דִּי פִשְׁרֵהּ תְּהַחֲוֻנַּנִי׃ עֲנוֹ י
כַשְׂדָּיֵא קֳדָם־מַלְכָּא וְאָמְרִין לָא־אִיתַי[1] אֱנָשׁ עַל־יַבֶּשְׁתָּא דִּי
מִלַּת מַלְכָּא יוּכַל[2] לְהַחֲוָיָה כָּל־קֳבֵל דִּי כָל־מֶלֶךְ רַב וְשַׁלִּיט
מִלָּה כִדְנָה לָא שְׁאֵל לְכָל־חַרְטֹּם וְאָשַׁף וְכַשְׂדָּי׃ וּמִלְּתָא 11
דִּי־מַלְכָּה שָׁאֵל יַקִּירָה וְאָחֳרָן לָא אִתַי דִּי יְחַוִּנַּהּ[1] קֳדָם
מַלְכָּא לָהֵן אֱלָהִין דִּי מְדָרְהוֹן עִם־בִּשְׂרָא לָא אִיתוֹהִי׃
כָּל־קֳבֵל דְּנָה מַלְכָּא בְּנַס וּקְצַף שַׂגִּיא וַאֲמַר לְהוֹבָדָה לְכֹל 12
חַכִּימֵי בָבֶל׃ וְדָתָא נֶפְקַת וְחַכִּימַיָּא מִתְקַטְּלִין[1] וּבְעוֹ דָּנִיֵּאל 13
וְחַבְרוֹהִי לְהִתְקְטָלָה׃ ס בֵּאדַיִן דָּנִיֵּאל הֲתִיב עֵטָא וּטְעֵם 14
לְאַרְיוֹךְ רַב־טַבָּחַיָּא דִּי מַלְכָּא דִּי נְפַק לְקַטָּלָה לְחַכִּימֵי בָּבֶל׃
עָנֵה וְאָמַר לְאַרְיוֹךְ שַׁלִּיטָּא דִי־מַלְכָּא עַל־מָה דָתָא מְהַחְצְפָה טו
מִן־קֳדָם מַלְכָּא אֱדַיִן מִלְּתָא הוֹדַע אַרְיוֹךְ לְדָנִיֵּאל׃ וְדָנִיֵּאל 16
עַל וּבְעָא מִן־מַלְכָּא דִּי זְמָן יִנְתֵּן־לֵהּ[1] וּפִשְׁרָא לְהַחֲוָיָה
לְמַלְכָּא׃ ס אֱדַיִן דָּנִיֵּאל לְבַיְתֵהּ אֲזַל וְלַחֲנַנְיָה מִישָׁאֵל 17
וַעֲזַרְיָה חַבְרוֹהִי מִלְּתָא הוֹדַע׃ וְרַחֲמִין לְמִבְעֵא מִן־קֳדָם 18
אֱלָהּ שְׁמַיָּא עַל־רָזָא דְּנָה דִּי לָא יְהֹבְדוּן דָּנִיֵּאל וְחַבְרוֹהִי
עִם־שְׁאָר חַכִּימֵי בָבֶל׃ אֱדַיִן לְדָנִיֵּאל בְּחֶזְוָא דִי־לֵילְיָא רָזָא 19
גֲלִי אֱדַיִן דָּנִיֵּאל בָּרִךְ לֶאֱלָהּ שְׁמַיָּא׃ עָנֵה דָנִיֵּאל וְאָמַר כ

---

**9.** [1] *K.* הִזְדְּמִנְתּוּן vgl. *Dalman*, a. a. O. 211. [2] § 59*c*.
**10.** [1] So *B.-D.;* dagegen איתי überall in Daniel nach *Ginsburg*. [2] M. T.: יוּכַל H. **11.** [1] M. T.: יְחַוִּנַּהּ s. zu V. 4. **13.** [1] *Ginsburg*: מִתְקַטְּלִין. **16.** [1] Wahrscheinlich ist hier חֶלְמָא ausgefallen.

לֶהֱוֵא[1] שְׁמֵהּ דִּי־אֱלָהָא מְבָרַךְ מִן־עָלְמָא וְעַד־עָלְמָא דִּי
21 חָכְמְתָא וּגְבוּרְתָא דִּי־לֵהּ הִיא׃ וְהוּא מְהַשְׁנֵא עִדָּנַיָּא וְזִמְנַיָּא
מְהַעְדֵּה מַלְכִין וּמְהָקֵים מַלְכִין יָהֵב חָכְמְתָא לְחַכִּימִין
22 וּמַנְדְּעָא לְיָדְעֵי בִינָה׃ הוּא גָּלֵא עַמִּיקָתָא וּמְסַתְּרָתָא יָדַע
23 מָה בַחֲשׁוֹכָא וּנְהִירָא[1] עִמֵּהּ שְׁרֵא[2]׃ לָךְ ׀ אֱלָהּ אֲבָהָתִי מְהוֹדֵא
וּמְשַׁבַּח אֲנָה דִּי חָכְמְתָא וּגְבוּרְתָא יְהַבְתְּ לִי וּכְעַן הוֹדַעְתַּנִי
24 דִּי־בְעֵינָא מִנָּךְ דִּי־מִלַּת מַלְכָּא הוֹדַעְתָּנָא[1]׃ כָּל־קֳבֵל דְּנָה
דָּנִיֵּאל עַל עַל־אַרְיוֹךְ דִּי מַנִּי מַלְכָּא לְהוֹבָדָה לְחַכִּימֵי בָבֶל[1]
וְכֵן אֲמַר־לֵהּ לְחַכִּימֵי בָבֶל אַל־תְּהוֹבֵד הַעֵלְנִי[2] קֳדָם מַלְכָּא
כה וּפִשְׁרָא לְמַלְכָּא אֲחַוֵּא[3]׃ ס אֱדַיִן אַרְיוֹךְ בְּהִתְבְּהָלָה הַנְעֵל[1]
לְדָנִיֵּאל קֳדָם מַלְכָּא וְכֵן אֲמַר־לֵהּ דִּי־הַשְׁכַּחַת[2] גְּבַר דִּי[3]
26 מִן־בְּנֵי גָלוּתָא דִּי יְהוּד דִּי פִשְׁרָא לְמַלְכָּא יְהוֹדַע׃ עָנֵה
מַלְכָּא וְאָמַר לְדָנִיֵּאל דִּי שְׁמֵהּ בֵּלְטְשַׁאצַּר הַאִיתָיךְ כָּהֵל
27 לְהוֹדָעֻתַנִי חֶלְמָא דִּי־חֲזֵית וּפִשְׁרֵהּ׃ עָנֵה דָנִיֵּאל קֳדָם מַלְכָּא
וְאָמַר רָזָא דִּי־מַלְכָּא שָׁאֵל לָא[1] חַכִּימִין אָשְׁפִין חַרְטֻמִּין
28 גָּזְרִין יָכְלִין לְהַחֲוָיָה לְמַלְכָּא׃ בְּרַם אִיתַי אֱלָהּ בִּשְׁמַיָּא גָּלֵא
רָזִין וְהוֹדַע לְמַלְכָּא נְבוּכַדְנֶצַּר מָה דִּי לֶהֱוֵא בְּאַחֲרִית

---

**20.** [1] § 65*a*. **22.** [1] *K.* נְהוֹרָא, wie im späteren Aramäisch, vgl. *Dalman* a. a. O. 125 u. *Bevan* a. a. O. 72. [2] l. שָׁרֵא nach *de Goeje*. **23.** [1] M. T. הוֹדַעְתֶּנָא Hebr. vgl. § 50*b* Anm. 1. **24.** [1] M. T. fügt hier אֲזַל ein, das zu tilgen ist; vgl. LXX u. Theod. [2] § 50*b* Anm. 2. [3] M.T.: אֲחַוֵּא s. zu V. 4. **25.** [1] § 66. [2] § 55*d*. [3] דִּי ist nicht allgemein bezeugt. *B.-D.* halten es, *Ginsburg* stößt es aus. **27.** [1] § 93*a*.

יומיא חלמך וחזוי ראשך על־משכבך[1] דנה הוא׃ ס
29 אנתה[1] מלכא רעיונך על־משכבך סלקו מה די להוא
ל אחרי דנה וגלא רזיא הודעך מה־די להוא׃ ואנה לא[1]
בחכמה די־איתי בי מן־כל־חייא רזא דנה גלי[2] לי להן[3]
על־דברת די פשרא למלכא יהודעון ורעיוני לבבך תנדע׃
31 ס אנתה[1] מלכא חזה הוית ואלו צלם חד שגיא צלמא
32 דכן רב וזיוה יתיר קאם לקבלך ורוה דחיל׃ הוא צלמא
ראשה די־דהב טב חדוהי ודרעוהי די כסף מעוהי וירכתה
33 די נחש׃ שקוהי די פרזל רגלוהי מנהון די פרזל ומנהין[1]
34 די חסף׃ חזה הוית עד די התגזרת אבן די־לא בידין
ומחת[1] לצלמא על־רגלוהי די פרזלא וחספא והדקת[2] המון׃
לה באדין דקו[1] כחדה[2] פרזלא חספא נחשא כספא ודהבא
והוו כעור מן־אדרי־קיט ונשא המון רוחא וכל־אתר לא־
השתכח להון ואבנא ׀ די־מחת[3] לצלמא הות[3] לטור רב
36 ומלאת[3] כל־ארעא׃ ס דנה חלמא ופשרה נאמר קדם־
37 מלכא׃ אנתה מלכא מלך מלכיא די אלה שמיא מלכותא
38 חסנא ותקפא ויקרא יהב־לך׃ ובכל־די דארין[1] בני־אנשא
חיות ברא ועוף־שמיא יהב בידך והשלטך בכלהון אנתה —

---

**28.** [1] וחזוי ראשך על־משכבך vielleicht eingeschoben in den Text wie 7, 1 vgl. dort. **29.** [1] M. T. אַנְתְּ s. § 24*a*. **30.** [1] § 93*a*. [2] § 64*g*. [3] § 96*d*. **31.** [1] s. zu v. 29. **33.** [1] *Kĕthībh:* מנהון s. § 24*b*. **34.** [1] M. T. וּמְחָת § 64*n*. [2] § 66*d*. **35.** [1] § 66*c*. [2] 94*b*. [3] Vgl. § 64*n*. **37.** [1] § 63. **38.** [1] § 13*b*.

39 הוּא רֵאשָׁה דִּי דַהֲבָא׃ וּבָתְרָךְ[1] תְּקוּם מַלְכוּ אָחֳרִי[2] ארעא[3]
מִנָּךְ וּמַלְכוּ תְלִיתָיָא אָחֳרִי דִּי נְחָשָׁא דִּי תִשְׁלַט בְּכָל־אַרְעָא׃
מ וּמַלְכוּ רְבִיעָיָא תֶּהֱוֵא תַקִּיפָה כְּפַרְזְלָא כָּל־קֳבֵל דִּי פַרְזְלָא
41 מְהַדֵּק וְחָשֵׁל כֹּלָּא[1] כָּל־אִלֵּין תַּדִּק וְתֵרֹעַ׃ וְדִי חֲזַיְתָה
רַגְלַיָּא וְאֶצְבְּעָתָא מִנְּהֵין[1] חֲסַף דִּי־פֶחָר וּמִנְּהֵין[1] פַּרְזֶל
מַלְכוּ פְלִיגָה תֶּהֱוֵה וּמִן־נִצְבְּתָא דִּי־פַרְזְלָא לֶהֱוֵא־בַהּ כָּל־
42 קֳבֵל דִּי חֲזַיְתָה פַּרְזְלָא מְעָרַב בַּחֲסַף טִינָא׃ וְאֶצְבְּעָת
רַגְלַיָּא מִנְּהֵין פַּרְזֶל וּמִנְּהֵין חֲסַף מִן־קְצָת מַלְכוּתָא תֶּהֱוֵה
43 תַקִּיפָה וּמִנַּהּ תֶּהֱוֵא תְבִירָה׃ דִּי[1] חֲזַיְתָ פַּרְזְלָא מְעָרַב
בַּחֲסַף טִינָא מִתְעָרְבִין לֶהֱוֺן בִּזְרַע אֲנָשָׁא וְלָא־לֶהֱוֺן דָּבְקִין
דְּנָה עִם־דְּנָה הֵא כְדִי[2] פַרְזְלָא לָא מִתְעָרַב עִם־חַסְפָּא׃
44 וּבְיוֹמֵיהוֹן דִּי מַלְכַיָּא אִנּוּן יְקִים אֱלָהּ שְׁמַיָּא מַלְכוּ דִּי
לְעָלְמִין לָא תִתְחַבַּל וּמַלְכוּתָה לְעַם אָחֳרָן לָא תִשְׁתְּבִק תַּדִּק
מה וְתָסֵיף כָּל־אִלֵּין מַלְכְוָתָא וְהִיא תְּקוּם לְעָלְמַיָּא׃ כָּל־קֳבֵל
דִּי־חֲזַיְתָ דִּי מִטּוּרָא אִתְגְּזֶרֶת אֶבֶן דִּי־לָא בִידַיִן וְהַדֶּקֶת
חַסְפָּא[1] פַּרְזְלָא נְחָשָׁא כַּסְפָּא וְדַהֲבָא אֱלָהּ רַב הוֹדַע לְמַלְכָּא
מָה דִּי לֶהֱוֵא אַחֲרֵי דְנָה וְיַצִּיב חֶלְמָא וּמְהֵימַן[2] פִּשְׁרֵהּ׃
46 ס בֵּאדַיִן מַלְכָּא נְבוּכַדְנֶצַּר נְפַל עַל־אַנְפּוֹהִי וּלְדָנִיֵּאל

---

**39.** [1] § 95*d*. [2] § 87*d*. [3] *Ḳĕrē*: אֲרַע, Aussprache des *Kĕthībh* unsicher; s. Glossar. **40.** [1] וּכְפַרְזְלָא דִּי־מְרָעַע Glosse vgl. Theod. **41.** [1] s. zu V. 33. **43.** [1] *Ḳĕrē*: וְדִי vgl. 4, 20. 23. ו nicht notwendig. [2] *Ginsburg*: הָא־כְדִי. **45.** [1] חַסְפָּא an erster Stelle nach LXX u. Theod.; im M. T. vor כספא. [2] § 60*b*.

47 סְגִד וּמִנְחָה וְנִיחֹחִין אֲמַר לְנַסָּכָה לֵהּ׃ עָנֵה מַלְכָּא לְדָנִיֵּאל
וְאָמַר מִן־קְשֹׁט דִּי אֱלָהֲכוֹן הוּא אֱלָהּ אֱלָהִין וּמָרֵא מַלְכִין
48 וְגָלֵה רָזִין דִּי יְכֵלְתָּ לְמִגְלֵא רָזָא דְנָה׃ אֱדַיִן מַלְכָּא לְדָנִיֵּאל
רַבִּי וּמַתְּנָן רַבְרְבָן שַׂגִּיאָן יְהַב־לֵהּ וְהַשְׁלְטֵהּ עַל כָּל־מְדִינַת
49 בָּבֶל וְרַב־סִגְנִין עַל כָּל־חַכִּימֵי בָּבֶל׃ וְדָנִיֵּאל בְּעָא מִן־מַלְכָּא
וּמַנִּי עַל־עֲבִידְתָּא[1] דִּי מְדִינַת בָּבֶל לְשַׁדְרַךְ מֵישַׁךְ וַעֲבֵד נְגוֹ
וְדָנִיֵּאל בִּתְרַע מַלְכָּא׃ פ

## 3, 1—30.

א נְבוּכַדְנֶצַּר מַלְכָּא עֲבַד צְלֵם דִּי־דְהַב רוּמֵהּ אַמִּין שִׁתִּין
פְּתָיֵהּ אַמִּין שִׁת אֲקִימֵהּ בְּבִקְעַת דּוּרָא בִּמְדִינַת בָּבֶל׃
2 וּנְבוּכַדְנֶצַּר מַלְכָּא שְׁלַח לְמִכְנַשׁ ׀ לַאֲחַשְׁדַּרְפְּנַיָּא סִגְנַיָּא
וּפַחֲוָתָא אֲדַרְגָּזְרַיָּא הַדָּבְרַיָּא[1] דְּתָבְרַיָּא תִּפְתָּיֵא וְכֹל שִׁלְטֹנֵי
מְדִינָתָא לְמֵתֵא[2] לַחֲנֻכַּת צַלְמָא דִּי הֲקֵים נְבוּכַדְנֶצַּר מַלְכָּא[3]׃
3 בֵּאדַיִן מִתְכַּנְּשִׁין אֲחַשְׁדַּרְפְּנַיָּא סִגְנַיָּא וּפַחֲוָתָא אֲדַרְגָּזְרַיָּא
הַדָּבְרַיָּא[1] דְּתָבְרַיָּא תִּפְתָּיֵא וְכֹל שִׁלְטֹנֵי מְדִינָתָא לַחֲנֻכַּת
צַלְמָא דִּי הֲקֵים נְבוּכַדְנֶצַּר מַלְכָּא וְקָאְמִין לָקֳבֵל צַלְמָא דִּי
4 הֲקֵים נְבֻכַדְנֶצַּר׃ וְכָרוֹזָא קָרֵא בְחָיִל לְכוֹן אָמְרִין עַמְמַיָּא
ה אֻמַיָּא וְלִשָּׁנַיָּא׃ בְּעִדָּנָא דִּי תִשְׁמְעוּן קָל קַרְנָא מַשְׁרוֹקִיתָא
קִיתָרֹס[1] שַׂבְּכָא פְּסַנְתֵּרִין סוּמְפֹּנְיָה וְכֹל זְנֵי זְמָרָא תִּפְּלוּן

---

**49.** [1] s. § 72 *c*. **2.** [1] M. T. גְּדָבְרַיָּא vgl. aber V. 27 u. 6, 8. [2] § 60. [3] די הקים נבוכדנצר מלכא ist vielleicht nicht ursprünglich, vgl. auch Theod. **3.** [1] s. zu V. 2 [1]. **5.** [1] *Kĕrē*: קַתְרֹס, wie in den Targumen.

6 וְתִסְגְּדוּן לְצֶלֶם דַּהֲבָא דִּי הֲקֵים נְבוּכַדְנֶצַּר מַלְכָּא׃ וּמַן־[1]
דִּי־לָא יִפֵּל וְיִסְגֻּד בַּהּ־שַׁעֲתָא יִתְרְמֵא לְגוֹא־אַתּוּן נוּרָא
7 יָקִדְתָּא׃ כָּל־קֳבֵל דְּנָה בֵּהּ זִמְנָא כְּדִי־שָׁמְעִין כָּל־עַמְמַיָּא קָל
קַרְנָא מַשְׁרוֹקִיתָא קִיתָרֹס[1] שַׂבְּכָא פְּסַנְטֵרִין[2] וְכֹל זְנֵי זְמָרָא
נָפְלִין כָּל־עַמְמַיָּא אֻמַיָּא וְלִשָּׁנַיָּא סָגְדִין לְצֶלֶם דַּהֲבָא דִּי
8 הֲקֵים נְבוּכַדְנֶצַּר מַלְכָּא׃ כָּל־קֳבֵל דְּנָה בֵּהּ זִמְנָא קְרִבוּ
9 גֻּבְרִין כַּשְׂדָּאִין וַאֲכַלוּ קַרְצֵיהוֹן דִּי יְהוּדָיֵא׃ עֲנוֹ וְאָמְרִין
י לִנְבוּכַדְנֶצַּר מַלְכָּא מַלְכָּא לְעָלְמִין חֱיִי׃ אַנְתָּה מַלְכָּא שָׂמְתָּ
טְּעֵם דִּי כָל־אֱנָשׁ דִּי־יִשְׁמַע קָל קַרְנָא מַשְׁרֹקִיתָא קִיתָרֹס
שַׂבְּכָא פְּסַנְתֵּרִין וְסוּמְפֹּנְיָה[1] וְכֹל זְנֵי זְמָרָא יִפֵּל וְיִסְגֻּד לְצֶלֶם
11 דַּהֲבָא׃ וּמַן־דִּי־לָא יִפֵּל וְיִסְגֻּד יִתְרְמֵא לְגוֹא־אַתּוּן נוּרָא
12 יָקִדְתָּא׃ אִיתַי גֻּבְרִין יְהוּדָאיִן[1] דִּי־מַנִּיתָ יָתְהוֹן[2] עַל־עֲבִידַת
מְדִינַת בָּבֶל שַׁדְרַךְ מֵישַׁךְ וַעֲבֵד נְגוֹ גֻּבְרַיָּא אִלֵּךְ לָא־שָׂמוּ
עֲלָיךְ מַלְכָּא טְעֵם לֵאלָהָיךְ לָא פָלְחִין וּלְצֶלֶם דַּהֲבָא דִּי
13 הֲקֵימְתָּ לָא סָגְדִין׃ ס בֵּאדַיִן נְבוּכַדְנֶצַּר בִּרְגַז וַחֲמָא
אֲמַר לְהַיְתָיָה לְשַׁדְרַךְ מֵישַׁךְ וַעֲבֵד נְגוֹ בֵּאדַיִן גֻּבְרַיָּא אִלֵּךְ
14 הֵיתָיוּ[1] קֳדָם מַלְכָּא׃ עָנֵה נְבוּכַדְנֶצַּר וְאָמַר לְהוֹן הַצְדָּא
שַׁדְרַךְ מֵישַׁךְ וַעֲבֵד נְגוֹ לֵאלָהַי לָא אִיתֵיכוֹן פָּלְחִין וּלְצֶלֶם
טו דַּהֲבָא דִּי הֲקֵימֶת לָא סָגְדִין׃ כְּעַן הֵן אִיתֵיכוֹן עֲתִידִין דִּי
בְעִדָּנָא דִּי־תִשְׁמְעוּן קָל קַרְנָא מַשְׁרוֹקִיתָא קִיתָרֹס שַׂבְּכָא

**6.** 1 § 27*b*. **7.** 1 vgl. zu V. 5. 2 Nach 5, 10 u. 15 ist hier סוּמְפֹּנְיָה ausgefallen. **10.** 1 *Kĕthîbh*: סיפניה [und *Ḳĕrē*: סוּפֹּנְיָה] vgl. Glossar. **12.** 1 *Ḳĕrē*: יְהוּדָאִין. 2 § 108*b* Anm. 1. **13.** 1 § 60*b*.

פְּסַנְתֵּרִין וְסוּמְפֹּנְיָה וְכֹל ׀ זְנֵי זְמָרָא תִּפְּלוּן וְתִסְגְּדוּן
לְצַלְמָא דִי־עַבְדֵת וְהֵן לָא תִסְגְּדוּן בַּהּ־שַׁעֲתָא תִתְרְמוֹן
לְגוֹא־אַתּוּן נוּרָא יָקִדְתָּא וּמַן־הוּא אֱלָהּ דִּי יְשֵׁיזְבִנְכוֹן
16 מִן־יְדָי[1]׃ עֲנוֹ שַׁדְרַךְ מֵישַׁךְ וַעֲבֵד נְגוֹ וְאָמְרִין לְמַלְכָּא
נְבוּכַדְנֶצַּר לָא־חַשְׁחִין אֲנַחְנָא עַל־דְּנָה פִּתְגָם לַהֲתָבוּתָךְ׃
17 הֵן אִיתַי אֱלָהַנָא דִּי־אֲנַחְנָא פָלְחִין יָכִל לְשֵׁיזָבוּתַנָא מִן־אַתּוּן
18 נוּרָא יָקִדְתָּא וּמִן־יְדָךְ מַלְכָּא יְשֵׁיזִב׃ וְהֵן לָא יְדִיעַ לֶהֱוֵא־
לָךְ מַלְכָּא דִּי לֵאלָהָיךְ לָא־אִיתַנָא פָלְחִין וּלְצֶלֶם דַּהֲבָא דִּי
19 הֲקֵימְתָּ לָא נִסְגֻּד׃ ס בֵּאדַיִן נְבוּכַדְנֶצַּר הִתְמְלִי חֱמָא[1]
וּצְלֵם אַנְפּוֹהִי אֶשְׁתַּנִּו[2] עַל־שַׁדְרַךְ מֵישַׁךְ וַעֲבֵד נְגוֹ עָנֵה
וְאָמַר לְמֵזֵא לְאַתּוּנָא חַד־שִׁבְעָה[3] עַל דִּי חֲזֵה לְמֵזְיֵהּ[4]׃
כ וּלְגֻבְרִין גִּבָּרֵי־חַיִל דִּי בְחַיְלֵהּ אֲמַר לְכַפָּתָה לְשַׁדְרַךְ מֵישַׁךְ
21 וַעֲבֵד נְגוֹ לְמִרְמֵא[1] לְאַתּוּן נוּרָא יָקִדְתָּא׃ בֵּאדַיִן גֻּבְרַיָּא
אִלֵּךְ כְּפִתוּ בְּסַרְבָּלֵיהוֹן פַּטְּשֵׁיהוֹן[1] וְכַרְבְּלָתְהוֹן וּלְבֻשֵׁיהוֹן
22 וּרְמִיו לְגוֹא־אַתּוּן נוּרָא יָקִדְתָּא׃ כָּל־קֳבֵל דְּנָה מִן־דִּי מִלַּת
מַלְכָּא מַחְצְפָה וְאַתּוּנָא אֵזֵה[1] יַתִּירָה גֻּבְרַיָּא אִלֵּךְ דִּי הַסִּקוּ[2]
לְשַׁדְרַךְ מֵישַׁךְ וַעֲבֵד נְגוֹ קַטִּל הִמּוֹן שְׁבִיבָא דִּי נוּרָא׃
23 וְגֻבְרַיָּא אִלֵּךְ תְּלָתֵּהוֹן[1] שַׁדְרַךְ מֵישַׁךְ וַעֲבֵד נְגוֹ נְפַלוּ לְגוֹא־

---

**15.** [1] *B.-D.*: יְדַי. **19.** [1] Zu *Chāṭeph-Sĕgōl* statt *Ch.-Pathach* (resp. *Ch.-Ḳāmeṣ*) vgl. § 64. חֱמא u. חֲמא (3, 13), גֱּלִי u. גֲּלִי (2, 19. 30) u. הֱקימת u. הֲקימת (7, 4. 5). [2] l. אֶשְׁתַּנִּיו [= פִּיו—] vgl. § 64. *Ḳĕrē*: אֶשְׁתַּנִּי [= Sing.]. [3] § 91*d*. [4] § 60. **20.** [1] § 129. **21.** [1] Ohne ־ zwischen ט u. שׁ nach *Ḳĕrē*. **22.** [1] § 60. [2] § 62*b*. **23.** [1] § 89*e*.

24 אַתּוּן־נוּרָא יָקִדְתָּא מְכַפְּתִין׃ ס אֱדַיִן נְבוּכַדְנֶצַּר מַלְכָּא
תְּוַהּ וְקָם בְּהִתְבְּהָלָה עָנֵה וְאָמַר לְהַדָּבְרוֹהִי הֲלָא גֻבְרִין
תְּלָתָה רְמֵינָא לְגוֹא־נוּרָא מְכַפְּתִין עָנַיִן וְאָמְרִין לְמַלְכָּא
כה יַצִּיבָא מַלְכָּא׃ עָנֵה וְאָמַר הָא־אֲנָה חָזֵה גֻּבְרִין אַרְבְּעָה
שְׁרַיִן מְהַלְּכִין[1] בְּגוֹא־נוּרָא וַחֲבָל[2] לָא־אִיתַי בְּהוֹן וְרֵוֵהּ דִּי
26 רְבִיעָיָא דָּמֵה לְבַר־אֱלָהִין׃ ס בֵּאדַיִן קְרֵב נְבוּכַדְנֶצַּר
לִתְרַע אַתּוּן־נוּרָא יָקִדְתָּא עָנֵה וְאָמַר שַׁדְרַךְ מֵישַׁךְ וַעֲבֵד־
נְגוֹ עַבְדוֹהִי דִּי־אֱלָהָא עִלָּיָא פֻּקוּ וֶאֱתוֹ בֵּאדַיִן נָפְקִין שַׁדְרַךְ
27 מֵישַׁךְ וַעֲבֵד נְגוֹ מִן־גּוֹא נוּרָא׃ וּמִתְכַּנְּשִׁין אֲחַשְׁדַּרְפְּנַיָּא
סִגְנַיָּא וּפַחֲוָתָא וְהַדָּבְרֵי מַלְכָּא חָזַיִן לְגֻבְרַיָּא אִלֵּךְ דִּי לָא־
שְׁלֵט נוּרָא בְּגֶשְׁמְהוֹן וּשְׂעַר רֵאשְׁהוֹן לָא הִתְחָרַךְ וְסַרְבָּלֵיהוֹן
28 לָא שְׁנוֹ וְרֵיחַ נוּר לָא עֲדָת בְּהוֹן׃ עָנֵה נְבוּכַדְנֶצַּר וְאָמַר
בְּרִיךְ אֱלָהֲהוֹן דִּי־שַׁדְרַךְ מֵישַׁךְ וַעֲבֵד נְגוֹ דִּי־שְׁלַח מַלְאֲכֵהּ
וְשֵׁיזִב לְעַבְדוֹהִי דִּי הִתְרְחִצוּ עֲלוֹהִי וּמִלַּת מַלְכָּא שַׁנִּיו
וִיהַבוּ גֶשְׁמְהוֹן דִּי לָא יִפְלְחוּן וְלָא־יִסְגְּדוּן לְכָל־אֱלָהּ
29 לָהֵן לֵאלָהֲהוֹן׃ וּמִנִּי שִׂים טְעֵם דִּי כָל־עַם אֻמָּה וְלִשָּׁן
דִּי יֵאמַר שלה[1] עַל־אֱלָהֲהוֹן דִּי שַׁדְרַךְ מֵישַׁךְ וַעֲבֵד
נְגוֹ[2] הַדָּמִין יִתְעֲבֵד וּבַיְתֵהּ נְוָלִי יִשְׁתַּוֵּה כָּל־קֳבֵל דִּי לָא אִיתַי

---

**25.** [1] *Pa"il* nach 4, 26; M. T. in der Mehrzahl der Zeugen dagegen מַהְלְכִין. [2] *Ginsburg:* וַחֲבָל. **29.** [1] Vokale ungewiss, vielleicht mit ***Hitzig*** u. ***Bevan*** שָׁלָה = שְׁאֵלָה. Das vom Abschreiber vergessene und nachträglich zwischen den Zeilen beigefügte א ist möglicherweise zu נְגוֹ geraten. *Ḳĕrē:* שָׁלוּ. [2] *Ḳĕrē:* נְגוֹא siehe Anm. [1] zu diesem Vers.

30 אֱלָהּ אָחֳרָן דִּי־יִכֻּל לְהַצָּלָה כִּדְנָה׃ ס בֵּאדַיִן מַלְכָּא
הַצְלַח לְשַׁדְרַךְ מֵישַׁךְ וַעֲבֵד נְגוֹ בִּמְדִינַת בָּבֶל׃ ס

## 3, 31—4, 34.

31 נְבוּכַדְנֶצַּר מַלְכָּא לְכָל־עַמְמַיָּא אֻמַיָּא וְלִשָּׁנַיָּא דִּי־דָאְרִין
32 בְּכָל־אַרְעָא שְׁלָמְכוֹן יִשְׂגֵּא׃ אָתַיָּא וְתִמְהַיָּא דִּי עֲבַד עִמִּי
33 אֱלָהָא עִלָּיָא שְׁפַר קֳדָמַי לְהַחֲוָיָה׃ אָתוֹהִי כְּמָה רַבְרְבִין
וְתִמְהוֹהִי כְּמָה תַקִּיפִין מַלְכוּתֵהּ מַלְכוּת עָלַם וְשָׁלְטָנֵהּ עִם־
4 א דָּר וְדָר׃ פ אֲנָה נְבוּכַדְנֶצַּר שְׁלֵה הֲוֵית בְּבֵיתִי[1] וְרַעְנַן
2 בְּהֵיכְלִי׃ חֵלֶם חֲזֵית וִידַחֲלִנַּנִי וְהַרְהֹרִין עַל־מִשְׁכְּבִי וְחֶזְוֵי
3 רֵאשִׁי יְבַהֲלֻנַּנִי׃ וּמִנִּי שִׂים טְעֵם לְהַנְעָלָה[1] קֳדָמַי לְכֹל חַכִּימֵי
4 בָבֶל דִּי־פְשַׁר חֶלְמָא יְהוֹדְעֻנַּנִי׃ בֵּאדַיִן עָלִּין[1] חַרְטֻמַיָּא
אָשְׁפַיָּא כַּשְׂדָּיֵא וְגָזְרַיָּא וְחֶלְמָא אָמַר אֲנָה קֳדָמֵיהוֹן וּפִשְׁרֵהּ
ה לָא־מְהוֹדְעִין לִי׃ וְעַד[1] אָחֳרֵין[2] עַל קֳדָמַי דָּנִיֵּאל דִּי־שְׁמֵהּ
בֵּלְטְשַׁאצַּר כְּשֻׁם אֱלָהִי וְדִי רוּחַ־אֱלָהִין קַדִּישִׁין בֵּהּ וְחֶלְמָא
6 קֳדָמוֹהִי אַמְרֵת׃ בֵּלְטְשַׁאצַּר רַב חַרְטֻמַיָּא דִּי ׀ אֲנָה יִדְעֵת
דִּי רוּחַ אֱלָהִין קַדִּישִׁין בָּךְ וְכָל־רָז לָא־אָנֵס לָךְ * חֶזְוֵי חֶלְמִי
7 דִּי־חֲזֵית וּפִשְׁרֵהּ אֱמַר׃ וְחֶזְוֵי רֵאשִׁי עַל־מִשְׁכְּבִי חָזֵה הֲוֵית
8 וַאֲלוּ אִילָן בְּגוֹא אַרְעָא וְרוּמֵהּ שַׂגִּיא׃ רְבָה אִילָנָא וּתְקִף

---

**1.** [1] בְּבֵיתִי ist besser bezeugt als בְּבַיְתִי; vgl. dazu § 76*c*. **3.** [1] § 66. **4.** [1] *Kĕrē:* עַלִּין s. § 66. **5.** [1] § 98. [2] *Kĕrē:* אָחֳרָן vgl. § 87*c* u. 94*b*. **6.** * Wahrscheinlich ist nach *Theod.'s* ἄκουσον שְׁמַע einzusetzen.

9 וְרוּמֵהּ יִמְטֵא לִשְׁמַיָּא וַחֲזוֹתֵהּ לְסוֹף כָּל־אַרְעָא׃ עָפְיֵהּ שַׁפִּיר
וְאִנְבֵּהּ שַׂגִּיא וּמָזוֹן לְכֹלָּא־בֵהּ תְּחֹתוֹהִי תַּטְלֵל ׀ חֵיוַת בָּרָא
10 וּבְעַנְפוֹהִי יְדֻרָן[1] צִפֲּרֵי שְׁמַיָּא וּמִנֵּהּ יִתְּזִין[2] כָּל־בִּשְׂרָא׃ חָזֵה
הֲוֵית בְּחֶזְוֵי רֵאשִׁי עַל־מִשְׁכְּבִי וַאֲלוּ עִיר וְקַדִּישׁ מִן־שְׁמַיָּא
11 נָחִת׃ קָרֵא בְחַיִל וְכֵן אָמַר גֹּדּוּ אִילָנָא וְקַצִּצוּ עַנְפוֹהִי
אַתַּרוּ עָפְיֵהּ וּבַדַּרוּ אִנְבֵּהּ תְּנֻד חֵיוְתָא מִן־תְּחֹתוֹהִי[1] וְצִפְּרַיָּא
12 מִן־עַנְפוֹהִי׃ בְּרַם עִקָּר[1] שָׁרְשׁוֹהִי בְּאַרְעָא שְׁבֻקוּ וּבֶאֱסוּר
דִּי־פַרְזֶל וּנְחָשׁ בְּדִתְאָא דִּי בָרָא וּבְטַל שְׁמַיָּא יִצְטַבַּע וְעִם־
13 חֵיוְתָא חֲלָקֵהּ בַּעֲשַׂב אַרְעָא׃ לִבְבֵהּ מִן־אֲנָשָׁא[1] יְשַׁנּוֹן וּלְבַב
14 חֵיוָא יִתְיְהִב לֵהּ וְשִׁבְעָה עִדָּנִין יַחְלְפוּן עֲלוֹהִי׃ בִּגְזֵרַת
עִירִין פִּתְגָמָא וּמֵאמַר קַדִּישִׁין שְׁאֵלְתָא עַל[1]־דִּבְרַת דִּי
יִנְדְּעוּן חַיַּיָּא דִּי־שַׁלִּיט עִלָּיָא בְּמַלְכוּת אֲנָשָׁא[2] וּלְמַן־דִּי יִצְבֵּא
15 יִתְּנִנַּהּ וּשְׁפַל אֲנָשָׁא[3] יְקִים עֲלַיהּ׃ דְּנָה חֶלְמָא חֲזֵית אֲנָה
מַלְכָּא נְבוּכַדְנֶצַּר וְאַנְתָּה בֵלְטְשַׁאצַּר פִּשְׁרָא[1] אֱמַר כָּל־קֳבֵל
דִּי ׀ כָּל־חַכִּימֵי מַלְכוּתִי לָא־יָכְלִין[2] פִּשְׁרָא לְהוֹדָעֻתַנִי וְאַנְתָּה
16 כָּהֵל דִּי רוּחַ־אֱלָהִין קַדִּישִׁין בָּךְ׃ אֱדַיִן דָּנִיֵּאל דִּי־שְׁמֵהּ
בֵּלְטְשַׁאצַּר אֶשְׁתּוֹמַם כְּשָׁעָה חֲדָה וְרַעְיֹנֹהִי יְבַהֲלֻנֵּהּ עָנֵה
מַלְכָּא וְאָמַר בֵּלְטְשַׁאצַּר חֶלְמָא וּפִשְׁרָא[1] אַל־יְבַהֲלָךְ[2] עָנֵה

---

**9.** ¹ *Kĕthībh:* יְדָרוּן; vgl. v. 18. ² § 63 *i*. **11.** ¹ *M. T.:* תַּחְתּוֹהִי (Hebraism.). **12.** ¹ *M. T.:* עִקַּר mit *Pathach*, ebenso v. 20 u. 23. **13.** ¹ *Kĕthībh:* אנושא mit ו (Hebraism). **14.** ¹ *M. T.:* עַד vgl. aber 2, 30. ² Vgl. v. 13 Anm. ¹. ³ *M. T.:* אֲנָשִׁים (Hebraism.). **15.** ¹ *Ḳĕrē* unnötig: פִּשְׁרֵהּ. ² § 93 *a*. **16.** ¹ s. 15 ¹. ² § 52.

בֵּלְטְשַׁאצַּר וְאָמַר מָרְאִי[3] חֶלְמָא לְשָׂנְאָיךְ וּפִשְׁרֵהּ לְעָרָיךְ׃
17 אִילָנָא דִּי חֲזַיְתָ דִּי רְבָה וּתְקִף וְרוּמֵהּ יִמְטֵא לִשְׁמַיָּא
18 וַחֲזוֹתֵהּ לְכָל־אַרְעָא׃ וְעָפְיֵהּ שַׁפִּיר וְאִנְבֵּהּ שַׂגִּיא וּמָזוֹן
לְכֹלָּא־בֵהּ תְּחֹתוֹהִי תְּדוּר חֵיוַת בָּרָא וּבְעַנְפּוֹהִי יִשְׁכְּנָן
19 צִפְּרֵי שְׁמַיָּא׃ אַנְתְּה־הוּא מַלְכָּא דִּי רְבַיְתָ[1] וּתְקֵפְתְּ[2] וּרְבוּתָךְ
כ רְבָת וּמְטָת[3] לִשְׁמַיָּא וְשָׁלְטָנָךְ לְסוֹף אַרְעָא׃ וְדִי חֲזָה מַלְכָּא
עִיר וְקַדִּישׁ נָחִת ׀ מִן־שְׁמַיָּא וְאָמַר גֹּדּוּ אִילָנָא וְחַבְּלוּהִי
בְּרַם עִקַּר[1] שָׁרְשׁוֹהִי בְּאַרְעָא שְׁבֻקוּ וּבֶאֱסוּר דִּי־פַרְזֶל וּנְחָשׁ
בְּדִתְאָא דִּי בָרָא וּבְטַל שְׁמַיָּא יִצְטַבַּע וְעִם־חֵיוַת בָּרָא חֲלָקֵהּ
21 עַד דִּי־שִׁבְעָה עִדָּנִין יַחְלְפוּן עֲלוֹהִי׃ דְּנָה פִשְׁרָא מַלְכָּא
22 וּגְזֵרַת עִלָּיָא הִיא דִּי מְטָת[1] עַל־מָרְאִי[2] מַלְכָּא׃ וְלָךְ טָרְדִין
מִן־אֲנָשָׁא וְעִם־חֵיוַת בָּרָא לֶהֱוֵה מְדֹרָךְ וְעִשְׂבָּא כְתוֹרִין ׀
לָךְ יְטַעֲמוּן וּמִטַּל שְׁמַיָּא לָךְ מְצַבְּעִין וְשִׁבְעָה עִדָּנִין יַחְלְפוּן
עֲלָיךְ עַד דִּי־תִנְדַּע דִּי־שַׁלִּיט עִלָּיָא בְּמַלְכוּת אֲנָשָׁא וּלְמַן־
23 דִּי יִצְבֵּא יִתְּנִנַּהּ׃ וְדִי אֲמַרוּ לְמִשְׁבַּק עִקַּר[1] שָׁרְשׁוֹהִי דִּי
אִילָנָא מַלְכוּתָךְ לָךְ קַיָּמָה מִן־דִּי תִנְדַּע דִּי שַׁלִּטִן שְׁמַיָּא׃
24 לָהֵן מַלְכָּא מִלְכִּי יִשְׁפַּר עֲלָיךְ וַחֲטָיָךְ בְּצִדְקָה פְרֻק וַעֲוָיָתָךְ[1]
כה בְּמִחַן עֲנָיִן הֵן תֶּהֱוֵא אַרְכָה לִשְׁלֵוְתָךְ׃ כֹּלָּא מְטָא עַל־
26 נְבוּכַדְנֶצַּר מַלְכָּא׃ ס לִקְצָת יַרְחִין תְּרֵי־עֲשַׂר עַל־הֵיכַל

---

[3] *Ḳĕrē:* מָרִי. **19.** [1] *Ḳĕrē:* רְבֵית; vgl. § 36 und 64 *r*. [2] *Ḳĕrē:* וּתְקֵפְתָּ, vgl. § 36. [3] s. § 64 *n*. **20.** [1] s. zu v. 12 [1]. **21.** [1] *M. T.:* מְטַית. [2] Vgl. 16 [3]. **23.** [1] s. zu v. 12 [1]. **24.** [1] *A. L.:* וַעֲוָיָתָךְ s. § 76 *i*.

27 מַלְכוּתָא דִּי בָבֶל מְהַלֵּךְ הֲוָה׃ עָנֵה מַלְכָּא וְאָמַר הֲלָא
דָּא־הִיא בָּבֶל רַבְּתָא דִּי־אֲנָה בֱנַיְתַהּ[1] לְבֵית מַלְכוּ בִּתְקָף
28 חִסְנִי וְלִיקָר הַדְרִי׃ עוֹד מִלְּתָא בְּפֻם מַלְכָּא קָל מִן־שְׁמַיָּא
29 נְפַל לָךְ אָמְרִין נְבוּכַדְנֶצַּר מַלְכָּא מַלְכוּתָה עֲדָת מִנָּךְ׃ וּמִן־
אֲנָשָׁא לָךְ טָרְדִין וְעִם־חֵיוַת בָּרָא מְדֹרָךְ עִשְׂבָּא כְתוֹרִין לָךְ
יְטַעֲמוּן וְשִׁבְעָה עִדָּנִין יַחְלְפוּן עֲלָךְ עַד דִּי־תִנְדַּע דִּי־שַׁלִּיט
30 עִלָּיָא בְּמַלְכוּת אֲנָשָׁא וּלְמַן־דִּי יִצְבֵּא יִתְּנִנַּהּ׃ בַּהּ־שַׁעֲתָא
מִלְּתָא סָפַת עַל־נְבוּכַדְנֶצַּר וּמִן־אֲנָשָׁא טְרִיד וְעִשְׂבָּא כְתוֹרִין
יֵאכֻל וּמִטַּל שְׁמַיָּא גִּשְׁמֵהּ יִצְטַבַּע עַד דִּי שַׂעְרֵהּ כְּנִשְׁרִין
31 רְבָה וְטִפְרוֹהִי כְצִפְּרִין׃ ס וְלִקְצָת יוֹמַיָּא אֲנָה נְבוּכַדְנֶצַּר
עַיְנַי ׀ לִשְׁמַיָּא נִטְלֵת וּמַנְדְּעִי עֲלַי יְתוּב וּלְעִלָּיָא בָּרְכֵת
וּלְחַי עָלְמָא שַׁבְּחֵת וְהַדְּרֵת דִּי שָׁלְטָנֵהּ שָׁלְטָן[1] עָלַם
32 וּמַלְכוּתֵהּ עִם־דָּר וְדָר׃ וְכָל־דָּאְרֵי אַרְעָא כְּלָה[1] חֲשִׁיבִין[2]
וּכְמִצְבְּיֵהּ עָבֵד בְּחֵיל שְׁמַיָּא וְדָאְרֵי אַרְעָא וְלָא אִיתַי דִּי־
33 יְמַחֵא בִידֵהּ וְיֵאמַר לֵהּ מָה עֲבַדְתְּ[3]׃ בֵּהּ־זִמְנָא מַנְדְּעִי ׀ יְתוּב
עֲלַי וְלִיקַר[1] מַלְכוּתִי הַדְרִי[2] וְזִוִי יְתוּב עֲלַי וְלִי הַדָּבְרַי

---

**27.** [1] s. § 51*b* u. 64. **31.** [1] *Ginsburg* nach den meisten Zeugen שָׁלְטָן. Sekundäre Verkürzung in *Pathach*, wie in v. 33, wo die Überlieferung וְלִיקַר liest neben וְלִיקָר v. 27. Vgl. § 20. **32.** [1] = כְּלָא. [2] § 93*a*. [3] § 36. **33.** [1] s. 31 [1]. [2] הַדְרִי, schwerlich unverdorbener Text; *Behrmann* liest חֲדֵית, was er als gleichbedeutend mit ἦλθον (Theod.) ansieht. Wenn הַדְרִי samt וְ nicht nach v. 27 als Glosse anzusehen ist, so könnte man dafür eher an אַדְרֵךְ resp. אַהַדְרֵךְ *ich erlangte* denken.

וְרַבְרְבָנַי יְבַעוֹן[3] וְעַל־מַלְכוּתִי הָתְקְנֵת[4] וּרְבוּ יַתִּירָה הוּסְפַת[5]
34 לִי׃ כְּעַן אֲנָה נְבֻכַדְנֶצַּר מְשַׁבַּח וּמְרוֹמֵם וּמְהַדַּר לְמֶלֶךְ
שְׁמַיָּא דִּי כָל־מַעֲבָדוֹהִי קְשֹׁט וְאֹרְחָתֵהּ דִּין וְדִי מַהְלְכִין[1]
בְּגֵוָה יָכִל לְהַשְׁפָּלָה׃ פ

## 5, 1—6, 1.

א בֵּלְשַׁאצַּר מַלְכָּא עֲבַד לְחֶם רַב לְרַבְרְבָנוֹהִי אֲלַף וְלָקֳבֵל
2 אַלְפָּא חַמְרָא שָׁתֵה׃ בֵּלְשַׁאצַּר אֲמַר ׀ בִּטְעֵם חַמְרָא לְהַיְתָיָה
לְמָאנֵי דַּהֲבָא וְכַסְפָּא דִּי הַנְפֵּק נְבוּכַדְנֶצַּר אֲבוּהִי מִן־
הֵיכְלָא דִּי בִירוּשְׁלֶם וְיִשְׁתּוֹן בְּהוֹן מַלְכָּא וְרַבְרְבָנוֹהִי
3 שֵׁגְלָתֵהּ וּלְחֵנָתֵהּ׃ בֵּאדַיִן הַיְתִיו מָאנֵי דַהֲבָא דִּי הַנְפִּקוּ
מִן־הֵיכְלָא דִּי־בֵית אֱלָהָא דִּי בִירוּשְׁלֶם וְאִשְׁתִּיו[1] בְּהוֹן
4 מַלְכָּא וְרַבְרְבָנוֹהִי שֵׁגְלָתֵהּ וּלְחֵנָתֵהּ׃ אִשְׁתִּיו חַמְרָא וְשַׁבַּחוּ
ה לֵאלָהֵי דַּהֲבָא וְכַסְפָּא נְחָשָׁא פַרְזְלָא אָעָא וְאַבְנָא׃ בַּהּ־
שַׁעֲתָה נְפַקוּ[1] אֶצְבְּעָן דִּי יַד־אֱנָשׁ וְכָתְבָן לָקֳבֵל נֶבְרַשְׁתָּא
עַל־גִּירָא דִּי־כְתַל הֵיכְלָא דִּי מַלְכָּא וּמַלְכָּא חָזֵה פַּס יְדָא
6 דִּי כָתְבָה׃ אֱדַיִן מַלְכָּא זִיוֹהִי שְׁנוֹ עֲלוֹהִי[1] וְרַעְיֹנֹהִי יְבַהֲלוּנֵּהּ

---

[3] Vielleicht ist יְבַעוֹן zu lesen, da *Paʿʿil* von diesem Verbum nicht vorkommt. [4] Die besser bezeugte Lesart ist הָתְקְנַת (3. p. f. sing.); dann aber müßte מַלְכוּתִי Subjekt sein und etwa עֲלַי für עַל gelesen werden; s. § 41 *b*. [5] § 59 *b*. **34.** [1] s. zu 3, 25[1]. **3.** [1] § 64 *k*. **5.** [1] *Kĕrē:* נְפַקָה fem. 3. pl. **6.** [1] *M. T.:* שְׁנוֹהִי, *Kautzsch* schlägt vor שְׁנַיִן עֲלוֹהִי nach v. 9 u. *Bevan* will blos שְׁנוֹ lesen.

7 וְקִטְרֵי חַרְצֵהּ מִשְׁתָּרַיִן וְאַרְכֻבָּתֵהּ דָּא לְדָא נָקְשָׁן׃ קָרֵא
מַלְכָּא בְּחַיִל לְהֶעָלָה לְאָשְׁפַיָּא כַּשְׂדָּיֵא וְגָזְרַיָּא עָנֵה מַלְכָּא
וְאָמַר ׀ לְחַכִּימֵי בָבֶל דִּי כָל־אֱנָשׁ דִּי יִקְרֵה כְּתָבָה דְנָה
וּפִשְׁרֵהּ יְחַוִּנַּנִי[1] אַרְגְּוָנָא יִלְבַּשׁ והמינכא[2] דִּי־דַהֲבָא עַל־
8 צַוְּארֵהּ וְתַלְתִּי בְמַלְכוּתָא יִשְׁלַט׃ אֱדַיִן עָלְלִין[1] כֹּל חַכִּימֵי
מַלְכָּא וְלָא־כָהֲלִין כְּתָבָא לְמִקְרֵא וּפִשְׁרֵהּ לְהוֹדָעָה לְמַלְכָּא׃
9 אֱדַיִן מַלְכָּא בֵּלְשַׁאצַּר שַׂגִּיא מִתְבָּהַל וְזִיוֹהִי שָׁנַיִן עֲלוֹהִי
י וְרַבְרְבָנוֹהִי מִשְׁתַּבְּשִׁין׃ אֱדַיִן[1] מַלְכְּתָא לָקֳבֵל מִלֵּי מַלְכָּא
וְרַבְרְבָנוֹהִי לְבֵית מִשְׁתְּיָא עַלֶּלֶת[2] עֲנָת מַלְכְּתָא וַאֲמֶרֶת
מַלְכָּא לְעָלְמִין חֱיִי אַל־יְבַהֲלוּךְ[3] רַעְיוֹנָךְ וְזִיוָךְ אַל־
11 יִשְׁתַּנּוֹ[4]׃ אִיתַי גְּבַר בְּמַלְכוּתָךְ דִּי רוּחַ אֱלָהִין קַדִּישִׁין בֵּהּ
וּבְיוֹמֵי אֲבוּךְ נַהִירוּ וְשָׂכְלְתָנוּ וְחָכְמָה כְּחָכְמַת־אֱלָהִין
הִשְׁתְּכַחַת[1] בֵּהּ וּמַלְכָּא נְבֻכַדְנֶצַּר אֲבוּךְ רַב חַרְטֻמִּין אָשְׁפִין
12 כַּשְׂדָּאִין גָּזְרִין הֲקִימֵהּ אֲבוּךְ מַלְכָּא׃ כָּל־קֳבֵל דִּי־רוּחַ יַתִּירָה
וּמַנְדַּע וְשָׂכְלְתָנוּ מִפְּשַׁר[1] ׀ חֶלְמִין וְאַחֲוָיָת[2] אֲחִידָן וּמִשְׁרֵא[3]
קִטְרִין הִשְׁתְּכַחַת בֵּהּ בְּדָנִיֵּאל דִּי־מַלְכָּא שָׂם־שְׁמֵהּ בֵּלְטְשַׁאצַּר
13 כְּעַן דָּנִיֵּאל יִתְקְרֵי וּפִשְׁרָה יְהַחֲוֵה׃ ס בֵּאדַיִן דָּנִיֵּאל
הֻעַל קֳדָם מַלְכָּא עָנֵה מַלְכָּא וְאָמַר לְדָנִיֵּאל אַנְתְּה־הוּא

**7.** [1] *Kĕrē*: יְחַוִּנַּנִי s. § 65*c*. [2] *Kĕrē*: וְהַמְנִיכָא; *Kĕthībh* (bei *Ginsburg* המונכא) wahrscheinlich וְהַמְוָנְכָא s. Glossar. **8.** [1] *Kĕrē*: עָלִּין s. zu 4, 4. **10.** [1] אֱדַיִן im *M. T.* ausgefallen, vgl. auch LXX u. Theod. [2] *Kĕrē*: עַלַּת s. § 66. [3] § § 52*a*. [4] § 64*l*. **11.** [1] § 55*d*. **12.** [1] *M. T.*: מְפַשַּׁר. [2] *M. T.*: ־יַת. [3] *M. T.* מְשָׁרֵא.

דָּנִיֵּאל דִּי־מִן־בְּנֵי גָלוּתָא דִּי יְהוּד דִּי הַיְתִי מַלְכָּא אַבִי
14 מִן־יְהוּד׃ וְשִׁמְעֵת עֲלָיךְ דִּי רוּחַ אֱלָהִין בָּךְ וְנַהִירוּ וְשָׂכְלְתָנוּ
טו וְחָכְמָה יַתִּירָה הִשְׁתְּכַחַת בָּךְ׃ וּכְעַן הֻעַלּוּ קָדָמַי חַכִּימַיָּא
אָשְׁפַיָּא דִּי כְתָבָה דְנָה יִקְרוֹן וּפִשְׁרֵהּ לְהוֹדָעֻתַנִי[1] וְלָא־כָהֲלִין
16 פְּשַׁר־מִלְּתָא לְהַחֲוָיָה׃ וַאֲנָה שִׁמְעֵת עֲלָיךְ דִּי תִכֻּל[1] פִּשְׁרִין
לְמִפְשַׁר וְקִטְרִין לְמִשְׁרֵא כְּעַן הֵן תִּכֻּל[1] כְּתָבָא לְמִקְרֵא
וּפִשְׁרֵהּ לְהוֹדָעוּתַנִי אַרְגְּוָנָא תִלְבַּשׁ והמינכא[2] דִּי־דַהֲבָא עַל־
17 צַוְּארָךְ וְתַלְתָּא בְמַלְכוּתָא תִּשְׁלַט׃ ס בֵּאדַיִן עָנֵה דָנִיֵּאל
וְאָמַר קֳדָם מַלְכָּא מַתְּנָתָךְ לָךְ לֶהֶוְיָן[1] וּנְבָזְבְּיָתָךְ[2] לְאָחֳרָן
18 הַב בְּרַם כְּתָבָא אֶקְרֵא לְמַלְכָּא וּפִשְׁרָא אֲהוֹדְעִנֵּהּ׃ אַנְתָּה
מַלְכָּא אֱלָהָא עִלָּיָא מַלְכוּתָא וּרְבוּתָא וִיקָרָא וְהַדְרָא יְהַב
19 לִנְבֻכַדְנֶצַּר אֲבוּךְ׃ וּמִן־רְבוּתָא דִּי יְהַב־לֵהּ כֹּל עַמְמַיָּא
אֻמַיָּא וְלִשָּׁנַיָּא הֲווֹ זָאְעִין וְדָחֲלִין מִן־קֳדָמוֹהִי דִּי־הֲוָא
צָבֵא הֲוָה קָטֵל וְדִי־הֲוָה צָבֵא הֲוָה מַחֵא[1] וְדִי־הֲוָה צָבֵא
כ הֲוָה מָרִים וְדִי־הֲוָא צָבֵא הֲוָה מַשְׁפִּל׃ וּכְדִי רִם[1] לִבְבֵהּ
וְרוּחֵהּ תִּקְפַת לַהֲזָדָה הָנְחַת מִן־כָּרְסֵא מַלְכוּתֵהּ וִיקָרֵהּ[2]
21 הֶעְדִּיו מִנֵּהּ׃ וּמִן־בְּנֵי אֲנָשָׁא טְרִיד וְלִבְבֵהּ ׀ עִם־חֵיוְתָא
שַׁוִּי[1] וְעִם־עֲרָדַיָּא מְדוֹרֵהּ עִשְׂבָּא כְתוֹרִין יְטַעֲמוּנֵּהּ וּמִטַּל

---

**15.** [1] Vielleicht ist zu lesen יְהוֹדְעֻנַּנִי. **16.** [1] *Kĕthībh*: תוכל Hebraismus. [2] s. zu 5, 7 [2]. **17.** [1] § 65*a*. [2] *A. L.*: וּנְבָזְבִיָּתָךְ vgl. Glossar. **19.** [1] § 65*b*. **20.** [1] Vielleicht als intransitives *Pĕʿal* anzusehen oder רָם zu lesen; vgl. § 63*f*. [2] *M. T.*: וִיקָרָה. **21.** [1] *Kĕthībh*: שוו.

שְׁמַיָּא גִּשְׁמֵהּ יִצְטַבַּע עַד דִּי־יְדַע דִּי־שַׁלִּיט אֱלָהָא עִלָּיָא

22 בְּמַלְכוּת אֲנָשָׁא וּלְמַן־דִּי יִצְבֵּא יְהָקֵים עֲלַיהּ׃ וְאַנְתְּה בְּרֵהּ

בֵּלְשַׁאצַּר לָא הַשְׁפֵּלְתְּ[1] לִבְבָךְ כָּל־קֳבֵל דִּי כָל־דְּנָה יְדַעְתָּ׃

23 וְעַל מָרֵא שְׁמַיָּא ׀ הִתְרוֹמַמְתָּ וּלְמָאנַיָּא דִּי־בַיְתֵהּ הַיְתִיו

קָדָמָיךְ וְאַנְתְּה וְרַבְרְבָנָיךְ שֵׁגְלָתָךְ וּלְחֵנָתָךְ חַמְרָא שָׁתַיִן

בְּהוֹן וְלֵאלָהֵי כַסְפָּא וְדַהֲבָא נְחָשָׁא פַרְזְלָא אָעָא וְאַבְנָא

דִּי לָא־חָזַיִן וְלָא־שָׁמְעִין וְלָא יָדְעִין שַׁבַּחְתָּ וְלֵאלָהָא דִּי

24 נִשְׁמְתָךְ בִּידֵהּ וְכָל־אֹרְחָתָךְ לֵהּ לָא הַדַּרְתָּ׃ בֵּאדַיִן מִן־

כה קֳדָמוֹהִי שְׁלִיחַ פַּסָּא דִי־יְדָא וּכְתָבָא דְנָה רְשִׁים׃ וּדְנָה

26 כְתָבָא דִּי רְשִׁים מְנֵא מְנֵא תְּקֵל וּפַרְסִין[1]׃ דְּנָה פְּשַׁר מִלְּתָא

27 מְנֵא מְנָה אֱלָהָא מַלְכוּתָךְ וְהַשְׁלְמַהּ׃ תְּקֵל תְּקִילְתָּה בְמֹאזַנְיָא[1]

28 וְהִשְׁתְּכַחַתְּ[2] חַסִּיר׃ פְּרֵס[1] פְּרִיסַת מַלְכוּתָךְ וִיהִיבַת לְמָדַי

29 וּפָרָס׃ בֵּאדַיִן ׀ אֲמַר בֵּלְשַׁאצַּר וְהַלְבִּשׁוּ לְדָנִיֵּאל אַרְגְּוָנָא

והמינכא[1] דִּי־דַהֲבָא עַל־צַוְּארֵהּ וְהַכְרִזוּ עֲלוֹהִי דִּי־לֶהֱוֵא[2]

ל שַׁלִּיט תַּלְתָּא בְּמַלְכוּתָא׃ בֵּהּ בְּלֵילְיָא קְטִיל בֵּלְשַׁאצַּר[1]

6 א מַלְכָּא כַשְׂדָּיָא׃ פ וְדָרְיָוֶשׁ מָדָיָא קַבֵּל מַלְכוּתָא כְּבַר

שְׁנִין שִׁתִּין וְתַרְתֵּין׃

---

**22.** [1] *Kĕrē:* הַשְׁפֵּלְתָּ. **25.** [1] Vielleicht וּפְרָסִין zu lesen. **27.** [1] So *B.-D.* u. *Ginsburg*, vielleicht ist doch מֹאזַנְיָא besser. [2] *M. T.*: וְהִשְׁתְּכַחַתְּ s. § 55*d*. **28.** [1] Vielleicht ist פְּרָס zu lesen. **29.** [1] s. zu 5, 7 [2]. [2] § 65*a*. **30.** [1] *M. T.*: בלאשצר, richtig dagegen 5, 1. 2 etc.

2 שְׁפַר קֳדָם דָּרְיָוֶשׁ וַהֲקִים עַל־מַלְכוּתָא לַאֲחַשְׁדַּרְפְּנַיָּא
3 מְאָה וְעֶשְׂרִין דִּי לֶהֱוֺן[1] בְּכָל־מַלְכוּתָא׃ וְעֵלָּא מִנְּהוֹן סָרְכִין
תְּלָתָה דִּי דָנִיֵּאל חַד מִנְּהוֹן דִּי־לֶהֱוֺן[1] אֲחַשְׁדַּרְפְּנַיָּא אִלֵּין
4 יָהֲבִין לְהוֹן טַעְמָא וּמַלְכָּא לָא־לֶהֱוֵא[1] נָזִק׃ אֱדַיִן דָּנִיֵּאל
דְּנָה הֲוָא מִתְנַצַּח עַל־סָרְכַיָּא וַאֲחַשְׁדַּרְפְּנַיָּא כָּל־קֳבֵל דִּי
רוּחַ יַתִּירָא בֵּהּ וּמַלְכָּא עֲשִׁית לַהֲקָמוּתֵהּ עַל־כָּל־מַלְכוּתָא׃
ה אֱדַיִן סָרְכַיָּא וַאֲחַשְׁדַּרְפְּנַיָּא הֲווֹ בָעַיִן עִלָּה לְהַשְׁכָּחָה
לְדָנִיֵּאל מִצַּד מַלְכוּתָא וְכָל־עִלָּה וּשְׁחִיתָה לָא־יָכְלִין לְהַשְׁכָּחָה
כָּל־קֳבֵל דִּי־מְהֵימַן הוּא וְכָל־שָׁלוּ וּשְׁחִיתָה לָא הִשְׁתְּכַחַת
6 עֲלוֹהִי׃ אֱדַיִן גֻּבְרַיָּא אִלֵּךְ אָמְרִין דִּי לָא נְהַשְׁכַּח לְדָנִיֵּאל
7 דְּנָה כָּל־עִלָּא לָהֵן הַשְׁכַּחְנָא עֲלוֹהִי בְּדָת אֱלָהֵהּ׃ אֱדַיִן
סָרְכַיָּא וַאֲחַשְׁדַּרְפְּנַיָּא אִלֵּן הַרְגִּשׁוּ עַל־מַלְכָּא וְכֵן אָמְרִין לֵהּ
8 דָּרְיָוֶשׁ מַלְכָּא לְעָלְמִין חֱיִי׃ אִתְיָעַטוּ כֹּל ׀ סָרְכֵי מַלְכוּתָא
סִגְנַיָּא וַאֲחַשְׁדַּרְפְּנַיָּא הַדָּבְרַיָּא וּפַחֲוָתָא לְקַיָּמָה קְיָם מַלְכָּא
וּלְתַקָּפָה אֱסָר דִּי כָל־דִּי־יִבְעֵא בָעוּ מִן־כָּל־אֱלָהּ וֶאֱנָשׁ עַד־
9 יוֹמִין תְּלָתִין לָהֵן מִנָּךְ מַלְכָּא יִתְרְמֵא לְגֹב אַרְיָוָתָא׃ כְּעַן
מַלְכָּא תְּקִים אֱסָרָא וְתִרְשֻׁם כְּתָבָא דִּי לָא לְהַשְׁנָיָה כְּדָת־
י מָדַי וּפָרַס דִּי־לָא תֶעְדֵּא׃ כָּל־קֳבֵל דְּנָה מַלְכָּא דָּרְיָוֶשׁ רְשַׁם
11 כְּתָבָא וֶאֱסָרָא׃ ס וְדָנִיֵּאל כְּדִי יְדַע דִּי־רְשִׁים כְּתָבָא עַל
לְבַיְתֵהּ וְכַוִּין פְּתִיחָן לֵהּ בְּעִלִּיתֵהּ נֶגֶד יְרוּשְׁלֶם וְזִמְנִין תְּלָתָה

---

**2.** [1] § 65*a*. **3.** [1] § 65*a*.

בְּיוֹמָא הֲוָא[1] ׀ בָּרֵךְ עַל־בִּרְכוֹהִי וּמְצַלֵּא וּמוֹדֵא קֳדָם אֱלָהֵהּ
12 כָּל־קֳבֵל דִּי־הֲוָא עָבֵד מִן־קַדְמַת דְּנָה׃ אֱדַיִן גֻּבְרַיָּא אִלֵּךְ
13 הַרְגִּשׁוּ וְהַשְׁכַּחוּ לְדָנִיֵּאל בָּעֵה וּמִתְחַנַּן קֳדָם אֱלָהֵהּ׃ בֵּאדַיִן
קְרִבוּ וְאָמְרִין קֳדָם־מַלְכָּא עַל־אֱסָר מַלְכָּא הֲלָא אֱסָר רְשַׁמְתָּ
דִּי כָל־אֱנָשׁ דִּי־יִבְעֵא מִן־כָּל־אֱלָהּ וֶאֱנָשׁ עַד־יוֹמִין תְּלָתִין
לָהֵן מִנָּךְ מַלְכָּא יִתְרְמֵא לְגֹב אַרְיָוָתָא עָנֵה מַלְכָּא וְאָמַר
14 יַצִּיבָא מִלְּתָא כְּדָת־מָדַי וּפָרַס דִּי־לָא תֶעְדֵּא׃ בֵּאדַיִן עֲנוֹ
וְאָמְרִין קֳדָם מַלְכָּא דִּי דָנִיֵּאל דִּי מִן־בְּנֵי גָלוּתָא דִּי יְהוּד
לָא־שָׂם עֲלָיךְ מַלְכָּא טְעֵם וְעַל־אֱסָרָא דִּי רְשַׁמְתָּ וְזִמְנִין
טו תְּלָתָה בְּיוֹמָא בָּעֵא בָּעוּתֵהּ׃ אֱדַיִן מַלְכָּא כְּדִי מִלְּתָא שְׁמַע
שַׂגִּיא בְּאֵשׁ עֲלוֹהִי וְעַל דָּנִיֵּאל שָׂם בָּל לְשֵׁיזָבוּתֵהּ וְעַד
16 מֶעָלֵי[1] שִׁמְשָׁא הֲוָה מִשְׁתַּדַּר לְהַצָּלוּתֵהּ׃ בֵּאדַיִן גֻּבְרַיָּא
אִלֵּךְ הַרְגִּשׁוּ עַל־מַלְכָּא וְאָמְרִין לְמַלְכָּא דַּע מַלְכָּא דִּי־דָת
לְמָדַי וּפָרַס דִּי כָל־אֱסָר וּקְיָם דִּי־מַלְכָּא יְהָקֵים לָא לְהַשְׁנָיָה׃
17 בֵּאדַיִן מַלְכָּא אֲמַר וְהַיְתִיו לְדָנִיֵּאל וּרְמוֹ לְגֻבָּא דִּי אַרְיָוָתָא
עָנֵה מַלְכָּא וְאָמַר לְדָנִיֵּאל אֱלָהָךְ דִּי אַנְתְּה פָּלַח־לֵהּ בִּתְדִירָא
18 הוּא יְשֵׁיזְבִנָּךְ׃ וְהֵיתָיִת אֶבֶן חֲדָה וְשֻׂמַת עַל־פֻּם גֻּבָּא
וְחַתְמַהּ מַלְכָּא בְּעִזְקְתֵהּ וּבְעִזְקָת רַבְרְבָנוֹהִי דִּי לָא־תִשְׁנֵא
19 צְבוּ בְּדָנִיֵּאל׃ אֱדַיִן אֲזַל מַלְכָּא לְהֵיכְלֵהּ וּבָת טְוָת

---

**11.** [1] Andre Lesart הוּא, so auch *Ginsburg*. **15.** [1] Die Vokalisation unsicher. Die Überlieferung schwankt zwischen מֶעָלֵי, מֵעָלֵי (*B.-D.*) und מֶעָלֵי (*Ginsburg*), plur. von מֶעָל s. § 86 *b*.

כ וְדַחֲוָן¹ לָא־הַנְעֵל קָדָמוֹהִי וְשִׁנְתֵּהּ² נַדַּת עֲלוֹהִי׃ בֵּאדַיִן מַלְכָּא
בִּשְׁפַּרְפָּרָא יְקוּם¹ וּבְהִתְבְּהָלָה לְגֻבָּא דִּי־אַרְיָוָתָא אֲזַל׃
21 וּכְמִקְרְבֵהּ לְגֻבָּא לְדָנִיֵּאל בְּקָל עֲצִיב זְעִק עָנֵה מַלְכָּא וְאָמַר
לְדָנִיֵּאל¹ דָּנִיֵּאל עֲבֵד אֱלָהָא חַיָּא אֱלָהָךְ דִּי אַנְתְּה פָּלַח־לֵהּ
22 בִּתְדִירָא הַיְכִל לְשֵׁיזָבוּתָךְ מִן־אַרְיָוָתָא׃ אֱדַיִן דָּנִיֵּאל עִם־
23 מַלְכָּא מַלִּל מַלְכָּא לְעָלְמִין חֱיִי׃ אֱלָהִי שְׁלַח מַלְאֲכֵהּ וּסֲגַר
פֻּם אַרְיָוָתָא וְלָא חַבְּלוּנִי כָּל־קֳבֵל דִּי קֳדָמוֹהִי זָכוּ הִשְׁתְּכַחַת
24 לִי וְאַף קֳדָמָךְ מַלְכָּא חֲבוּלָה לָא עַבְדֵת׃ בֵּאדַיִן מַלְכָּא
שַׂגִּיא טְאֵב עֲלוֹהִי וּלְדָנִיֵּאל אֲמַר לְהַנְסָקָה¹ מִן־גֻּבָּא וְהֻסַּק¹
דָּנִיֵּאל מִן־גֻּבָּא וְכָל־חֲבָל לָא הִשְׁתְּכַח־בֵּהּ דִּי הֵימִן
כה בֵּאלָהֵהּ׃ וַאֲמַר מַלְכָּא וְהַיְתִיו¹ גֻּבְרַיָּא אִלֵּךְ דִּי־אֲכַלוּ קַרְצוֹהִי
דִּי דָנִיֵּאל וּלְגֹב אַרְיָוָתָא רְמוֹ¹ אִנּוּן בְּנֵיהוֹן וּנְשֵׁיהוֹן וְלָא־
מְטוֹ לְאַרְעִית גֻּבָּא עַד דִּי־שְׁלִטוּ בְהוֹן אַרְיָוָתָא וְכָל־גַּרְמֵיהוֹן
26 הַדִּקוּ׃ בֵּאדַיִן דָּרְיָוֶשׁ מַלְכָּא כְּתַב לְכָל־עַמְמַיָּא אֻמַיָּא
27 וְלִשָּׁנַיָּא דִּי־דָאְרִין בְּכָל־אַרְעָא שְׁלָמְכוֹן יִשְׂגֵּא׃ מִן־קֳדָמַי שִׂים
טְעֵם דִּי ׀ בְּכָל־שָׁלְטָן מַלְכוּתִי לֶהֱוֺן¹ זָאְעִין וְדָחֲלִין מִן־קֳדָם
אֱלָהֵהּ דִּי־דָנִיֵּאל דִּי־הוּא ׀ אֱלָהָא חַיָּא וְקַיָּם לְעָלְמִין וּמַלְכוּתֵהּ

---

**19.** ¹ Vielleicht ist וּלְחֵנָן (s. Glossar) zu lesen, wie *Bevan* vorschlägt. ² Die Überlieferung schwankt zwischen Dagešierung von נ oder ת. Das Dageš im *Nūn* kann aber nur sekundär sein. **20.** ¹ בְּנָגְהָא nach יְקוּם in *M. T.* ist Glosse zu שְׁפַרְפָּרָא. **21.** ¹ Vielleicht ist לְ vor דָּנִיֵּאל zu streichen (s. *Nestle*, Margin. S. 41). **24.** ¹ § 62 *b*. **25.** ¹ Vielleicht ist das Passiv zu lesen: וְהֵיתָיוּ und רְמִיו. **27.** ¹ § 65 *a*.

28 דִּי־לָא תִתְחַבַּל וְשָׁלְטָנֵהּ עַד־סוֹפָא׃ מְשֵׁיזִב וּמַצִּל וְעָבֵד
אָתִין וְתִמְהִין בִּשְׁמַיָּא וּבְאַרְעָא דִּי שֵׁיזִיב לְדָנִיֵּאל מִן־יַד
29 אַרְיָוָתָא׃ וְדָנִיֵּאל דְּנָה הַצְלַח בְּמַלְכוּת דָּרְיָוֶשׁ וּבְמַלְכוּת
כּוֹרֶשׁ פָּרְסָיָא׃ פ

## 7, 1—28.

א בִּשְׁנַת חֲדָה לְבֵלְשַׁאצַּר[1] מֶלֶךְ בָּבֶל דָּנִיֵּאל חֵלֶם חֲזָה[2]
2 בֵּאדַיִן חֶלְמָא כְתַב רֵאשׁ מִלִּין אֲמַר׃ עָנֵה דָנִיֵּאל וְאָמַר[1]
חָזֵה הֲוֵית בְּחֶזְוִי עִם־לֵילְיָא וַאֲרוּ אַרְבַּע רוּחֵי שְׁמַיָּא מְגִיחָן
3 לְיַמָּא רַבָּא׃ וְאַרְבַּע חֵיוָן רַבְרְבָן סָלְקָן מִן־יַמָּא שָׁנְיָן דָּא
4 מִן־דָּא׃ קַדְמָיְתָא כְאַרְיֵה וְגַפִּין דִּי־נְשַׁר לַהּ חָזֵה הֲוֵית עַד
דִּי־מְּרִיטוּ גַפַּיהּ וּנְטִילַת מִן־אַרְעָא וְעַל־רַגְלַיִן כֶּאֱנָשׁ הֳקִימַת
ה וּלְבַב אֱנָשׁ יְהִיב לַהּ׃ וַאֲרוּ חֵיוָה אָחֳרִי תִנְיָנָה דָּמְיָה לְדֹב
וְלִשְׂטַר־חַד הֳקִמַת[1] וּתְלָת עִלְעִין בְּפֻמַּהּ[2] בֵּין שִׁנַּהּ וְכֵן
6 אָמְרִין לַהּ קוּמִי אֲכֻלִי בְּשַׂר שַׂגִּיא׃ בָּאתַר[1] דְּנָה חָזֵה הֲוֵית
וַאֲרוּ אָחֳרִי כִּנְמַר וְלַהּ גַּפִּין אַרְבַּע דִּי־עוֹף עַל־גַּבַּיהּ וְאַרְבְּעָה
7 רֵאשִׁין לְחֵיוְתָא וְשָׁלְטָן יְהִיב לַהּ׃ בָּאתַר דְּנָה חָזֵה הֲוֵית
בְּחֶזְוֵי לֵילְיָא וַאֲרוּ חֵיוָה רְבִיעָאָה דְּחִילָה וְאֵימְתָנִי וְתַקִּיפָא
יַתִּירָה וְשִׁנַּיִן דִּי־פַרְזֶל לַהּ רַבְרְבָן אָכְלָה וּמַדֳּקָה וּשְׁאָרָא

**1.** [1] s. zu 5, 30 [1]. [2] *M. T.* hat nach חזה aus 4, 2 fälschlich aufgenommen וְחֶזְוֵי רֵאשֵׁהּ עַל־מִשְׁכְּבֵהּ. **2.** [1] Die Worte ענה דניאל ואמר sind nach LXX und *Theod.* als Glosse zu tilgen. **5.** [1] § 63*h*. [2] § 76*f*. **6.** [1] *B.-D.*: בָּתַר; aber die besser bezeugte Lesart ist בָּאתַר. בָּתַר ist spätere Schreibweise.

בְּרַגְלַיהּ רָפְסָה וְהִיא מְשַׁנְּיָא מִן־כָּל־חֵיוָתָא דִּי קָדָמַיהּ וְקַרְנַיִן
8 עֲשַׂר לַהּ׃ מִשְׂתַּכַּל הֲוֵית בְּקַרְנַיָּא וַאֲלוּ קֶרֶן אָחֳרִי זְעֵירָה
סִלְּקַת[1] בֵּינֵיהֵין[2] וּתְלָת מִן־קַרְנַיָּא קַדְמָיָתָא אִתְעֲקַרָה[3] מִן־
קֳדָמַיהּ וַאֲלוּ עַיְנִין כְּעַיְנֵי אֲנָשָׁא בְּקַרְנָא־דָא וּפֻם מְמַלִּל
9 רַבְרְבָן׃ חָזֵה הֲוֵית עַד דִּי כָרְסָוָן רְמִיו וְעַתִּיק יוֹמִין יְתִב
לְבוּשֵׁהּ׀ כִּתְלַג חִוָּר וּשְׂעַר רֵאשֵׁהּ כַּעֲמַר נְקֵא כָּרְסְיֵהּ שְׁבִבִין
י דִּי־נוּר גַּלְגִּלּוֹהִי נוּר דָּלִק׃ נְהַר דִּי־נוּר נָגֵד וְנָפֵק מִן־
קֳדָמוֹהִי אֶלֶף אַלְפִין[1] יְשַׁמְּשׁוּנֵּהּ וְרִבּוֹ רִבְבָן[2] קֳדָמוֹהִי יְקוּמוּן
11 דִּינָא יְתִב וְסִפְרִין פְּתִיחוּ׃ חָזֵה הֲוֵית בֵּאדַיִן מִן־קָל מִלַּיָּא
רַבְרְבָתָא דִּי קַרְנָא מְמַלֱּלָא חָזֵה הֲוֵית עַד דִּי קְטִילַת חֵיוְתָא
12 וְהוּבַד[1] גִּשְׁמַהּ וִיהִיבַת לִיקֵדַת אֶשָּׁא׃ וּשְׁאָר חֵיוָתָא הֶעְדִּיו
13 שָׁלְטָנְהוֹן וְאַרְכָה בְחַיִּין יְהִיבַת לְהוֹן עַד־זְמַן וְעִדָּן׃ חָזֵה
הֲוֵית בְּחֶזְוֵי לֵילְיָא וַאֲרוּ עִם[1]־עֲנָנֵי שְׁמַיָּא כְּבַר אֱנָשׁ אָתֵה
14 הֲוָא וְעַד־עַתִּיק יוֹמַיָּא מְטָה וּקְדָמוֹהִי הַקְרְבוּהִי׃ וְלֵהּ יְהִב
שָׁלְטָן וִיקָר וּמַלְכוּ וְכֹל עַמְמַיָּא אֻמַיָּא וְלִשָּׁנַיָּא לֵהּ יִפְלְחוּן
שָׁלְטָנֵהּ שָׁלְטָן עָלַם דִּי־לָא יֶעְדֵּה וּמַלְכוּתֵהּ דִּי־לָא תִתְחַבַּל׃
טו ס אֶתְכְּרִיַּת[1] רוּחִי אֲנָה דָנִיֵּאל בְּגִין דְּנָה[2] וְחֶזְוֵי רֵאשִׁי
16 יְבַהֲלֻנַּנִי׃ קִרְבֵת עַל־חַד מִן־קָאֲמַיָּא וְיַצִּיבָא אֶבְעֵא־מִנֵּהּ

---

**8.** [1] Vgl. 7, 20; die Masora bietet die anormale Form סִלְּקָת. [2] *Kĕthībh*: —הון. [3] *Kĕthībh*: אתעקרו. **10.** [1] *Kĕthībh*: אלפים (Hebraism.). [2] *Ḳĕrē*: רִבְבָן (Hebr. cf. hebr. רְבָבָה). **11.** [1] § 60*a*. **13.** [1] *Nestle* (Marg. S. 40) denkt nach LXX an עַל statt עִם. **15.** [1] § 64*o*. [2] *M. T.*: בְּגוֹ נִדְנֶה (unverständlich).

17 עַל־כָּל־דְּנָה וַאֲמַר־לִי וּפְשַׁר מִלַּיָּא יְהוֹדְעִנַּנִי׃ אִלֵּין חֵיוָתָא
רַבְרְבָתָא דִּי אִנִּין[1] אַרְבַּע אַרְבְּעָה מַלְכִין יְקוּמוּן מִן־אַרְעָא׃
18 וִיקַבְּלוּן מַלְכוּתָא קַדִּישֵׁי עֶלְיוֹנִין וְיַחְסְנוּן מַלְכוּתָא עַד־עָלְמָא
19 וְעַד עָלַם עָלְמַיָּא׃ אֱדַיִן צְבִית לְיַצָּבָא עַל־חֵיוְתָא רְבִיעָיְתָא
דִּי־הֲוָת שָׁנְיָא[1] מִן־כָּלְּהֵין[2] דְּחִילָה יַתִּירָה שִׁנַּהּ דִּי־פַרְזֶל
כ וְטִפְרַיהּ דִּי־נְחָשׁ אָכְלָה מַדֱּקָה וּשְׁאָרָא בְּרַגְלַיהּ רָפְסָה׃ וְעַל־
קַרְנַיָּא עֲשַׂר דִּי בְרֵאשַׁהּ וְאָחֳרִי דִּי סִלְקַת וּנְפַלָה[1] מִן־קֳדָמַיהּ
תְּלָת וְקַרְנָא דִכֵּן וְעַיְנִין לַהּ וּפֻם מְמַלִּל רַבְרְבָן וְחֶזְוַהּ רַב
21 מִן־חַבְרָתַהּ׃ חָזֵה הֲוֵית וְקַרְנָא דִכֵּן עָבְדָה קְרָב עִם־קַדִּישִׁין
22 וְיָכְלָה לְהוֹן׃ עַד דִּי־אֲתָה עַתִּיק יוֹמַיָּא וְדִינָא יְתִב וְשָׁלְטָנָא[1]
יְהִב לְקַדִּישֵׁי עֶלְיוֹנִין וְזִמְנָא מְטָה וּמַלְכוּתָא הַחְסִנוּ[2]
23 קַדִּישִׁין׃ כֵּן אֲמַר חֵיוְתָא רְבִיעָיְתָא מַלְכוּ רְבִיעָיָא תֶּהֱוֵא
בְאַרְעָא דִּי תִשְׁנֵא מִן־כָּל־מַלְכְוָתָא וְתֵאכֻל כָּל־אַרְעָא
24 וּתְדוּשִׁנַּהּ וְתַדְּקִנַּהּ׃ וְקַרְנַיָּא עֲשַׂר מִנַּהּ מַלְכוּתָא עַשְׂרָה מַלְכִין
יְקֻמוּן וְאָחֳרָן יְקוּם אַחֲרֵיהוֹן וְהוּא יִשְׁנֵא מִן־קַדְמָיֵא וּתְלָתָה
כה מַלְכִין יְהַשְׁפִּל׃ וּמִלִּין לְצַד עִלָּיָא יְמַלִּל וּלְקַדִּישֵׁי עֶלְיוֹנִין
יְבַלֵּא וְיִסְבַּר לְהַשְׁנָיָה זִמְנִין וְדָת וְיִתְיַהֲבוּן בִּידֵהּ עַד־עִדָּן
26 וְעִדָּנִין וּפְלַג עִדָּן׃ וְדִינָא יְתִב[1] וְשָׁלְטָנֵהּ יְהַעְדּוֹן לְהַשְׁמָדָה

---

**17.** [1] Auch im *Kĕthībh* ist hier אנין besser bezeugt, als אנון.
**19.** [1] *Ginsburg* nach der Mehrzahl der MSS. שָׁנְיָא. [2] *Kĕthībh*: —הון. **20.** [1] *Kĕthībh*: נפלו. **22.** [1] In *M. T.* fehlt יְתִב וְשָׁלְטָנָא, was *Ewald* richtig nach v. 14. 26. 27 ergänzt hat. [2] *M. T.*: הֶחֱסִנוּ = Hebraism. **26.** [1] § 59*c*.

27 וּלְהוֹבָדָה עַד־סוֹפָא׃ וּמַלְכוּתָא וְשָׁלְטָנָא וּרְבוּתָא דִּי מַלְכְוָת
תְּחוֹת כָּל־שְׁמַיָּא יְהִיבַת לְעַם קַדִּישֵׁי עֶלְיוֹנִין מַלְכוּתֵהּ
28 מַלְכוּת עָלַם וְכֹל שָׁלְטָנַיָּא לֵהּ יִפְלְחוּן וְיִשְׁתַּמְּעוּן׃ עַד־כָּה
סוֹפָא דִי־מִלְּתָא אֲנָה דָנִיֵּאל שַׂגִּיא ׀ רַעְיוֹנַי יְבַהֲלֻנַּנִי וְזִיוַי
יִשְׁתַּנּוֹן עֲלַי וּמִלְּתָא בְּלִבִּי נִטְרֵת׃ פ

---

# II.

## Ezra 4, 8—6, 18 u. 7, 12—26.

### אֲרָמִית׃ *

### a) Ezra 4, 8—6, 18.

### 4, 8—24.

8 רְחוּם בְּעֵל־טְעֵם וְשִׁמְשַׁי סָפְרָא כְּתַבוּ אִגְּרָה חֲדָה עַל־
9 יְרוּשְׁלֶם לְאַרְתַּחְשַׁשְׂתָּא [1] מַלְכָּא כְּנֵמָא[2]׃ אֱדַיִן רְחוּם בְּעֵל־
טְעֵם וְשִׁמְשַׁי סָפְרָא וּשְׁאָר כְּנָוָתְהוֹן דִּינָיֵא [1] וַאֲפַרְסַתְכָיֵא[2]
טַרְפְּלָיֵא[3] אֲפָרְסָיֵא[4] אַרְכְּוָיֵ[5] בָבְלָיֵא[6] שׁוּשַׁנְכָיֵא דֶּהוּא[7] עֵלְמָיֵא׃

---

* Letztes Wort in Ezra 4, 7. Glosse wie Dan. 2, 4*a*. **8.** [1] *Ḳĕrē*: לארתחשַׁשְׂתָּא; ebenso 4, 11. 23. 6, 14*b*. vgl. 7, 12. 21. [2] § 94*c*. In LXX ist כנמא (wenigstens nach dem gedruckten Text) mit dem folgenden Wort verbunden, das von דין hergeleitet wird: τάδε ἔκρινε (s. *Nestle* Marg. 30). **9.** [1] L. דַּיָּנַיָּא „die Richter". [2] Vgl. Glossar. [3] L. טַרפְּלָיָא und s. Gl. [4] Wahrscheinlich = אפרסכיא (s. Gl.), das viell. ספרסכיא zu lesen ist. [5] *Ḳĕrē* richtig: אַרְכְּוָיֵא s. Gl. [6] *Ginsburg* liest בַבליא mit *Pathach*, ebenso ואפַרסתכיא u. אפַרסיא nach der Mehrzahl der MSS. [7] *Ḳĕrē*: דְּהָיֵא; *Hoffm.* ZA 2, 54 דְּהוּא = *das heißt;* mit dem folgenden Wort zusammen bildet דִּי־הוּא eine Glosse.

י וּשְׁאָר אֻמַּיָּא דִּי הַגְלִי אָסְנַפַּר רַבָּא וְיַקִּירָא וְהוֹתֵב הִמּוֹ
11 בְּקִרְיָה דִּי שָׁמְרָיִן וּשְׁאָר עֲבַר־נַהֲרָה וּכְעֶנֶת׃ ס דְּנָה
פַּרְשֶׁגֶן אִגַּרְתָּא דִּי שְׁלַחוּ עֲלוֹהִי עַל־אַרְתַּחְשַׁשְׁתָּא[1] מַלְכָּא[2]
12 עַבְדָיךְ אֱנָשׁ עֲבַר־נַהֲרָה וּכְעֶנֶת׃ יְדִיעַ לֶהֱוֵא[1] לְמַלְכָּא דִּי
יְהוּדָיֵא דִּי סְלִקוּ מִן־לְוָתָךְ עֲלֶינָא אֲתוֹ לִירוּשְׁלֶם קִרְיְתָא
מָרָדְתָּא וּבְאִישְׁתָּא[2] בָּנַיִן וְשׁוּרַיָּא שַׁכְלִלוּ[3] וְאֻשַּׁיָּא יַחִיטוּ[4]׃
13 כְּעַן יְדִיעַ לֶהֱוֵא[1] לְמַלְכָּא דִּי הֵן קִרְיְתָא דָךְ תִּתְבְּנֵא וְשׁוּרַיָּא
יִשְׁתַּכְלְלוּן מִנְדָּה בְלוֹ וַהֲלָךְ לָא יִנְתְּנוּן וְאַפְּתֹם[2] מַלְכִין[3]
14 תְּהַנְזִק׃ כְּעַן כָּל־קֳבֵל דִּי־מְלַח הֵיכְלָא מְלַחְנָא וְעַרְוַת מַלְכָּא
לָא־אֲרִיךְ[1] לַנָא לְמֶחֱזֵא עַל־דְּנָה שְׁלַחְנָא וְהוֹדַעְנָא לְמַלְכָּא׃
טו דִּי יִתְבַּקַּר[1] בִּסְפַר־דָּכְרָנַיָּא דִּי אֲבָהָתָךְ[2] וּתְהַשְׁכַּח בִּסְפַר
דָּכְרָנַיָּא וְתִנְדַּע דִּי קִרְיְתָא דָךְ קִרְיָא מָרָדָא וּמְהַנְזְקַת מַלְכִין
וּמְדִנָן וְאֶשְׁתַּדּוּר עָבְדִין בְּגַוַּהּ מִן־יוֹמָת עָלְמָא עַל־דְּנָה
16 קִרְיְתָא דָךְ הָחָרְבַת׃ מְהוֹדְעִין אֲנַחְנָה לְמַלְכָּא דִּי הֵן
קִרְיְתָא דָךְ תִּתְבְּנֵא וְשׁוּרַיַּהּ[1] יִשְׁתַּכְלְלוּן לָקֳבֵל דְּנָה חֲלָק

---

**11.** [1] s. zu V. 8 [1]. [2] *Nestle* (a. a. O. 30) trennt על ארתחששתא מלכא von עלוהי und sieht darin die mit den folgenden Worten zu verbindende Adresse. **12.** [1] § 65*a*. [2] *Ḳĕrē:* וּבִישְׁתָּא. [3] *Kĕthībh* mit falscher Abteilung: ושורי אשכללו. [4] Imperf. ohne *Nūn* u. mit Präformativ *ja* von einem mittelvokaligen Verbum s. § 63*g* Anm. [1] und Glossar. **13.** [1] § 65*a*. [2] Die gewöhnliche, aber weniger bezeugte Lesart ist אַפְּתֹם vgl. Glossar. [3] *M. T.*: מַלְכִים Hebraism. **14.** [1] Weniger gut bezeugt אֲרִיךְ. **15.** [1] *M. T.*: יְבַקַּר; aber s. 5, 17. Möglich wäre auch יְבַקְּרוּן. [2] § 76*a*. **16.** [1] *M. T.*: וְשׁוּרַיָּה vgl. LXX.

17 בְּעֲבַר נַהֲרָא לָא אִתַי לָךְ׃ פ פִּתְגָּמָא שְׁלַח מַלְכָּא
עַל־רְחוּם בְּעֵל־טְעֵם וְשִׁמְשַׁי סָפְרָא וּשְׁאָר כְּנָוָתְהוֹן דִּי
18 יָתְבִין בְּשָׁמְרָיִן וּשְׁאָר עֲבַר־נַהֲרָה שְׁלָם וּכְעֶת׃ ס נִשְׁתְּוָנָא
19 דִּי שְׁלַחְתּוּן עֲלֶינָא[1] מְפָרַשׁ קֱרִי קֳדָמָי׃ וּמִנִּי שִׂים טְעֵם
וּבַקַּרוּ[1] וְהַשְׁכַּחוּ דִּי קִרְיְתָא דָךְ מִן־יוֹמָת עָלְמָא עַל־מַלְכִין
כ מִתְנַשְּׂאָה וּמְרַד וְאֶשְׁתַּדּוּר מִתְעֲבֶד[2]־בַּהּ׃ וּמַלְכִין תַּקִּיפִין
הֲווֹ עַל־יְרוּשְׁלֶם וְשַׁלִּיטִין בְּכֹל עֲבַר נַהֲרָה וּמִנְדָּה[1] בְלוֹ
21 וַהֲלָךְ מִתְיְהֵב לְהוֹן׃ כְּעַן שִׂימוּ טְעֵם לְבַטָּלָא גֻּבְרַיָּא אִלֵּךְ
22 וְקִרְיְתָא דָךְ לָא תִתְבְּנֵא עַד־מִנִּי טַעְמָא יִתְּשָׂם׃ וּזְהִירִין
הֱוַו[1] שָׁלוּ לְמֶעְבַּד עַל־דְּנָה לְמָה יִשְׂגֵּא חֲבָלָא לְהַנְזָקַת[2]
23 מַלְכִין׃ ס אֱדַיִן מִן־דִּי פַּרְשֶׁגֶן נִשְׁתְּוָנָא דִּי אַרְתַּחְשַׁשְׂתָּא[1]
מַלְכָּא קֱרִי קֳדָם־רְחוּם וְשִׁמְשַׁי סָפְרָא וּכְנָוָתְהוֹן אֲזַלוּ
בִבְהִילוּ לִירוּשְׁלֶם עַל־יְהוּדָיֵא וּבַטִּלוּ הִמּוֹ בְּאֶדְרַע[2] וְחָיִל׃
24 ס בֵּאדַיִן בְּטֵלַת[1] עֲבִידַת בֵּית־אֱלָהָא דִּי בִּירוּשְׁלֶם
וַהֲוָת[2] בָּטְלָא עַד שְׁנַת תַּרְתֵּין לְמַלְכוּת דָּרְיָוֶשׁ מֶלֶךְ פָּרָס׃

## 5, 1 — 6, 18.

א וְהִתְנַבִּי חַגַּי נְבִיאָה[1] וּזְכַרְיָה בַר־עִדּוֹא נְבִיָּאא[2] עַל־
יְהוּדָיֵא דִּי בִיהוּד וּבִירוּשְׁלֶם בְּשֻׁם אֱלָהּ יִשְׂרָאֵל עֲלֵיהוֹן׃

---

**18.** [1] Überliefert ist in andern HSS. עֲלֵינָא vgl. *Ginsburg.* **19.** [1] *Ginsburg*: בַּקָּרוּ. [2] § 23. **20.** [1] *Ginsburg*: מִדָּה. **22.** [1] § 18*a*. [2] *M. T.*: לְהַנְזָקַת; s. § 48*c*. **23.** [1] s. zu V. 8[1]. [2] *M. T.*: בְּאֶדְרָע. **24.** [1] *Ginsburg*: בְּטֵלַת nach anderen HSS. [2] § 64*n*. **1.** [1] *Kĕrē*: נְבִיָּא. [2] *M. T.*: נְבִיאַיָּא (Plural); Εσδρ. β' προφητείαν = נְבִיאָה oder נְבִיָּאא *der Prophet.*

2 ס בֵּאדַיִן קָמוּ זְרֻבָּבֶל בַּר־שְׁאַלְתִּיאֵל וְיֵשׁוּעַ בַּר־יוֹצָדָק
וְשָׁרִיו לְמִבְנֵא בֵּית אֱלָהָא דִּי בִירוּשְׁלֶם וְעִמְּהוֹן נְבִיַּאיָּא
3 דִּי־אֱלָהָא מְסָעֲדִין לְהוֹן׃ בֵּהּ־זִמְנָא אֲתָה עֲלֵיהוֹן תַּתְּנַי
פַּחַת עֲבַר־נַהֲרָה וּשְׁתַר[1] בּוֹזְנַי וּכְנָוָתְהוֹן וְכֵן אָמְרִין לְהֹן[2]
מַן־שָׂם לְכֹן[2] טְעֵם בַּיְתָא דְנָה לְמִבְנֵא[3] וְאֻשַּׁרְנָא דְנָה לְשַׁכְלָלָה׃
4 ס אֱדַיִן כְּנֵמָא אָמַרִין לְהֹן[1] מַן־אִנּוּן שְׁמָהָת גֻּבְרַיָּא דִּי־
5 דְנָה בִנְיָנָא בָּנַיִן׃ וְעֵין אֱלָהֲהֹן[1] הֲוָת עַל־שָׂבֵי יְהוּדָיֵא
וְלָא־בַטִּלוּ הִמּוֹ עַד־טַעְמָא לְדָרְיָוֶשׁ יְהָךְ[2] וֶאֱדַיִן יְתִיבוּן
6 נִשְׁתְּוָנָא עַל־דְּנָה׃ ס פַּרְשֶׁגֶן אִגַּרְתָּא דִּי־שְׁלַח תַּתְּנַי ׀
פַּחַת עֲבַר־נַהֲרָה וּשְׁתַר[1] בּוֹזְנַי וּכְנָוָתֵהּ[2] אֲפַרְסְכָיֵא[3] דִּי
7 בַּעֲבַר נַהֲרָה עַל־דָּרְיָוֶשׁ מַלְכָּא׃ פִּתְגָמָא שְׁלַחוּ עֲלוֹהִי
8 וְכִדְנָה כְּתִיב בְּגַוֵּהּ לְדָרְיָוֶשׁ מַלְכָּא שְׁלָמָא כֹלָּא׃ יְדִיעַ ׀
לֶהֱוֵא[1] לְמַלְכָּא דִּי־אֲזַלְנָא לִיהוּד מְדִינְתָּא לְבֵית אֱלָהָא רַבָּא
וְהוּא מִתְבְּנֵא אֶבֶן גְּלָל וְאָע מִתְּשָׂם בְּכֻתְלַיָּא וַעֲבִידְתָּא
9 דָךְ אָסְפַּרְנָא מִתְעַבְדָא וּמַצְלַח בִּידֵהֹן[2]׃ אֱדַיִן שְׁאֵלְנָא
לְשָׂבַיָּא אִלֵּךְ כְּנֵמָא אֲמַרְנָא לְהֹן[1] מַן־שָׂם לְכֹן[1] טְעֵם בַּיְתָא

---

**3.** [1] L. ומתר s. Gl. [2] *M. T.* לְהֹם und לְכֹם Hebraism. [3] *M. T.*: לְבְנֵא § 64 *u.* **4.** [1] *M. T.*: אֲמַרְנָא לְהֹם. Statt אמרין kann auch אֲמַרוּ als urspr. Text vermutet werden. Möglich ist aber auch, daß alle vier Worte zu tilgen sind und nur ו *und* dafür zu lesen ist (וּמַן־). **5.** [1] *M. T.*: אלההֹם (= Hebraism.). [2] § 62*a*. **6.** [1] S. zu 5, 3 [1]. [2] Nach 4, 9; 5, 3; 6, 6. 13 erwartet man וּכְנָוָתֵהּ. [3] Vgl. 4, 9 [4] u. Gl. **8.** [1] § 65*a*. [2] *M. T.*: בידהֹם Hebraism. **9.** [1] *M. T.*: לְהֹם u. לְכֹם Hebraismen.

דְּנָה לְמִבְנְיֵהּ[2] וְאֻשַּׁרְנָא דְנָה לְשַׁכְלָלָה׃ וְאַף שְׁמָהָתְהֹן[1] י

שְׁאֵלְנָא לְהֹן[1] לְהוֹדָעוּתָךְ דִּי נִכְתֻּב שֻׁם גֻּבְרַיָּא דִּי בְרָאשֵׁיהֹן[2]׃

11 ס וּכְנֵמָא פִתְגָמָא הֲתִיבוּנָא לְמֵמַר[1] אֲנַחְנָא הִמּוֹ עַבְדוֹהִי

דִּי־אֱלָהּ שְׁמַיָּא וְאַרְעָא וּבָנַיִן בַּיְתָא דִּי־הֲוָא בְנֵה מִקַּדְמַת

דְּנָה שְׁנִין שַׂגִּיאָן וּמֶלֶךְ לְיִשְׂרָאֵל רַב בְּנָהִי וְשַׁכְלְלֵהּ׃

12 לָהֵן מִן־דִּי הַרְגִּזוּ אֲבָהָתַנָא לֶאֱלָהּ שְׁמַיָּא יְהַב הִמּוֹ בְּיַד

נְבוּכַדְנֶצַּר מֶלֶךְ־בָּבֶל כַּסְדָּיָא וּבַיְתָה דְנָה סַתְרֵהּ וְעַמָּה

13 הַגְלִי לְבָבֶל׃ בְּרַם בִּשְׁנַת חֲדָה לְכוֹרֶשׁ מַלְכָּא דִּי בָבֶל

14 כּוֹרֶשׁ מַלְכָּא שָׂם טְעֵם בֵּית־אֱלָהָא דְנָה לְמִבְנֵא[1]׃ וְאַף

מָאנַיָּא דִּי בֵית־אֱלָהָא דִּי דַהֲבָה וְכַסְפָּא דִּי נְבוּכַדְנֶצַּר

הַנְפֵּק מִן־הֵיכְלָא דִּי בִירוּשְׁלֶם וְהֵיבֵל הִמּוֹ לְהֵיכְלָא דִּי

בָבֶל הַנְפֵּק הִמּוֹ כּוֹרֶשׁ מַלְכָּא מִן־הֵיכְלָא דִּי בָבֶל וִיהִיבוּ

לְשֵׁשְׁבַּצַּר[1] דִּי פֶחָה שָׂמֵהּ׃ וַאֲמַר־לֵהּ ׀ אִלֵּין[1] מָאנַיָּא שֵׂא[2] טו

אֱזֶל[3]־אֲחֵת[4] הִמּוֹ בְּהֵיכְלָא דִּי בִירוּשְׁלֶם וּבֵית אֱלָהָא יִתְבְּנֵא

16 עַל־אַתְרֵהּ׃ ס אֱדַיִן שֵׁשְׁבַּצַּר דֵּךְ אֲתָא יְהַב אֻשַּׁיָּא דִּי־

בֵית אֱלָהָא דִּי בִירוּשְׁלֶם וּמִן־אֱדַיִן וְעַד־כְּעַן מִתְבְּנֵא וְלָא

17 שְׁלִם׃ וּכְעַן הֵן ׀ עַל־מַלְכָּא טָב יִתְבַּקַּר בְּבֵית גִּנְזַיָּא דִּי

מַלְכָּא דִּי בְבָבֶל[1] הֵן אִיתַי דִּי־מִן־כּוֹרֶשׁ מַלְכָּא שִׂים טְעֵם

---

[2] *M. T.*: לְמִבְנְיָה. **10.** [1] *M. T.*: ־הֹם (Hebraism.) für ־הֹן. [2] *M. T.*: רָאשֵׁיהֹם Hebr. s. § 76*g*. **11.** [1] § 60*b*. **13.** [1] *M. T.*: לִבְנֵא s. V. 3. **14.** [1] Nach לששבצר bietet *M. T.* noch שְׁמֵהּ *sein Name*, entw. Glosse oder Versehen cf. שְׁמֵהּ am Ende des Verses. **15.** [1] *M. T.*: אלה Hebr. [2] § 58*a*. [3] § 60. [4] § 58*b*. **17.** [1] *M. T.*:

לְמִבְנֵא בֵּית־אֱלָהָא דֵךְ דִּי[2] בִּירוּשְׁלֶם וּרְעוּת מַלְכָּא עַל־דְּנָה
יִשְׁלַח עֲלֶינָא׃ ס
6א בֵּאדַיִן דָּרְיָוֶשׁ מַלְכָּא שָׂם טְעֵם וּבַקַּרוּ ׀ בְּבֵית סִפְרַיָּא
2 דִּי גִנְזַיָּא מְהַחֲתִין[1] תַּמָּה[2]׃ וְהִשְׁתְּכַח בְּאַחְמְתָא בְּבִירְתָא[1]
דִּי בְּמָדַי מְדִינְתָּא[2] מְגִלָּה חֲדָה וְכֵן־כְּתִיב בְּגַוַּהּ דִּכְרוֹנָה׃
3 ס בִּשְׁנַת חֲדָה לְכוֹרֶשׁ מַלְכָּא כּוֹרֶשׁ מַלְכָּא שָׂם טְעֵם
בֵּית אֱלָהָא בִירוּשְׁלֶם[1] בַּיְתָא יִתְבְּנֵא אֲתַר דִּי־דָבְחִין דִּבְחִין
וְאֻשּׁוֹהִי מְסוֹבְלִין[2] רוּמֵהּ אַמִּין שִׁתִּין פְּתָיֵהּ אַמִּין שִׁתִּין׃
4 נִדְבָּכִין דִּי־אֶבֶן גְּלָל תְּלָתָא וְנִדְבָּךְ דִּי־אָע חַד[1] וְנִפְקְתָא
ה מִן־בֵּית מַלְכָּא תִּתְיְהִב׃ וְאַף מָאנֵי בֵית־אֱלָהָא דִּי דַהֲבָה
וְכַסְפָּא דִּי נְבוּכַדְנֶצַּר הַנְפֵּק מִן־הֵיכְלָא דִּי־בִירוּשְׁלֶם וְהֵיבֵל
לְבָבֶל יַהֲתִיבוּן וִיהָךְ[1] לְהֵיכְלָא דִּי־בִירוּשְׁלֶם לְאַתְרֵהּ וְתַחֵת
6 בְּבֵית אֱלָהָא[2]׃ ס כְּעַן תַּתְּנַי פַּחַת עֲבַר־נַהֲרָה שְׁתַר

---

די מלכא תמה די בבבל; תמה ist nach 6, 1 eingesetzt und dann auch בְּ vor בבל hinzugefügt. Vgl. LXX: τοῦ βασιλέως Βαβυλῶνος. Doch könnte די בבל (Βαβυλῶνος) auch noch Glosse sein. [2] דִּי fehlt in einigen HSS. des *M. T.* vgl. aber LXX.

**1.** [1] § 58*b*. [2] *M. T.* fügt am Schluß בְּבָבֶל hinzu, eine Glosse, die auch die Textverderbnis von 5,17 verschuldete. **2.** [1] s. § 72*c*. [2] די במדי מדינתא fehlt in LXX, wahrscheinlich mit Recht. **3.** [1] LXX verbindet בית אלהא [די ?] בירושלם mit dem vorangehenden טעם, wahrscheinlich insofern mit Recht, als diese Worte den Titel, resp. das Stichwort, das dem Erlaß vorgesetzt ist, enthalten. [2] Die beiden Worte sind unverständlich. LXX bieten dafür: ἔθηκεν ἔπαρμα. **4.** [1] *M. T.*: חֲדַת *neu*, dafür ist zu lesen חַד, nicht חֲדָה s. § 89*b*. **5.** [1] s. § 62*a*. [2] Der Text von 5*b* ist verdorben

בּוֹזְנַי[1] וּכְנָוָתְכוֹן[2] אֲפַרְסְכָיֵא[3] דִּי בַּעֲבַר נַהֲרָה רַחִיקִין הֲווֹ
7 מִן־תַּמָּה׃ שְׁבֻקוּ לַעֲבִידַת בֵּית־אֱלָהָא דֵךְ[1] לְשָׂבֵי יְהוּדָיֵא
8 בֵּית־אֱלָהָא דֵךְ יִבְנוֹן עַל־אַתְרֵהּ׃ וּמִנִּי שִׂים טְעֵם לְמָא
דִּי־תַעַבְדוּן עִם־שָׂבֵי יְהוּדָיֵא אִלֵּךְ[1] לְמִבְנֵא בֵּית־אֱלָהָא דֵךְ
וּמִנִּכְסֵי מַלְכָּא דִּי מִדַּת עֲבַר נַהֲרָה אָסְפַּרְנָא נִפְקְתָא תֶּהֱוֵא
9 מִתְיַהֲבָא לְגֻבְרַיָּא אִלֵּךְ דִּי־לָא לְבַטָּלָא׃ וּמָה חַשְׁחָן וּבְנֵי
תוֹרִין וְדִכְרִין וְאִמְּרִין ׀ לַעֲלָוָן ׀ לֶאֱלָהּ שְׁמַיָּא חִנְטִין מְלַח ׀
חֲמַר וּמְשַׁח כְּמֵאמַר כָּהֲנַיָּא[1] דִּי־בִירוּשְׁלֶם לֶהֱוֵא[2] מִתְיְהֵב
10 לְהֹן[3] יוֹם ׀ בְּיוֹם דִּי־לָא שָׁלוּ׃ דִּי־לֶהֱוֺן[1] מְהַקְרְבִין נִיחוֹחִין
11 לֶאֱלָהּ שְׁמַיָּא וּמְצַלַּיִן לְחַיֵּי מַלְכָּא וּבְנוֹהִי׃ וּמִנִּי שִׂים טְעֵם
דִּי כָל־אֱנָשׁ דִּי יְהַשְׁנֵא פִּתְגָמָא דְנָה יִתְנְסַח אָע מִן־בַּיְתֵהּ
12 וּזְקִיף יִתְמְחֵא עֲלֹהִי וּבַיְתֵהּ נְוָלוּ יִתְעֲבֵד עַל־דְּנָה׃ וֵאלָהָא
דִּי־שַׁכִּן שְׁמֵהּ תַּמָּה יְמַגַּר כָּל־מֶלֶךְ וְעַם דִּי ׀ יִשְׁלַח יְדֵהּ
לְהַשְׁנָיָה[1] לְחַבָּלָה בֵּית־אֱלָהָא דֵךְ דִּי בִירוּשְׁלֶם אֲנָה דָרְיָוֶשׁ
13 שָׂמֶת טְעֵם אָסְפַּרְנָא יִתְעֲבִד׃ ס אֱדַיִן תַּתְּנַי פַּחַת עֲבַר־

---

(vgl. ויהך Sing. und תחת 2. pers.); eine sichere Restitution will nicht gelingen. Man ist versucht etwa zu lesen: יְהַיתִבוּן לְהֵיכְלָא דִּי־בִירוּשְׁלֶם וִיהַחֲתוּן לְאַתְרְהוֹן בְּבֵית אֱלָהָא.

**6.** [1] S. zu 5, 3[1]. [2] *M. T.*: וּכְנָוָתְהוֹן cf. aber *Vulg.* [3] S. 4, 9[4] u. 5, 6[3]. **7.** [1] Nach דֵךְ bietet *M. T.*: פַּחַת יְהוּדָיֵא וּ, was aber in LXX fehlt und hier zu tilgen ist. Die folgenden zwei Worte sind noch zum ersten Halbvers zu ziehen. **8.** [1] אִלֵּךְ wird von den LXX nicht wiedergegeben und fehlte vielleicht im Text. **9.** [1] *Ginsburg* hält כהניא für besser bezeugt. [2] § 65 *a*. [3] *M. T.*: לְהֹם (Hebraism.). **10.** [1] § 65 *a*. **12.** [1] להשניה ist Glosse (im Hinblick auf Antiochus Epiph.).

נַהֲרָה שְׁתַר בּוֹזְנַי[1] וּכְנָוָתְהוֹן לָקֳבֵל דִּי־שְׁלַח דָּרְיָוֶשׁ מַלְכָּא
14 כְּנֵמָא אָסְפַּרְנָא עֲבַדוּ׃ וְשָׂבֵי יְהוּדָיֵא בָּנַיִן וּמַצְלְחִין בִּנְבוּאַת
15 חַגַּי נְבִיָּאָה[1] וּזְכַרְיָה בַּר־עִדּוֹ[2]׃ וְשֵׁיצִיו[1] בַּיְתָה דְנָה עַד יוֹם
תְּלָתָה לִירַח אֲדָר דִּי־הִיא שְׁנַת־שֵׁת לְמַלְכוּת דָּרְיָוֶשׁ מַלְכָּא׃
16 וַעֲבַדוּ בְנֵי־יִשְׂרָאֵל כָּהֲנַיָּא[1] וְלֵוָיֵא[2] וּשְׁאָר בְּנֵי־גָלוּתָא חֲנֻכַּת
17 בֵּית־אֱלָהָא דְנָה בְּחֶדְוָה׃ וְהַקְרִבוּ לַחֲנֻכַּת בֵּית־אֱלָהָא דְנָה
תּוֹרִין מְאָה דִּכְרִין מָאתַיִן אִמְּרִין אַרְבַּע מְאָה וּצְפִירֵי עִזִּין
לְחַטָּיָא[1] עַל־כָּל־יִשְׂרָאֵל תְּרֵי עֲשַׂר לְמִנְיָן שִׁבְטֵי יִשְׂרָאֵל׃
18 וַהֲקִימוּ כָהֲנַיָּא[1] בִּפְלֻגָּתְהוֹן וְלֵוָיֵא[2] בְּמַחְלְקָתְהוֹן עַל־עֲבִידַת
אֱלָהָא דִּי בִירוּשְׁלֶם כִּכְתָב סְפַר מֹשֶׁה׃ ס

## b) Ezra **7,** 12—26.

12 אַרְתַּחְשַׁסְתְּא[1] מֶלֶךְ מַלְכַיָּא לְעֶזְרָא כָהֲנָא[2] סָפַר דָּתָא
13 דִּי־אֱלָהּ שְׁמַיָּא גְּמִיר וּכְעֶנֶת׃ מִנִּי שִׂים טְעֵם דִּי כָל־מִתְנַדַּב
בְּמַלְכוּתִי מִן־עַמָּא יִשְׂרָאֵל וְכָהֲנוֹהִי[1] וְלֵוָיֵא[2] לִמְהָךְ[3]
14 לִירוּשְׁלֶם עִמָּךְ יְהָךְ[3]׃ כָּל־קֳבֵל דִּי מִן־קֳדָם מַלְכָּא וְשִׁבְעַת
יָעֲטֹהִי שְׁלִיחַ לְבַקָּרָא עַל־יְהוּד וְלִירוּשְׁלֶם[1] בְּדָת אֱלָהָךְ דִּי

---

**13.** [1] S. 5, 3[1]. **14.** [1] *Kĕrē*: נְבִיָּא. [2] *M. T.* fügt hier bei: וּבְנוֹ וְשַׁכְלִלוּ מִן־טַעַם אֱלָהּ יִשְׂרָאֵל וּמִטְּעֵם כּוֹרֶשׁ וְדָרְיָוֶשׁ וְאַרְתַּחְשַׁשְׂתְּא מֶלֶךְ פָּרָס׃ **15.** [1] *M. T.*: שֵׁיצִיא, vgl. aber LXX, Vulg., nach denen auch *Kautzsch* den Plural restituiert. **16.** [1] s. V. 9[1]. [2] *Kĕrē*: וּלְוָאֵי. **17.** [1] s. § 31. *Kĕrē*: חַטָּאָה (nur andere Schreibweise für dieselbe Form [Inf. *Paʿʿil*]). **18.** [1] s. V. 9[1]. [2] s. V. 16[2]. **12.** [1] s. zu 4, 8[1]. [2] s. 6, 9[1]. **13.** [1] s. zu 6, 9[1]. [2] s. zu 6, 16[2]. [3] § 62*a*. **14.** [1] ולירושלם scheint Glosse; andernfalls ist וְעַל יְרוּשְׁלֶם zu lesen.

טו בִּידָךְ׃ וּלְהֵיבָלָה כְּסַף וּדְהַב דִּי־מַלְכָּא וְיָעֲטוֹהִי הִתְנַדַּבוּ
16 לֶאֱלָהּ יִשְׂרָאֵל דִּי בִירוּשְׁלֶם מִשְׁכְּנֵהּ׃ וְכֹל כְּסַף וּדְהַב דִּי
תְהַשְׁכַּח בְּכֹל מְדִינַת בָּבֶל עִם הִתְנַדָּבוּת עַמָּא וְכָהֲנַיָּא[1]
17 מִתְנַדְּבִין לְבֵית אֱלָהֲהֹן[2] דִּי בִירוּשְׁלֶם׃ כָּל־קֳבֵל דְּנָה
אָסְפַּרְנָא תִקְנֵא בְּכַסְפָּא דְנָה תּוֹרִין ׀ דִּכְרִין אִמְּרִין
וּמִנְחָתְהוֹן וְנִסְכֵּיהוֹן וְתַקְרֵב[1] הִמּוֹ עַל־מַדְבְּחָה דִּי בֵּית
18 אֱלָהֲכֹן[2] דִּי בִירוּשְׁלֶם׃ וּמָה דִי עֲלָךְ וְעַל־אֶחָךְ יִיטַב
בִּשְׁאָר כַּסְפָּא וְדַהֲבָה לְמֶעְבַּד כִּרְעוּת אֱלָהֲכֹן תַּעַבְדוּן׃
19 וּמָאנַיָּא דִּי מִתְיַהֲבִין לָךְ לְפָלְחָן בֵּית אֱלָהָךְ הַשְׁלֵם קֳדָם
כ אֱלָהּ יְרוּשְׁלֶם׃ וּשְׁאָר חַשְׁחוּת בֵּית אֱלָהָךְ דִּי־יִפֶּל לָךְ
21 לְמִנְתַּן תִּנְתֵּן מִן־בֵּית גִּנְזֵי מַלְכָּא׃ וּמִנִּי אֲנָה אַרְתַּחְשַׁסְתָּא[1]
מַלְכָּא שִׂים טְעֵם לְכֹל גִּזְבְרַיָּא[2] דִּי בַּעֲבַר נַהֲרָה דִּי כָל־דִּי
יִשְׁאֲלֶנְכוֹן עֶזְרָא כָהֲנָא[3] סָפַר דָּתָא דִּי־אֱלָהּ שְׁמַיָּא אָסְפַּרְנָא
22 יִתְעֲבִד׃ עַד־כְּסַף כַּכְּרִין[1] מְאָה וְעַד־חִנְטִין כּוֹרִין מְאָה וְעַד־
חֲמַר בַּתִּין מְאָה וְעַד־מְשַׁח בַּתִּין[2] מְאָה וּמְלַח דִּי־לָא
23 כְתָב[3]׃ כָּל־דִּי מִן־טְעֵם[1] אֱלָהּ שְׁמַיָּא יִתְעֲבֵד אַדְרַזְדָּא לְבֵית

---

**16.** [1] s. 6, 9 [1]. [2] *M. T.*: הם— Hebraism. **17.** [1] *M. T.*: תְּקָרֵב das sonst im Aram. der Bibel unbelegbare *Pa``il*. [2] *M. T.*: כם— Hebraism. **18.** [1] *M. T.*: כם— Hebraism. **21.** [1] s. zu 4, 8 [1]. [2] So *Ginsburg*; weniger gut bezeugt גִּזְּבְרַיָּא (so *B.-D.*). [3] s. zu 6, 9 [1]. **22.** [1] Die Lesart schwankt: *Ginsburg* hält כַּכְּרִין für besser bezeugt. [2] *M. T.*: ועד־בתין משח, doch vgl. LXX. [3] *B.-D.* כְּתָב gegen die Mehrzahl der Zeugen. **23.** [1] *M. T.*: טַעַם [= Hebraism., wie in der Glosse zu 6, 14].

אֱלָהּ שְׁמַיָּא דִּי־לְמָה לֶהֱוֵא[1] קְצַף עַל־מַלְכוּת מַלְכָּא וּבְנוֹהִי׃
24 וּלְכֹן[1] מְהוֹדְעִין דִּי כָל־כָּהֲנַיָּא[2] וְלֵוָיֵא[3] זַמָּרַיָּא תָרָעַיָּא
נְתִינַיָּא וּפָלְחֵי בֵּית אֱלָהָא דְנָה מִנְדָּה בְלוֹ וַהֲלָךְ לָא שַׁלִּיט
כה לְמִרְמֵא עֲלֵיהוֹן[4]׃ וְאַנְתָּה[1] עֶזְרָא כְּחָכְמַת אֱלָהָךְ דִּי־בִידָךְ
מֶנִּי[2] שָׁפְטִין וְדַיָּנִין דִּי־לֶהֱוֺן[3] דָּאנִין[4] לְכָל־עַמָּא דִּי בַּעֲבַר
26 נַהֲרָה לְכָל־יָדְעֵי דָּתֵי אֱלָהָךְ וְדִי לָא יָדַע תְּהוֹדְעוּן׃ וְכָל־
דִּי־לָא לֶהֱוֵא[1] עָבֵד דָּתָא דִי־אֱלָהָךְ וְדָתָא דִּי מַלְכָּא אָסְפַּרְנָא
דִּינָה לֶהֱוֵא[1] מִתְעֲבֵד מִנֵּהּ הֵן לְמוֹת הֵן לִשְׁרֹשׁוּ[2] הֵן־לַעֲנָשׁ
נִכְסִין וְלֶאֱסוּרִין׃ ס

## III.

## a) Genesis 31, 47.

יְגַר שָׂהֲדוּתָא[1]׃

**23.** [1] § 65*a*. **24.** [1] *M. T.*: לְכֹם Hebraism. [2] s. zu 6, 9 [1]. [3] s. zu 6, 16 [2]. [4] *M. T.*: הֹם— Hebraism. **25.** [1] *Ḳĕrē:* אַנְתְּ. [2] § 64*g*. [3] § 65*a*. [4] *Ḳĕrē:* דָּיְנִין. **26.** [1] § 65*a*. [2] *Ḳĕrē:* לִשְׁרֹשִׁי.

Gen. 31, 47. [1] Die beiden Worte geben die Übersetzung von גַּל־עֵד im gleichen Verse, der sich bei Beachtung des Zusammenhangs deutlich als eine Glosse ausweist.

## b) Jeremia 10, 11.

כִּדְנָה תֵּאמְרוּן לְהוֹן[1] אֱלָהַיָּא דִּי־שְׁמַיָּא וְאַרְקָא[2] לָא
עֲבַדוּ יֵאבַדוּ[3] מֵאַרְעָא וּמִן־תְּחוֹת שְׁמַיָּא[4]׃

---

Jer. 10, 11. [1] *M. T.:* לְהוֹם Hebraism. [2] Die im bibl. Aram. nur hier vorkommende Nebenform ארקא fällt um so mehr auf, als gleich darauf die gewöhnliche Form ארעא erscheint. [3] Imperf. Plur. ohne ן vgl. auch Ezra 4, 12 [4]. [4] *M. T.* bietet hier am Ende des Verses noch das hebr. אֵלֶּה (= *dies* d. i. *soweit*), welches den Schluß der Glosse markieren soll. Das Ganze ist eine Glosse zu dem folgenden Vers (Jer. 10, 12), ist aber schwerlich, wie *Halévy* annimmt, ursprünglich zwischen Ezra 6, 12 *a* und 12 *b* zu lesen gewesen.

# Glossar.

## א

אַב* (76*a*) Vater, *pl.* Vorfahren.

אֵב* (GF. *ḳiṭl*) *c. s.* אִנְבֵּהּ (§ 16*b*) Frucht *D.*

אֲבַד* (§ 60) zu Grunde gehen *Jer.*

*Ha* vernichten, hinrichten; *Ho pass. D.*

אֶבֶן (GF. *ḳaṭl*) *f.* Stein.

אִגְּרָא *f.*, *e.* אִגַּרְתָּא (= mittelīrān. **hangērt*, **angērt*, *angird*; avest. *hañkurutiš*; neupers. *angāra* „Erzählung, Bericht“; gr. ἄγγαρος „Eilbote“ *A.*) Bericht, Zuschrift, Brief *E.*

אֱדַיִן (§ 94 *b*; 131) und בֵּאדַיִן (mit בְּ § 15 *c* Anm.) hierauf, sodann, מִן־אֱדַיִן von jener Zeit an, von da an.

אֲדָר (assyr. Ursprungs: *addaru*, *adaru Z.*) Adar (Name des zwölften Monats) *E.*

אִדַּר* (GF. *ḳiṭṭal* § 84) Tenne *D.*

אֲדַרְגָּזַר* *pl. e.* אֲדַרְגָּזְרַיָּא (= mittelīrān. *andaržaghar* = altīrān. **handarža-* od. **handurži-kara* „Rat machend“; wahrscheinl. ist אַדַ״ mit ד zu schreiben *A.*) Ratgeber *D.*

אַדְרַזְדָּא *adv.* (= mittelp. **durzd*, avest. *zarazdā̂*; adverbiell „mit Hingebung“, „mit Eifer“ *A.*) pünktlich, genau *E.*

אֶדְרָע (GF. *ḳaṭāl* § 82 vgl. 16 *a*) Arm; בְּאֶדְרָע *E.* 4, 23 mit Gewalt, LXX ἐν ἵπποις (vgl. nordafrikan. بالذراع mit Gewalt, par force *S.*).

אֲזָא* (§ 60 *b* u. 22 *b pt. pass.* אֵזֵא, *inf.* מֵזֵא, *c. s.* מֵזְיֵהּ § 54 *a*) heizen *D.*

אַזְדָּא (= mittelpers. *azd*) Kunde, Nachricht. *D.* 2, 5: מִלְּתָה אַזְדָּא מִנִּי u. 2, 8: אַזְדָּא מִנִּי מִלְּתָא = das Wort von mir

D*

Nachricht = das folgende Wort diene euch von mir zur Nachricht *A*.

אֲזַל (*imptv.* אֱזֶל § 23) hingehen, sich wohin begeben (mit לְ § 109).

אַח* (§ 76 *b*) Bruder, Landsmann *E*.

אַחֲוָיָה* *c.* אַחֲוָיַת *inf. Ha* von חוה (§ 48 *c*; 86 *d*) Kundgabe, Deutung *D*.

אֲחִידָה* *pl.* אֲחִידָן (GF. *katīl* von אחד) Verborgenes, Rätsel, Geheimnis *D*.

אַחְמְתָא *n. pr.* Ekbatana, altpers. *Haghmatāna* *E*.

אַחֲרֵי *praep.* (§ 95 *b*) nach; אַחֲרֵי דְנָה dereinst *D*.

אָחֳרִי s. אָחֳרָן.

אַחֲרִי* *f.*, *c.* אַחֲרִית (§ 87 *d*) Ende; אַחֲרִית יוֹמַיָּא die Endzeit *D*.

אָחֳרֵין od. אָחֳרֵ֫ין (§ 94 *b*.) schliesslich, zuletzt *D*.

אָחֳרָן, *fem.* אָחֳרִי (§ 87 *c*, *d*) ein anderer, eine andere *D*.

אֲחַשְׁדַּרְפְּנַיָּא *st. e. pl.* (= mitteliran. *χšaϑrapān*, vgl. griech. ἐξαιθραπεύων, ἐξατράπης, ἐξσατραπεύων [4. Jahrh.] *A*.) Satrapen *D*. [De Lagarde vokalisiert אֲחַשְׁדַּרְפָּנַיָּא].

אֲחַת s. נְחַת* (§ 58 *b* Anm.).

אִילָן *e.* אִילָנָא (GF. *kiṭlān* § 87 *c*) *m.* Baum *D*.

אֵימְתָן*, *f.* אֵימְתָנִי (§ 87 *c*) erschrecklich ἔκθαμβος *D*.

אִיתַי s. אִתַי.

אֲכַל* (§ 60 *b*) essen, fressen. Über אֲכַל קַרְצִין s. קְרַץ* *D*.

אַל *neg.* μή mit Jussiv (§ 93 *b*.) *D*.

אֱלָהּ (GF. *kiṭāl* § 82), *c.* אֱלָהּ *e.* אֱלָהָא, *pl.* אֱלָהִין *c.* אֱלָהֵי *e.* אֱלָהַיָּא *m.*, mit *praef.* s § 15 *c* Gott.

אֲלוּ *interj.* (§ 98) ἰδού siehe! *D*

אִלֵּין u. אִלֵּן *pron.* (§ 25 *a*) diese

אִלֵּךְ *pron.* (§ 25 *b*) jene.

אֲלַף *e.* אַלְפָּא *pl.* אַלְפִין (GF *katl* u. *katal* § 79) Tausend *D*

אַמָּה* *pl.* אַמִּין *f.* Elle.

אֻמָּה *pl. e.* אֻמַּיָּא *f.* Nation Stamm, φυλή.

אמן *Ha* (§ 60 *b*) *pf.* הֵימִן sich verlassen auf (בְּ), vertrauen auf, *pt. pass.* מְהֵימַן einer auf den Verlaß ist, zuverlässig πιστός [vgl. syr. ܡܗܝܡܢܐ (εὐνοῦχος), eig. „Vertrauter" *B*.] *D*.

אֲמַר (§ 60 *b*) *fem.* *3. sg.* אַמֶרֶת

:hen, mitteilen
fehlen.
ṭal, ob assyr.
neru?) pl. אִמְּרִין

4 a) ich.
אִנִּי f. pl. pron.

E. 4, 16) pron.

n, Mühe be-
awer sein, nur
אֱ Th. ἀδυνατεῖ.
. אַנְפּוֹהִי (GF.
D.
, nur im Sing.
אֲנָשָׁא zu lesen)
jemand, constr.
ll. Menschen.
? niemand.
, 25) pron. m.
. 3) du.
§ 24 a) ihr D.
ūl) pl. אֱסוּרִין

X 'Ασεννάφαρ,
ag. Σαλμανασ-
par (viell. Asur-
ssyr. König E.

אָסְפַּרְנָא (= altmittelīrān. *us-purn vgl. pählv. spur, neupers. sipärī, ispärī „Vollendung, vollendet, ganz" A.) adv. sorgfältig, gewissenhaft, in allen Stücken [genau] E.

אֱסָר (GF. kiṭāl) e. אֱסָרָא Verbot D.

אָע e. אָעָא Holz, Balken.

אַף conj. (§ 96 a) auch.

אֲפָרְסָיֵא E. 4, 9 (LXX 'Αφαρσαῖοι, 'Αφρασαῖοι), = אפרסכיא nach A.

אֲפָרְסְכָיֵא (LXX 'Αφαρσαχαῖοι) E. 5, 6; 6, 6 nach A. eine Art Beamte neben dem Pecha; vielleicht in Verbindung zu setzen mit šuparšak (auch šu-ut-šak gelesen) s. z. B. die Prunkinschrift Sargons, 178, Keilinschriftliche-Bibliothek II, S. 78 f. und ספרסכיא [mit ס] zu lesen.

אֲפָרְסַתְכָיֵא (LXX 'Αφαρσαθα-χαῖοι, Φαρεσθαχαῖοι) E. 4, 9, eine Art Beamte, nach Hoffmann אַפְרַסְתְּכָיֵא „missi"; A. vermutet ein altmittelīrān. *aparāstak, älter *uparāstak etwa = Ordner, oder *aparastak, älter *uparastak, einer, der in Beziehung zu den Gesetzen (mittelpers. *rastakān*) steht, Exekutivbeamter.

אַפְּתֹם *E.* 4, 13 (= altīrān. **apatoma* pählv. *abhadhum* „der letzte, zuletzt“ vgl. neupers. *bāfdum* „Ende, Ausgang“ *A.* Nach *Friedr. Delitzsch* [Proleg. 151 f.] = assyr. *appittima* „in Zukunft“) schliesslich.

אַפְּתֹם (in אפסס zu emendieren) = mittel- u. neupers. *afsōs* „Schädigung“ *A.*

אֶצְבַּע* (mit א *prosth.* § 16 *a* GF. *ḳaṭal*) *f. pl.* אֶצְבְּעָן, *c.* אֶצְבְּעַת, *e.* אֶצְבְּעָתָא Finger, Zehe *D.*

אַרְבַּע *m.*, אַרְבְּעָה *f.* (§ 89 *a* u. *b*) Quartett, vier.

אַרְגְּוָן* *e.* אַרְגְּוָנָא Purpur (altes Fremdwort vgl. hebr. אַרְגָּמָן Jud. 8, 26, assyr. *argamannu*) *D.*

אֲרוּ *interj.* (§ 98) ἰδού siehe! *D.*

אֳרְחָא* (GF. *ḳuṭlat* § 79) *pl. c. s.* אֳרְחָתֵהּ, אֳרְחָתָךְ Weg, Ergehen, Geschick *D.*

אַרְיֵה (§ 74 *c*) *pl. e.* אַרְיָוָתָא Löwe *D.*

אַרְיוֹךְ *n. pr.* Arjōkh (Ἀριωχ, Ἀριωχης) *D.*

אַרִיךְ (GF. *ḳaṭīl* mit *Pathach* cf. § 82 Anm. 2) *verbaladj.* schicklich, erlaubt (ἔξεστιν) *E.*

אַרְכֻבָּה* (GF. *ḳaṭulat* § 80 *a* mit א *prosth.*) *pl. c. s.* אַרְכֻבָּתֵהּ Knie *D.*

אַרְכָה (GF. *ḳaṭalat*) Dauer, Zeitlänge *D.*

אַרְכְּוָי* *pl.* אַרְכְּוָיֵא *E.* 4, 9 *nom. gent.* von אֶרֶךְ assyr. *arku* = Arkäer (LXX Ἀρχυαῖοι, Ἀρχουοι). [*Jensens* (Theol. Litztg. 1895 Sp. 509) Gleichsetzung des Wortes mit Archonten ganz unwahrscheinlich *A.*].

אֲרַע* *f.*, *e.* אַרְעָא (GF. *ḳaṭl*) Erde.

אַרְעָא *adv.* unterhalb *K.* אֲרַע, mit מִן: niedriger stehend als vgl. עֲלָא מִן *D.*

אַרְעִי* *f.*, *c.* אַרְעִית (§ 87 *d*) das Untere, א׳ גֻּבָּא der Boden der Grube *D.*

אֲרַק* *f.*, *e.* אַרְקָא (GF. *ḳaṭl*) Erde *Jer.*

אַרְתַּחְשַׁשְׂתָּא, אַרְתַּחְשַׁסְתָּא *nom. pr. m.* Artaxerxes, Perserkönig [= achämenidische Form *Urtaχšasa* (geschr. *ARTXŠ-SA*); babylon. *Ar-tak-šat-su*, griech. Ἀρταξέσσης, armen. *Artašēs A.*]. *M. T.* liest ohne *Ḳāmes* תָּא־ *E.*

אשׁ* *pl.* אֻשַּׁיָּא *c. s.* אֻשּׁוֹהִי (GF. *kuṭl* § 83*d*) Fundament *E.*

אֶשָּׁא (ob *st. e.* oder *f.*, fraglich, vgl. *Dalman,* Gr. des jüd. pal. Aram. p. 161 Anm. 3) *f.* Feuer *D.*

אָשַׁף (GF. *kāṭal*), *pl.* אָשְׁפִין, *e.* אָשְׁפַיָּא Zauberer.

אֻשַּׁרְנָא *m. e.* (§ 85*b*) LXX χορηγία, 3 Ezra στέγη Dach, Vulg. *muri E.* Vgl. assyr. *ašurrū* „Wand, Mauer".

אִשְׁתִּיו s. שְׁתָא.

אֶשְׁתַּדּוּר *verbalabstractum* von שְׁדַר (vgl. § 82) Empörung, Aufruhr *E.*

אָת* (§ 83*b*) *pl.* אָתִין *e.* אָתַיָּא *c. s.* אָתוֹהִי *m.*, Zeichen, σημεῖον *D.*

אֲתָא (אֲתָה) (§ 60*b*; 64) kommen. *Ha* bringen; *pass.* הֵיתָיִת, הֵיתָיו vgl. § 60 *b c.*

אַתּוּן (§ 84) *e.* אַתּוּנָא Ofen *D.* Vgl. assyr. *atūnu, utūnu* „Ofen" (bereits in den Tel-el-Amarna-Briefen) *Z.*

אִתַי (אִיתַי) (§ 97. 120) *c. s.* אִיתָיְנָא, אִיתֵיכוֹן, אִיתָיךְ, אִיתוֹהִי, das Vorhandensein = es ist; לָא אִתַי es ist nicht vorhanden.

אֲתַר (GF. *kaṭal*) *c. s.* אַתְרֵה Ort; אֲתַר דִּי da wo; בָּאתַר s. בָּתַר.

ב

בְּ *praep.* (s. § 95*a*; mit Suff. s. Tab. XIII) drückt den Begriff *des Haftens an etwas* aus und wird *local, temporal, instrumental* gebraucht. Über בְּ bei שׁתה vgl. § 95*a*; בְּ steht regelmäßig bei den Verben des *Herrschens.* — יוֹם בְּיוֹם Tag *an* Tag = Tag *für* Tag.

בְּאִישׁ* (GF. *kaṭīl* § 83*b*), *f. e.* בְּאִישְׁתָּא böse *E.*

בְּאֵשׁ *verb.* übel sein; mit עַל der Pers.: es wird jemdm. übel zu Mute, jmd. wird betrübt *D.*

בָּאתַר s. בָּתַר.

בָּבֶל *n. propr.* Babel.

בָּבְלָי* *n. gent.* (§ 87 *b*) *pl. e.* בָּבְלָיֵא babylonisch, Babylonier *E.*

בְּגִין (präpos. Ausdruck) um willen, wegen *D.*

בדר *Pa impera.* בַּדַּרוּ zerstreuen *D.*

בְּהִילוּ (§ 87*d*) *f.*, Eile *E.*

בהל *Pa* (*impf.* u. *juss.*) in Schrecken, in Unruhe versetzen *D.*

*Hithpe* (*inf.*) בְּהִתְבְּהָלָה eiligst *D.*

*Hithpa* (*part.*) מִתְבָּהַל bestürzt sein *D.*

בּוֹזְנַי s. שְׁתַר בּוֹזְנַי.

בּוּת* *perf.* בָּת übernachten, die Nacht zubringen *D.*

בְּטֵל* *perf. intr. 3. f. s.* בְּטֵלַת, *part. f.* בָּטְלָא aufhören, eingestellt werden *E.*

*Pa perf.* בַּטִּלוּ, *inf.* בַּטָּלָא zur Einstellung der Arbeit bezwingen, hindern *E.*

בֵּין *praep.* (*c. suff.* s. Tab. XIII) zwischen *D.*

בִּינָה (GF. *ḳiṭl* § 83 *b*) *f.* Einsicht *D.*

בִּירָא* (im Assyr. *birtu* das gewöhnliche Wort für ,,Festung" *Z.*) *f. e.* בִּירְתָא Burg *E.*

בַּיִת* (§ 76 *c*) *m.* Haus; Kammer, Gemach, Saal. בֵּית גִּנְזֵי מַלְכָּא das königliche Schatzhaus. בֵּית סִפְרַיָּא Bibliothek.

בָּל (syr. ܒܶܠ) (das) Sinnen, Sorge *D.*

בלא *Pa impf.* יְבַלֵּא aufreiben, mißhandeln *D.*

בְּלוֹ (= assyr. *biltu*) Steuer (irgend welcher Art) *E.*

בֵּלְטְשַׁאצַּר (= assyr. *balāṭašu-uṣur*) *n. pr.* Name Daniels *D.*

בֵּלְשַׁאצַּר (= assyr. *Bēl-šar-uṣur*) *n. pr.* Name eines babyl. Königs *D.*

בנא (בנה)* (§ 64) bauen; *Hithpe pass.*

בְּנוֹהִי, בְּנֵי, בְּנֵיהוֹן s. בַּר.

בִּנְיָן* (GF. *ḳiṭlān*) *e.* בִּנְיָנָא Gebäude *E.*

בְּנַס zornig, aufgebracht werden *D.*

בְּעָא (§ 64) suchen, sich bestreben; beten; mit מִן u. מִן קֳדָם jmdn. (um etwas) ersuchen, ihn anflehen. Zu *Pa* (*D.* 4, 33) vgl. die Anm. zu dieser Stelle *D.*

בָּעוּ (GF. *ḳāṭul* § 81 *a*) *f.*, *c. s.* בָּעוּתֵהּ Bitte, Gebet *D.*

בְּעֵל־טְעֵם (= Übersetzung ein. altpers. Würdenamens, pählv. *framātār* ,,Gebieter, Befehlshaber" *A.*), Befehlshaber, Gouverneur *E.*

בִּקְעָא* (GF. *ḳiṭlat* § 79) *f.*, *c.* בִּקְעַת Ebene *D.*

בקר *Pa* suchen, Nachforschungen anstellen; *Hithpa* *pass.* *E.*

בַּר *pl. c.* בְּנֵי (§ 76 *d*) Sohn. בַּר אֱנָשׁ ein Mensch; בְּנֵי אֲנָשָׁא die Menschen; בַּר אֱלָהִין ein Himmlischer, Engel; בְּנֵי גָלוּתָא die Deportierten; בְּנֵי יִשְׂרָאֵל Israeliten, Juden; בְּנֵי תוֹרִין junge Stiere.

בַּר* *e.* בָּרָא Feld *D.*

ברך I *part.* בָּרֵךְ knieen *D.*

ברך II *part. pass.* בְּרִיךְ gepriesen; *Pa* loben, preisen *D.*

בְּרֵךְ* (s. § 80) *pl. c. s.* בִּרְכוֹהִי Knie *D.*

בְּרַם (§ 94 *c*) *adv.* jedoch, ausnahmsweise.

בְּשַׂר (GF. *kaṭal*), *e.* בִּשְׂרָא Fleisch, die sterblichen Menschen, die lebenden Wesen *D.*

בַּת* *pl.* בַּתִּין ein Hohlmass, Bath *E.*

בַּאֲתַר = בָּאתַר (entst. aus בָּתַר auf der Spur jmds.) nach *D.*

## ג

גַּב* (GF. *kaṭl* [*ganb*]) *pl. c. s.* גַּבַּיהּ Seite. LXX u. *Theod.* ἐπάνω resp. ὑπεράνω = גַּב (*gabb*) Rücken *D.*

גֹּב (גּוֹב) *st. e.* גֻּבָּא (§ 83 *d*) Grube *D.*

גְּבוּרָא* (GF. *kaṭūl* § 82) *st. e.* גְּבוּרְתָא Kraft, Macht *D.*

גְּבַר (s. § 79) *pl.* גֻּבְרִין, *e.* גֻּבְרַיָּא (*u* durch Einwirkung von בְ s. § 76 *f* u. *h*) Mann.

גִּבָּר* (GF. s. § 84) *pl. c.* גִּבָּרֵי ein Starker, Kräftiger *D.*

גְּדָבְרַיָּא (wenn nicht הַדָּבְרַיָּא zu lesen) Nebenform von גזבריא, s. dort.

גדד *impera.* גֹּדּוּ (§ 66 *e*) umhauen *D.*

גַּו* *c.* גּוֹא *c. s.* גַּוַּהּ das Innere; בְּגוֹא, לְגוֹא u. מִן־גּוֹא s. § 95 *d.*

גֵּוָה (§ 83 *b*) *f.* Stolz *D.*

גוח *Ha part. pl. f.* מְגִיחָן erregen, in Aufruhr, Bewegung bringen [mit לְ des Objekts]. (So *Bevan*, während gewöhnlich „losbrechen auf" übersetzt wird) *D.*

גִּזְבְּרַיָּא (= mitteliran. **ganža-bhar*, pählv. *ganžavar* [geschr. גנצובר, wo וב Bezeichnung für *v* ist], neupers. *gänǧvär* „Schatzmeister". גְּדָבְרַיָּא [in *D.*] ist nur eine verschiedene Wiedergabe desselben Wortes. Die richtige Schreibweise wird diejenige mit Däges̆ in ז u. ד sein גְּזַבְרַיָּא, ״גְּדַ A.) Schatzmeister *E.*

גְּזַר* entscheiden *part.* גָּזְרִין, גָּזְרַיָּא Wahrsager, Sterndeuter. *Hithpe* (§ 55 *b*) sich loslösen, losreissen *D.*

גְּזֵרָא* (GF. s. § 82) *st. c.* גְּזֵרַת Beschluss, Verfügung *D.*

גיח s. גוח.

גִּיר* (§ 83 *b*) *e.* גִּירָא Kalk *D.*

גלא (גלה) (§ 64) kundthun, offenbaren; Pĕ'īl גְּלִי und גֱּלִי (§ 64 *g*) *pass. D.*

*Ha* הַגְלִי deportieren *E.*

גַּלְגַּל* (§ 85 *a*) *pl. c. s.* גַּלְגִּלּוֹהִי Rad *D.*

גָּלוּ* (GF. *ḳāṭul* § 81 *a*) *f.*, *e.* גָּלוּתָא die Gola, die Exulanten, die Deportierten.

גְּלָל (GF. *ḳaṭāl* resp. *ḳiṭāl*) das Wälzen, Block; nur in אֶבֶן גְּלָל vorkommend = Steinblock, Quaderstein *E.*

גְּמַר* *part. pass.* גְּמִיר vollendet, ausgefertigt *E.*

גְּנַז* *pl. c.* גִּנְזֵי, *e.* גִּנְזַיָּא (§ 88) [= pählv. *ganž*; bei den Griechen γάζα *A.*] Schatz *E.*

גַּף* (GF. *ḳaṭl* [*gadp*]) pl. גַּפִּין *c. s.* גַּפַּיהּ Flügel *D.*

גְּרַם* *pl. c. s.* גַּרְמֵיהוֹן (s. § 79) Knochen *D.*

גְּשֵׁם* *c. s.* גִּשְׁמַהּ, גֶּשְׁמְהוֹן etc. (s. § 79) Leib *D.*

## ד

דָּא *pron. dem. sing. f.* (§ 25 *a*) diese; דָּא לְדָא an einander; דָּא מִן־דָּא von einander *D.*

דֹּב (GF. *kuṭl*) [*dubb*]) *Bär D.*

דְּבַח* *verb. part.* דָּבְחִין opfern *E.*

דְּבַח (s. § 79) *pl.* דִּבְחִין Opfer *E.*

דְּבַק* *part.* דָּבְקִין zusammenhangen *D.*

דִּבְרָא* (§ 79) *st. c.* דִּבְרַת Sachverhalt; עַל־דִּבְרַת דִּי (§ 96 *c*) damit *D.*

דְּהַב *st. e.* דַּהֲבָא (דַּהֲבָה) (§ 79) *m.*, Gold.

דֶּהָוֵא s. zu E. 4, 9 = דְּהוּא [דִּי הוּא „das ist“].

דוק* s. דקק.

דּוּר* *impf.* יְדוּרָן, תְּדוּר; *part.* דָּאֲרִין (s. § 63) wohnen, leben (*D.* 2, 38) *D.*

דּוּרָא *n. pr.* einer Stadt [vgl. Plinius, n. h. VI, 118: ad Pallacontam (l. Pallacottam) flumen Bura (l. Dura) oppidum *A.*] oder einer Ebene (*Theod.* Δεειρα) *D.*

דושׁ* *impf. c. s.* תְּדֻשִׁנַּהּ zertreten *D.*

דַּחֲוָן *D.* 6, 19 l. לְחֵנָן s. לְחֵנָא.

דחל *part. act.* דָּחֲלִין sich fürchten; *part. pass.* דְּחִיל f. דְּחִילָה fürchterlich. *Pa impf. c. s.* יְדַחֲלִנַּנִי erschrecken *D.*

דִּי *pron. rel.* (§ 26) der, welcher; einer, der; das, was; etwas was. Vgl. § 96 *b* u. *c* u. §§ 132—141.

דִּין* *verb. part.* דָּאֲנִין richten *E.*

דִּין (GF. *ḳiṭl*) *e.* דִּינָא [דִּינָה] Gericht; Gerechtigkeit, Recht.

דַּיָּן* (GF. *ḳaṭṭāl*) *pl.* דַּיָּנִין Richter *E.*

דִּינָיֵא *E.* 4, 9 nicht = Dinäer Δειναῖοι, sondern l. דַּיָּנַיָּא [= aram. Übersetzung eines pers. *dātabhar A.*] Richter (s. *Hoffmann*, Zeitschr. f. Assyriologie (1887) II, 55).

דֵּךְ *pron. dem. m.*, דָּךְ *fem.* (§ 25 *b*) jener, jene *E.*

דִּכֵּן *pron. dem. m.* (§ 25 *b*) jener *D.*

דְּכַר* *pl.* דִּכְרִין (§ 80 *b*) Widder *E.*

דִּכְרוֹן* *e.* דִּכְרוֹנָה (§ 87 *c*) *m.* Denkwürdigkeit *E.*

דָּכְרָן* *pl. e.* דָּכְרָנַיָּא (GF. *ḳaṭlān*) *m.* Denkwürdigkeit ὑπομνηματισμός *E.*

דלק *part.* דָּלֵק brennen *D.*

דמה *part. m.* דָּמֵה *f.* דָּמְיָה ähnlich sein *D.*

דְּנָה *pron. dem. m.* (§ 25 *a*) dieser; כִּדְנָה ein solcher, *neutr.* so.

דָּנִיֵּאל *n. pr.* Daniel Δανιήλ *D.*

דקק *perf.* דָּקוּ vgl. § 66 *c* zermalmt sein, zerstieben; *Ha* (§ 66) zermalmen *D.*

דָּר (§ 83 *b*) Geschlecht γενεά *D.*

דָּרְיָוֶשׁ *n. pr.* Δαρεῖος Darius (altpers. *Dārayavauš*, *Dārayavaš*.

דְּרָע* (GF. *ḳaṭāl*) *pl. c. s.* דְּרָעוֹהִי Arm *D.*

דָּת *e.* דָּתָא, *pl. c.* דָּתֵי (= altmittelīrān. *dāt*, altpers. *dātam* „Gesetz" [part. perf. pass. v. *dā* „setzen"], jüngeres mittelīrān. *dādh* [geschr. דאת], neupers. *dād A.*) Dekret, Gesetz.

דתא* *st. e.* דִּתְאָא (§ 79) das Gras, das Grün *D.*

דְּתָבְרַיָּא (= altmittelīrān. **dātabhar*, wörtl. „legifer", neupers. *dāvär* aus *dādvär* „Richter". Vgl. die βασιλήιοι δικασταί Herod. III, 14. 31; V, 25; VII, 194. Die masor. Vocalisation der beiden ersten Silben ist falsch *A.*) Rechtsgelehrter, Gesetzkenner *D.*

## ה

הֲ [resp. הַ] (§ 97) Fragepartikel; הֲלָא οὐχί, nonne? *D.*

הָא und הַא *interj.* (§ 98) siehe! *D.*

הַדָּבְרַיָּא *st. c.* הַדָּבְרֵי *c. s.* הַדָּבְרַי (sicher īrānisch u. eine Zusammensetzung wie דתבריא, גזבריא, obschon die Erklärung des ersten Teiles ungewiss *A.*) Minister *D.*

הַדָּם* *pl.* הַדָּמִין (pers. *ändām*, avest. *hañdāma* „Glied“) Stück; mit עֲבַד in Stücke hauen διαμελίζειν *D.*

הדר *Pa* הַדַּרְתָּ, הַדַּרֵת, מְהַדַּר ehren, preisen *D.*

הֲדַר* (GF. *ḳaṭal*) *e.* הַדְרָא, *c. s.* הַדְרִי Hoheit *D.*

הוּא *pron. pers. m.* (§ 24 *a*) er.

הֲוָא [הֲוָת] (§ 65 *a*) geschehen, werden, sein.

הִיא *pron. pers. f.* (§ 24 *a*) sie.

הֵיכַל *e.* הֵיכְלָא, *c. s.* הֵיכְלִי, הֵיכְלֵהּ *m.* Palast, Tempel.

הֵימִן s. אמן.

היתי s. אתא.

הֲלַךְ* *impf.* יְהָךְ, *inf.* מְהָךְ (§ 62 *a*) gehen, gelangen *E.* *Pa* nur im Part. מְהַלֵּךְ, מְהַלְּכִין einhergehen *D.* Statt *Ha* (*D.* 3, 25; 4, 34) ist *Pa* zu lesen.

הֲלָךְ (GF. *ḳaṭāl*) Weggeld, Zoll *E.*

הִמּוֹ *E.*, הִמּוֹן *D.* *pron. pers.* 3. *plur. m.* (§ 24 *a*) sie.

המינכא, *Ḳĕrē* הַמְנִיכָא (= mittel-īrān. **hamyānak*, Deminutivum von *hämyān* [im Aram. הֶמְיָן] „Gürtel“. Zu lesen ist הַמְיָנְכָא, das *Ḳĕrē* giebt eine jüngere aram. Form. Vgl. auch die kürzere pers. Form *miyān* resp. **miyānak* in den Targumen u. im Talmud מיינקא [Esther 8, 15], מניכא, מונייק *A.*) Kette *D.*

הֵן *conj.* (§ 96 *d*) wenn, ob.

הַרְהֹר* *pl.* הַרְהֹרִין (§ 85 *a*) Gedanken, Traumgestalten *D.*

## ו

וְ, וּ (über die verschiedene Form s. § 14 *a*) *conj.* (§ 96 *a* u. § 130) und.

## ז

זבן* *part.* זָבְנִין kaufen, gewinnen *D.*

זהיר* *part. pass.* זְהִירִין gewarnt, vorsichtig, auf der Hut *E.*

זוד* *Ha inf.* הֲזָדָה im Übermut handeln *D.*

זון* *Hithpe impf.* יִתְּזִין (§ 63 *i*) sich nähren, sich Nahrung verschaffen *D.*

זוע* *part.* זָאֲעִין (§ 13 *b*. § 63 *e*) zittern *D.*

זיו* *c. s.* זִיוֵהּ, זִיוַי etc. (= assyr. *zīmu*, spätere Aussprache *zīwu Z.*; = mittelīrān **zēbh*, neupers. *zēb* „Schmuck, Schönheit" *A.*) Glanz, gesunde Gesichtsfarbe, das gesunde Aussehen *D.*

זָכוּ (§ 81 *a*) *f.* Unschuld, Unbescholtenheit *D.*

זְכַרְיָה *n. pr.* Zěkharja *E.*

זְמַן *e.* זִמְנָא *pl.* זִמְנַיָּא (§ 80) Zeit; זִמְנִין תְּלָתָה dreimal (§ 91 *b*); עַד־זְמַן וְעִדָּן auf Jahr und Tag.

זמן *verb. denom.* von זְמַן im *Hithpa* הִזְדַּמִּנְתּוּן [הזדמנתון] (§ 12 *a*) sich verabreden, ein Übereinkommen treffen *D.* 2, 9.

זמר* *e.* זְמָרָא (GF. *ḳaṭāl*) Spiel, Musik *D.*

זמר* *pl. e.* זַמָּרַיָּא (GF. *ḳaṭṭāl*) Sänger, Musikant *E.*

זַן* *pl. c.* זְנֵי (= mittelīrān. **zan*, altpers. *zana A.*) Art *D.*

זְעֵיר* *f.* זְעֵירָה (GF. *ḳuṭail* § 82 Anm. 1) klein *D.*

זְעַק *perf.* schreien *D.*

זְקַף *part. pass.* זְקִיף aufgerichtet, an einen Pfahl aufgehängt *E.*

זְרֻבָּבֶל *n. pr.* Zěrubbābel *E.* 5, 2.

זְרַע (§ 79) Same, Nachkommen *D.*

## ח

חֲבוּלָה (GF. *ḳaṭūl* § 82) Verbrechen *D.*

חבל* *Pa perf.* חַבְּלוּנִי, *impera.* חַבְּלוּהִי, *inf.* חַבָּלָה verletzen, verderben, zerstören. *Hithpa* zerstört, vernichtet werden.

חֲבָל (GF. *ḳaṭāl*) Verletzung, Schädigung.

חבר* *pl. c. s.* חַבְרוֹהִי (§ 79) Gefährte, Kamerad *D.*

חַבְרָה* *pl. c. s.* חַבְרָתַהּ Gefährtin *D.*

חַגַּי *n. pr.* Chaggaj *E.*

חַד *f.* חֲדָה Zahlwort (§ 89*a*) einer, eine, eines; כַּחֲדָה (§ 94*b*) auf eins, zugleich; חַד שִׁבְעָה (§ 91*d*) ἑπταπλασίως.

חֶדְוָה *f.* (§ 83*c*. GF. *ḳitl*) Freude *E.*

חֲדִי* *pl. c. s.* חֲדוֹהִי (GF. *ḳaṭil* § 83*c*) *m.* Brust *D.*

חֲדַת *adj.* neu [Textfehler für חַד *E.* 6, 4].

חוא od. חוה nur in *Ha* (s. § 65*c* [*B.*]) anzeigen, kund thun; zu der Inf.-form אַחֲוָיַת s. אַחֲוָיָה *D.*

חוט* s. חִיט.

חִוָּר (GF. *ḳiṭṭāl*) weiß *D.*

חֲזָא חֲזָה (§ 64) [nur in Perf., Inf. u. Part.] sehen; *part. pass.*: חֲזֵה angemessen.

חֵזוּ* *e.* חֶזְוָא *c. s.* חֶזְוִי, חֶזְוֵהּ *pl. c.* חֶזְוֵי (vgl. § 83*c*) *m.* Gesicht, Vision ὅρασις u. ὅραμα, Aussehen *D.*

חֲזוֹת* *c. s.* חֲזוֹתֵהּ LXX u. Theod. τὸ κύτος αὐτοῦ seine Ausdehnung, wahrscheinlich richtig = seine Krone, die Grenzlinie einer Krone. Gewöhnlich wird das Wort = Anblick gefaßt *D.*

חֲטָא* nur in Inf. *Pa* חַטָּיָא (s. § 31*a* u. § 84) entsündigen (mit על des Objekts), ein Opfer zur Entsündigung jmds. darbringen *E.* 6, 17.

חֲטָי* *c. s.* חֲטָיָךְ (GF. *ḳaṭāl*) *m.* Sünde *D.*

חַי *adj. s.*: חַי *c.*, חַיָּא *e.*; *pl.* חַיַּיָּא lebendig *D.*

*subst. pl.* חַיִּין, חַיֵּי Leben.

חֲיָא* [חֲיָה] (§ 65*b*) *imp.* חֱיִי leben; *Ha part.* מַחֵא am Leben lassen, das Leben schenken *D.*

חֵיוָא, חֵיוָה (§ 83*c*) *f.* Tier *D.*

חיט* *impf. Ha* [oder *Pĕ*] יַחִיטוּ (§ 63*g* Anm. 1) ausbessern *E.* 4, 12.

חַיִל *c.* חֵיל, *c. s.* חֵילֵהּ (§ 83*b*) Kraft, Stärke; Heer. קְרָא בְחַיִל laut rufen.

חַכִּים* (§ 82 Anm. 2) [nur im Plural belegbar] weise, ein Weiser *D.*

חָכְמָה (§ 79) *c.* חָכְמַת, *e.* חָכְמְתָא *f.* Weisheit.

חֵלֶם (§ 79), *e.* חֶלְמָא, *c. s.* חֶלְמִי, חֶלְמָךְ *pl.* חֶלְמִין *m.* Traum *D.*

חֲלַף* *impf.* יַחְלְפוּן nacheinander folgen, vorübergehen *D.*

חֲלָק (GF. *ḳaṭāl*) *c. s.* חֲלָקֵהּ Anteil, Los.

חֲמָא, חֱמָא (GF. *ḳaṭila* [*jachima*] § 83*a*) *f.*, Zorn *D.*

חֲמַר (§ 79. 80) *e.* חַמְרָא *m.*, Wein.

חִנְטִין (GF. *ḳiṭl*) Weizen [gedroschener] *E.*

חֲנֻכָּה* *c.* חֲנֻכַּת (§ 80*a*) *f.*, Einweihung.

חֲנַן* *inf.* מִחַן (§ 66*d*) sich erbarmen; *Hithpa part.* מִתְחַנַּן (§ 49*f.* Anm.) sich Erbarmen erbitten, flehen *D.*

חֲנַנְיָה *n. pr.* Chănanjā *D.*

חסן *Ha*: *perf.* הַחְסִנוּ *impf.* יַחְסְנוּן (§ 55*c*) in Besitz nehmen *D.*

חֲסֵן* *e.* חִסְנָא *c. s.* חִסְנִי (§ 79) Reichtum, Macht *D.*

חֲסַף (§ 79) *e.* חַסְפָּא Thon *D.*

חַסִּיר (§ 82 Anm. 2) mangelhaft, ungenügend *D.*

חצף *Ha part. act. f.* מְהַחְצְפָה u. מַחְצְפָה streng, dringend sein *D.*

חרב *Ho pf. 3p. f.* הָחָרְבַת (§ 18*b*) zerstört, verwüstet werden *E.*

חַרְטֹם (85*b*) *pl.* חַרְטֻמִּין, חַרְטֻמַּיָּא Magier, Zauberer *D.*

חרך *Hithpa* הִתְחָרַךְ versengt werden *D.*

חֲרַץ* *c. suff.* חַרְצֵהּ (§ 79 f.) die Hüfte *D.*

חשב *part. pass.* חֲשִׁיבִין ansehen, achten לָא־חֲשִׁיבִין unangesehen (§ 93 *a*) *D.*

חֲשׁוֹךְ* *e.* חֲשׁוֹכָא (GF. *ḳaṭāl* § 82) Finsternis *D.*

חשח *part. pl.* חָשְׁחִין nötig haben, verpflichtet sein χρεῖαν ἔχειν *D.*

חַשְׁחוּ* *st. c.* חַשְׁחוּת (§ 87 *d*) Bedarf *E.*

חַשְׁחָא* *f.*, *pl.* חַשְׁחָן (§ 79) Bedürfnis *E.*

חֲשַׁל* *part.* חָשֵׁל zermalmen *D.*

חֲתַם* *c. s.* חַתְמֵהּ mit dem Siegel versehen *D.*

## ט

טאב *perf.* טְאֵב wohl zu Mute sein mit עַל der Person = wohlgemut, froh sein *D.*

טָב (§ 83*b*) gut, angenehm.

טַבָּח* *pl. e.* טַבָּחַיָּא (GF. *ḳaṭṭāl*) Leibwächter; רַב־ דִּי מַלְכָּא טַבָּחַיָּא der Oberste der königlichen Leibgarde *D.*

טוּר *e.* טוּרָא (§ 83*b*) Berg *D.*

טְוָת *f.* (GF. *ḳaṭālat*) Fasten;

*D.* 6, 19 adverbiell gebraucht vgl. ܛܘܬ *jejune*, nüchtern, ohne zu essen *D.*

טִין* *e.* טִינָא (§ 83*b*) Thon *D.*

טַל (§ 83*d*) Tau (Theod. δρόσος) *D.*

טלל *Ha impf.* תַּטְלֵל (§ 66*a* 2) im Schatten ruhen *D.*

טעם *Pa impf.* יְטַעֲמוּנֵּהּ, יְטַעֲמוּן mit dopp. Objekt: jmdn. etwas kosten lassen, zu essen geben *D.*

טְעֵם *st. c.* טְעֵם [hebrais.] טַעַם (§ 71*a*), *e.* טַעְמָא *m.* 1) *infinitivisch*: das Schmecken γεῦσις. 2) Verständnis, Rücksicht; שִׂים טְעֵם עַל Rücksicht nehmen auf etwas, ihm Beachtung schenken. 3) Gutachten, Rechenschaft, Erfundbericht יְהַב טְעֵם. 4) δόγμα Dekret, Erlaß, Befehl, בְּעֵל טְעֵם Würdename s. zu בְּעֵל.

טְפַר* *pl. c. s.* טִפְרַיהּ, טִפְרוֹהִי (§ 79*f.*) Nagel, Kralle *D.*

טְרַד* *part. act.* טָרְדִין, *Pĕ'īl* טְרִיד forttreiben, verstossen *D.*

טַרְפְּלָיֵא nicht = *n. pr.* eines Volkes Ταρφαλαῖοι, Ταραφαλλαῖοι, sondern Amtsname, also טרפלָיֵא zu lesen. Was für Beamte damit *E.* 4, 9 bezeichnet sind, ist ungewiß; jedenfalls aber ist es unmöglich, sie mit *Jensen* lateinischen *tabellarii* gleichzusetzen *A.*

## י

יבל *Ha perf.* הֵיבֵל *inf.* הַיְבָלָה (§ 59*b*a) bringen *E.*

יַבֶּשֶׁת* *e.* יַבֶּשְׁתָּא (GF *ḳaṭṭal* § 84) *f.*, das Festland (das trockene Land) *D.*

יְגַר (§ 79*f.*) Haufe, Steinhügel *Gen.* 31, 47.

יַד (§ 76*e*) Hand, Tatze.

ידא *Ha part.* מְהוֹדֵא, מוֹדֵא preisen *D.*

יְדַע *Pĕ'al perf.* (§ 59*c* u. Anm. 1*d*) wahrgenommen haben, einsehen, wissen (*impf.* יִנְדַּע etc., *impera.* דַּע). *Ha* (§ 59*b*) zu wissen thun, kundgeben; mit doppeltem Objekt s. § 106 u. § 135*b*.

יְהַב *Pĕ'al* (nur *perf.*, *impera.* הַב [§ 59*d*] u. *Pĕ'īl*) geben (für *imperf.* s. נתן). *Hithpe* passiv.

יְהוּד *coll.* (§ 68*b*) die Juden.

יְהוּדָי* *nom. gent. pl.* יְהוּדָאִין, יְהוּדָיֵא (§ 13*b*. 87*b*) Jude.

יוֹם *masc. pl.* יוֹמִי, יוֹמַיָּא, יוֹמִין, יוֹמֵיהוֹן, bei *D.* u. *fem.* יוֹמָת bei *E.* Tag.

יוֹצָדָק *n. pr.* Jōṣādāḳ *E.*

יזב s. שֵׁיזִב.

יטב (für *perf.* ist טְאֵב gebräuchlich) *imperf.* יֵיטַב (§ 59*a*) gut sein, gut scheinen *E.*

יְכִל (*perf., impf.* יִכֻּל [zu dem *hebr.* תּוּכַל etc. vgl. § 59*c* Anm. 2], *part.* § 59*c*) vermögen, mit לְ und Infinitiv; überwältigen, mit לְ der Person *D.*

יַם* *e.* יַמָּא (§ 83*d*) Meer *D.*

יסף *Ho 3f. s. perf.* הוּסְפַת (§ 59*b*) hinzugefügt werden *D.*

יְעַט* *Pĕ part. c. s.* יָעֲטוֹהִי Ratgeber, Rat *E.*

*Hithpa* אִתְיָעַטוּ sich beraten, übereinkommen *D.*

יצא s. שֵׁיצִיא.

יצב *Pa inf.* יַצָּבָא Gewissheit erlangen, Sicheres feststellen *D.*

יַצִּיב (§ 82 Anm. 2), *f.* יַצִּיבָא *adj.* fest, ausgemacht, zuverlässig; *adverbiell* יַצִּיבָא ganz gewiss, מִן־יַצִּיב aufs sicherste *D.*

יְקַד* *part. f. e.* יָקִדְתָּא brennen *D.*

יְקֵדָה* *c.* יְקֵדַת (§ 82) Verbrennung, Brand *D.*

יַקִּיר* (§ 82 Anm. 2) *f.* יַקִּירָה schwer, schwierig *D.*, *st. e. m.* יַקִּירָא gewichtig, erlaucht τίμιος *E.*

יְקָר (§ 82) *e.* יְקָרָא *m.*, Ehre, Ansehen *D.*

יְרוּשְׁלֶם *n. pr.* Jĕrūšĕlem.

יְרַח *pl.* יַרְחִין (§ 79*f.*) Monat.

יַרְכָּא* *pl. c. s.* יַרְכָתֵהּ (§ 71*e*. 79) Lende *D.*

יִשְׂרָאֵל *n. pr.* Jisrā'ēl *E.*

יֵשׁוּעַ *n. pr.* Jēšūaʿ Ἰησοῦς = יְהוֹשׁוּעַ *E.*

יָת nur in יָתְהוֹן *D.* 3, 12 vorkommend (vgl. § 104) Zeichen des Objekts = *hebr.* אֵת.

יְתִב *Pĕʿal impf.* יִתִּב (§ 59*c*), *part.* יָתְבִין sich setzen, wohnen. *Ha* הוֹתֵב (§ 59*b*) ansiedeln.

יַתִּיר (§ 82 Anm. 2) *f.* יַתִּירָה [יַתִּירָא] vorzüglich, ausserordentlich; *adv.* יַתִּירָה sehr, ausnehmend, äusserst *D.*

## כ

כְּ vgl. § 95*a* = wie; zur Vergleichung: entsprechend; bei Angaben der Zeit: ungefähr. כְּדִי s. § 96*c* u. 136. כִּדְנָה s. דְּנָה. כַּחֲדָה s. חַד. כְּמָה s. מָה.

כִּדְבָה *f.* von כְּדַב* lügnerisch. (GF. *kaṭal* § 80*b*) Lüge *D.*

כָּה hier, so, עַד־כָּה soweit (§ 94*a*) *D.*

כהל *part.* כָּהֵל, כָּהֲלִין können, im Stande sein *D.*

כָּהֵן* *e.* כָּהֲנָא *pl.* כָּהֲנַיָּא *c. s.* כָּהֲנוֹהִי (GF. *kāṭil*) Priester *E.*

כַּוָּה* *pl.* כַּוִּין *f.*, Fenster *D.*

כּוֹר* *pl.* כּוֹרִין Kōr, ein Hohlmass *E.*

כּוֹרֶשׁ *n. pr.* Kōreš [= altpers. *Kūruš*, in babyl. Form *Kuraš* *A.*], Κῦρος, Cyrus.

כִּכַּר* *pl.* כַּכְּרִין [oder כִּכְּרִין] (§ 85*a*) Talent *E.*

כֹּל (§ 83*d* GF. *kutl*), כָּל־, *e.* כֹּלָּא, *c. s.* כָּלְּהוֹן Gesamtheit. Ist das abhängige Nomen determiniert, so ist כֹּל = ganz, alle; sonst = jeder, irgendeiner. Vgl. § 112, 118. לָא—כֹּל durchaus keiner, כֹּל—לָא keiner. כָּל־דִּי wer immer, was immer. כָּל־קֳבֵל s. קֳבֵל.

כלל *Ša* שַׁכְלְלוּ, *c. s.* שַׁכְלְלֵהּ, *inf.* שַׁכְלָלָה vollenden.

*Hišta impf.* יִשְׁתַּכְלְלוּן (§ 46*c*) passiv *E.*

כֵּן (§ 94*c*) so.

כְּנֵמָא (§ 94*c*) ungefähr so *E.*

כְּנַשׁ* *inf.* מִכְנַשׁ versammeln. *Hithpa part.* מִתְכַּנְּשִׁין (*D.* 3, 27 gewöhnlich als *Hithpĕ* punktiert) sich versammeln *D.*

כְּנָת* *pl. c. s.* כְּנָוָתְהוֹן (vgl. § 74*c*) Genosse *E.* [Assyr. *kinattu* ist mit Sicherheit nur in der Bedeutung „Hausgesinde" zu belegen *Z.*]

כַּסְדָּי s. § 3*a* Anm. s. כַּשְׂדָּי *E.*

כְּסַף *st. e.* כַּסְפָּא (§ 79) Silber.

כְּעַן (§ 94*b*) zur Zeit, jetzt, nun; עַד־כְּעַן bis jetzt *E.*

כְּעֶנֶת (§ 94*b*) mit vorgesetztem וּ: וּכְעֶנֶת und nun = und so weiter *E.*

כְּעֶת = כְּעֶנֶת *E.*

כְּפַת* *Pĕʿīl* כְּפִתוּ gebunden werden.

*Pa inf.* כַּפָּתָה, *part. pass.* מְכַפְּתִין binden, fesseln *D.*

כְּרָא* *Hithpĕ perf. 3f. s.* אִתְכְּרִיַּת

(§ 13*c*. § 64*o*) von Schmerz erfüllt sein, betrübt sein *D*.

כַּרְבְּלָא* *pl.c.s.* כַּרְבְּלָתְהוֹן (§ 85*b*) [= assyr. *karballatu*, in der Inschrift Darius' I. in Nakš-i-Rustäm (Zeile 15) Übersetzung des pers. *χaudha* „Helm, Hut" (avest. *χaodha*, neupers. *χōd* und *χōi*, armen. *χoir*, κίδαρις), im Talmudischen כרבלתא „Hut" und dann auch „Hahnenkamm" (wie im Syr.); vielleicht verwandt griechisch κυρβασία („spitze Mütze" und „Hahnenkamm") vgl. Herodot VII, 64 und Aristophanes Vögel v. 486 f. *A*.] Spitzhut, Mütze, *D*.

כָּרוֹז* *e.* כָּרוֹזָא (§ 88) Herold *D*.

כרז *Ha* הַכְרִזוּ = κηρύσσειν ausrufen *D*.

כָּרְסֵא (§ 85*b*) *c. s.* כָּרְסְיֵהּ, *pl.* כָּרְסָוָן (§ 74 *c*) Thron *D*.

כַּשְׂדָּי, *e.* כַּשְׂדָּיָא (§ 73) *nom. gent*. Chaldäer; dann in *D*. auch = Astrolog, Magier. Vgl. כַּסְדָּי.

כתב *impf.* נִכְתֻּב schreiben.

כְּתָב (GF. *ḳitāl*), *e.* כְּתָבָא u. כְּתָבָה Schrift, Vorschrift.

כְּתַל *pl. e.* כְּתָלַיָּא (§ 79) Wand.

## ל

לְ *praep.* zu, nach etwas hin (§ 95*a*); לְ leitet oft das direkte oder entferntere Objekt ein (§ 104*f*.), dient zur Einführung anderer Näherbestimmungen des Verbums (§ 107), vgl. ferner § 114. לְ mit Suff. s. Paradigmentaf. XIII.

לָא (auch לָה geschrieben) *neg.* nicht (§ 93 *a*.) לָא—וְלָא weder ... noch. לָא בְ ohne. לָא לְ (mit folgendem Inf.) οὐ δεῖ man darf nicht, es darf nicht geschehen. הֲלָא οὐχί, nonne?

לֵב* *c. s.* לִבִּי (GF. *ḳitl*) Herz *D*.

לְבַב *st. c.* (GF. *ḳiṭal* § 80*a*), *c. s.* לִבְבֵהּ, לִבְבָךְ *m.* Herz *D*.

לְבוּשׁ*, *c. s.* לְבוּשֵׁהּ, לְבוּשֵׁיהוֹן (GF. *ḳaṭūl*) Kleid *D*.

לְבַשׁ* *impf.* יִלְבַּשׁ, תִּלְבַּשׁ anziehen. *Ha pf.* הַלְבִּשׁוּ (mit doppeltem Obj.) jmdn. ein Kleid anziehen lassen, ihm ein Kleid anlegen *D*.

E*

לָה = לָא D. 4, 32.

לָהֵן (§ 96 *d*) 1. bei dieser Sachlage nun, deshalb διὰ τοῦτο *D.* 2. es sei denn, ausser, sondern, jedoch, εἰ, μή ἀλλ᾽ ἤ, πλήν *E.* u. *D.*

לֵוִי* *pl.* לֵוָיֵא (§ 73) Levit *E.*

לְוָת* (§ 95 *d*) מִן־לְוָתָךְ von dir *E.*

לְחֶם (§ 79 *f.*) Mahl, δεῖπνον, δοχή *D.*

לְחֵנָה* *pl. c. s.* לְחֵנָתָךְ, לְחֵנָתֵהּ (§ 82) Kebsweib *D.*

לֵילְיָא *st. e. m.*, Nacht *D.*

לְשָׁן (zur Form s. § 82 Anm. 2), *pl. e.* לִשָּׁנַיָּא Zunge, Sprache *D.*

## מ

מָא (*E.* 6, 8) = מָה.

מְאָה hundert; מָאתַיִן zweihundert; אַרְבַּע מְאָה vierhundert s. § 89 *a* u. *b*.

מֹאזְנַיִן* *e.* מֹאזַנְיָא (wofür die Mehrzahl der Zeugen den Sing. מֹאזַנְיָא liest, s. auch Anm. zu *D.* 5, 27) (§ 86 *b*), Wagschalen, Wage (cf. *Theod.* ἐν ζυγῷ neben ζυγά (*Pl.*) „Wage") *D.*

מֵאמַר (§ 86 *b*) *st. c.*, Wort, Befehl *D.*

מָאן* *pl.* מָאנֵי, מָאנַיָּא (*maktal*) Gefäß, Gerät.

מְגִלָּה (v. גלל „rollen" mit präf. מ § 86 *b*) *f.*, Rolle, Buchrolle *E.*

מגר *Pa impf.* יְמַגַּר niederwerfen, stürzen *E.*

מַדְבַּח* *e.* מַדְבְּחָא (§ 86 *b*) Altar *E.*

מִדָּה u. מִנְדָּה *f.*, *c.* מִדַּת (= assyr. *mandatu* [*mandant*] von *nadānu* „geben"), Abgabe, Tribut *E.*

מְדוֹר* *c. s.* מְדֹרָךְ, מְדוֹרֵהּ (§ 86 *b* v. דוּר) Wohnung *D.*

מָדַי *coll.* (§ 68 *b*) Meder Μῆδοι *D.*; Medien *E.* (6, 2) [altpers. *Mādha* „Medien", „Meder"; die beiden Bedeutungen wohl durch den Accent geschieden 1) *Mā́dha* 2) *Madhá A.*]; *e.* מָדָיָא *n. gent.* der Meder *D.*

מְדִינָה*, *st. c.* מְדִינַת, *e.* מְדִינְתָּא, *pl.* מְדִינָן, מְדִינָתָא (§ 86 *b* v. דִּין) *f.*, Gerichts-, Verwaltungsbezirk, Provinz.

מְדָר* *c. s.* מְדָרְהוֹן = מְדוֹר Wohnung *D.*

מָה 1) *pr. interr.* (§ 27 *a*) was? כְּמָה wie? wie sehr? לְמָה wozu? עַל־מָה weshalb? 2) *pron. indef.* (§ 27 *b*) das, was; was auch immer; = מָה דִּי; לְמָה דִּי damit nicht etwa.

מוֹת (§ 83 *b*) Tod *E.*

מָזוֹן (§ 86 *b* v. זון) Nahrung *D.*

מחא *perf. s. 3. f.* מְחָת (§ 64 *n*) schlagen, anschlagen, treffen *D.* *Pa impf.* יְמַחֵא mit folg. בְּיַד auf die Hand jmds. schlagen, ihn an seinem Werke hindern *D.* *Hithpĕ impf.* יִתְמְחֵא angeheftet werden (an den Pfahl), gepfählt (gekreuzigt) werden *E.*

מַחְלְקָה* *pl. c. s.* מַחְלְקָתְהוֹן (§ 86 *b*) Abteilung, Klasse *E.*

מטא [מְטָה] מְטָא *pf.* מְטָת (§ 64 *n*), מְטוֹ, *impf.* יִמְטֵא, langen bis (לְ), treffen, eintreffen, sich erfüllen *D.*

מִישָׁאֵל *n. pr.* Mīšā'ēl Μισαήλ *D.*

מֵישַׁךְ *n. pr.* Mēšakh Μισάχ *D.*

מְלָא* *pf.* מְלָאת (§ 64 *a* u. *n*), erfüllen, ausfüllen. *Hithpĕ pf.* הִתְמְלִי *passiv D.*

מַלְאַךְ* *c. s.* מַלְאֲכֵהּ (§ 86 *b* v. לאך) Gottesbote, Engel *D.*

מִלָּה (§ 83 *d*), *c.* מִלְּתָא, מִלְּתָה, *c.* מִלַּת; *pl.* מִלִּין, מִלֵּי, מִלַּיָּא Wort; Sache, Angelegenheit *D.*

מְלַח (§ 79 *f*) Salz *E.*

מְלַח* *pf. 1. p. pl.* מְלַחְנָא Salz essen; jmds. Salz essen (vgl. בְּרִית מֶלַח Num. 18, 19; 2 Chr. 13, 5) = einen feierlichen, unverbrüchlichen Bund mit ihm schließen, zu Schutz und Trutz mit ihm sich verbünden vgl. *W. Robertson Smith,* Relig. of the Semites² 1894, S. 270 *E.*

מֶלֶךְ (§ 71 *e*, 79) König.

מְלַךְ* *c. s.* מִלְכִּי (GF. *kitl*) Rat *D.*

מַלְכָּה*, *st. e* u. מַלְכְּתָא (§ 79) Königin *D.*

מַלְכוּ (§ 72, 87) königliche Herrschaft, Reich.

מלל *Pa* מַלִּל etc. (§ 66 *a*) reden *D.*

מַן (zu ַ vgl. § 27 Anm.) *1) pr. interr.* (§ 27 *a*) wer? *2) pr. indef.* (§ 27 *b*) מַן־דִּי wer immer; jeder, welcher. — Zu מַן־הוּא u. מַן־אִנּוּן s. § 27 *a*.

מִן *praep.* (zur Form § 12 *b*, m. Suff. Paradigmentab. XIII, Bedeutung § 95 *a*), von, aus, seit (*partitiv, local, tempo-*

*ral*), ferner *comparativ* weg von, mehr als; *causativ* ausgehend von, wegen, vor. מִן־דִּי *conj.* (s. § 96*c* u. 136). — מִן gerne zur Angabe der Sphäre, zu der etwas gehört, zugleich oft dieselbe als den Ausgangspunkt (auch in übertragenem Sinne) bezeichnend: מִן־יַצִּיב zum sichersten ἐπ᾽ ἀληθείας; מִן־קְשֹׁט der Wahrheit entsprechend, gemäß; ebenso in der Verbindung mit לְוָת, תַּמָּה, קְצָת, קֳדָמַת, קֳדָם, צַד, תְּחוֹת, woselbst man nachsehe.

מְנֵא die Mine *D.* 5, 25 f. s. zu מְנָה.

מַנְדָּה s. מִדָּה.

מַנְדַּע (GF. *maktal* v. יְדַע), *e.* מַנְדְּעָא, *c. s.* מַנְדְּעִי Einsicht, Verstand.

מְנָה *pf.* zählen. מְנֵא, das gewöhnl. als *part. pass.* „gezählt" gefaßt wird (*D.* 5, 25. 26), ist ein Subst. = Mine (*Theod.* Μανή). *Pa pf.* מַנִּי, מַנִּיתָ, *impera.* מַנִּי (s. § 64*g*) einsetzen, jmdn. beauftragen.

מִנְחָה (§ 79), *pl. c. suff.* מִנְחָתְהוֹן Opfer (in Vegetabilien).

מִנְיָן *st. c.* (GF. *kiṭlān* § 87*c*) Zahl *E.*

מַעֲבַד* *pl. c. s.* מַעֲבָדוֹהִי (GF. *maḳṭal* oder *maḳṭāl*?) That, Werk *D.*

מְעֵין* *pl. c. s.* מְעוֹהִי (vgl. § 83*c*) Eingeweide, Bauch *D.*

מעל *pl. c.* מֶעָלֵי (cf. הֶעָלָה § 66*d* u. 86*b*; *pl.* wie im Syr. ܡܥܠܢܐ „Aufgang") Untergang (der Sonne) *D.*

מָרֵא *st. c.* [*D.* 2, 47 מָרֵה], *c. s.* מָרְאִי (GF. *ḳāṭil* § 83*c* u. 74*a* Anm.) Herr *D.*

מְרַד (GF. *ḳaṭal*) Empörung *E.*

מָרָד* (GF. *ḳaṭṭāl* § 84), *f.* מָרָדָא, *e.* מָרָדְתָּא aufrührerisch *E.*

מָרֵה s. מָרֵא.

מְרַט* *Pĕʿīl pl.* מְרִיטוּ ausgerauft werden *D.*

משֶׁה *n. pr.* Mōše *E.*

מְשַׁח (GF. s. § 80) Öl *E.*

מִשְׁכַּב* (GF. *miḳṭal* § 86*b*), *c. s.* מִשְׁכְּבֵהּ, מִשְׁכְּבָךְ, מִשְׁכְּבִי, Lager *D.*

מִשְׁכַּן* (GF. *miḳṭal* § 86*b*), *c. s.* מִשְׁכְּנֵהּ Wohnung *E.*

מַשְׁרוֹקִי* (v. שׁרק), *e.* מַשְׁרוֹקִיתָא

[מַשְׁרֹקִיתָא], Pfeife, Flöte (σύριγξ) *D.*

מִשְׁתֵּי*, *e.* מִשְׁתְּיָא (§ 86 *b*) Gelage *D.*

מַתְּנָא* *f.* (§ 86 *b*), *pl.* מַתְּנָן, מַתְּנָתָךְ, Geschenk *D.*

## נ

נבא *Hithpa pf.* הִתְנַבִּי (§ 64 *g*) weissagen *E.*

נְבוּאָא* *f.* (GF. *kaṭūl* § 82), *st. c.* נְבוּאַת Weissagung *E.*

נְבוּכַדְנֶצַּר [נְבֻכַדְנֶצַּר] *n. pr.* Nĕbūkadneṣṣar.

נְבִזְבָּה *pl. c. s.* נְבִזְבְּיָתָךְ [A. L. נְבִזְבִיתָךְ] Geschenk, Gabe. Nach *A.* entspricht der erste Bestandteil des Wortes (נְבִז [נְבָז]) sicher mittelīrān. **nibhēž, nibhāž* vgl. altp. *bāži* (geschr. *bāǧi*) „Tribut“ und neupers. *navā* (aus älterem **nivāz*) „Geschenk an Könige“ und *nävaχtä* „Wohlthat, Gnadengeschenk“. Danach sind beide Vokalisationen (mit *i* und *ā*) möglich, die Bedeutung des hinten ange-fügten ב oder בי ist aber noch nicht erklärt. Es verdient daher Beachtung, daß *Theod.* נבזביתך (*D.* 5, 17) τὴν δωρεὰν τῆς οἰκίας σου übersetzt, also eine dem Pers. entsprechende Form נבז gekannt zu haben scheint u. den Rest בַּיְתָךְ „dein Haus“ liest. *D.* 2, 6 schwankt der Text zwischen Plur. δωρεάς u. Sing. δωρεάν. Ist vielleicht der Text verderbt u. der Plural נבזן od. נבזין zu lesen?

נְבִיא* (GF. *kaṭīl*), *e.* נְבִיאָה, *pl.* נְבִיאַיָּא, Prophet *E.*

נֶבְרַשְׁתָּא [Herkunft des Wortes noch unaufgeklärt] *f.*, Leuchter *D.*

נְגַד* *part.* נָגֵד ziehen, fliessen, strömen *D.*

נֶגֶד *präp.* (§ 95 *b*) gegenüber von, in der Richtung nach *D.*

נֹגַהּ* *e.* נָגְהָא (GF. *'utl* § 79) Helle, Tagesanbruch *D.*

נגו s. עֲבֵד נְגוֹ.

נדב *Hithpa* (*perf.* הִתְנַדַּבוּ, *part.* מִתְנַדַּב, u. *inf.* הִתְנַדָּבוּת) sich willig erzeigen, freiwillig geben *E.*

נִדְבָּךְ *pl.* נִדְבָּכִין [ob = assyr. *nadbaku* „Bergabhang“, bleibt fraglich, weil die assyr. Lesung nicht ganz sicher ist *Z.*], Baulage, Bauschicht *E.*

נְדַד* *pf.* נַדַּת (§ 66 *e*) fliehen, entfliehen *D.*

נדנה D. 7, 15: בְּגוֹא נִדְנֶה, dafür ist zu lesen: בְּגִין דְּנָה (LXX ἐν τούτοις) s. בְּגִין.

נְהִיר* *e.* נְהִירָא (GF. *ḳaṭîl*) Licht. *K:* die spätere Form נְהוֹרָא *D.*

נַהִירוּ (§ 87 *d*) Erleuchtung *D.*

נְהַר (GF. *ḳaṭal*), *st. e.* נַהֲרָא u. נַהֲרָה Strom *D.*, = Euphrat in *E.*

נוּד* *impf.* תְּנֻד (§ 63 *c*), fliehen, verscheucht werden *D.*

נְוָלוּ [in *E.*] und נְוָלִי [in *D.*] (§ 87 *d*) Misthaufe.

נוּר *e.* נוּרָא (§ 83 *b*) *f.*, Feuer *D.*

נְזַק *part.* נָזִק Schaden erleiden, geschädigt werden *D.* *Ha impf.* תְּהַנְזִק, *part.* מְהַנְזְקַת, *inf.* הַנְזָקַת (§ 48 *c*) schädigen, in Schaden bringen *E.*

נְחָשׁ *e.* נְחָשָׁא (GF. s. § 82) *m.*, Erz, Kupfer χαλκός *D.*

נְחַת* *part.* נָחִת herabsteigen *D.* *Ha impf.* תַּחֵת, *impera.* אֲחֵת, *part.* מְהַחֲתִין (§ 58 *b*) hinlegen, niederlegen *E.* *Ho* herabgestürzt werden *D.*

נְטַל* *pf.* נִטְלֵת; *Pĕʿîl* נְטִילַת, emporheben *D.*

נְטַר* *pf.* נִטְרֵת, aufbewahren, behalten *D.*

נִיחֹחַ* *pl.* נִיחֹחִין (§ 85 *a*) Wohlgerüche [= hebr.].

נְכַס* *pl.* נִכְסִין, נִכְסֵי (§ 79 *f*) Vermögen, Besitz *E.*

נְמַר (§ 80 *a*) Pardel *D.*

נְסַח *Hithpĕ impf.* יִתְנְסַח herausgerissen werden *E.*

נְסַךְ* *Pa inf.* נַסָּכָה spenden, ein Opfer darbringen *D.*

נְסַךְ* *pl. c. s.* נִסְכֵּיהוֹן (§ 79 f.) Trankopfer *E.*

נְפַל *pf. pl.* נְפַלוּ, *impf.* יִפֵּל, תִּפְּלוּן, *part.* נָפְלִין, fallen, als Aufgabe zufallen (*E.* 7, 20).

נְפַק *pf.*, *impera.* פֻּקוּ, *part.* (§ 58 *a*) herausgehen, ausgehen (von einem königlichen Erlass) *D.*

*Ha pf.* הַנְפֵּק, הַנְפִּקוּ (§ 58 *c*) fortschaffen, fortbringen lassen *E.* u. *D.*

נִפְקָא* *e.* נִפְקְתָא (§ 79) *f.*, Ausgabe, Kosten *E.*

נִצְבָּא* *e.* נִצְבְּתָא (§ 79) *f.*, Festigkeit, Härte *D.*

נְצַח* *Hithpa part.* מִתְנַצַּח, übertreffen, überragen *D.*

נצל *Ha inf.* הַצָּלָה, הַצָּלוּתֵהּ, *part.* מַצִּל erretten *D.*

נְקֵא *adj.* (GF. *kaṭal*) rein *D.*

נְקַשׁ *part.* נָקְשָׁן zusammen [aneinander] schlagen, schlottern [*Theod.* ἐκροτοῦντο] *D.*

נְשָׂא *impera.* שֵׂא (§ 58 *a*) heben, nehmen, forttragen *E* u. *D.*
*Hithpa part.* מִתְנַשְּׂאָה (§ 64 *a*) sich erheben, empören *E.*

נְשִׁין* *c. s.* נְשֵׁיהוֹן [der Sing. אִתְּתָא *e.* אַתָּא kommt im Bibl.-Aram. nicht vor] Frauen *D.*

נִשְׁמָא* *c. s.* נִשְׁמְתָךְ (§ 80 *b*) Atem, Lebenshauch *D.*

נְשַׁר *pl.* נִשְׁרִין (§ 80) Adler *D.*

נִשְׁתְּוָן* *e.* נִשְׁתְּוָנָא (= mitteliran. part. perf. pass. **nibhišt* „scriptum“ [vgl. altpers. *nipištam*, neupers. *nivišt*] mit der Pluralendung *ān* [alter Gen. Plur. *ānām*]; aus *nibhištān* נושתנא ist durch Umstellung geworden: נשתונא *A.*) Brief *E.*

נְתִין* *pl. emph.* נְתִינַיָּא Sklaven, die niedere Verrichtungen am Tempel zu besorgen hatten *E.*

נתן nur im Imperf. und Inf. (vgl. יהב) [נ unassimiliert in Inf. u. suffixlosen Imperfektformen, aber assimiliert, wenn ein Suffix antritt: יִתְּנִנַּהּ] (§ 58 *c*) geben.

נְתַר *Ha impera.* אַתַּרוּ (§ 58 *b* u. 13 *c*) abstreifen *D.*

## ס

סַבְּכָא D. 3, 5, bessere Lesart aber שַׂבְּכָא vgl. s. v.

סְבַל* *Po part.* מְסוֹבְלִין (§ 30 *b*) aufgerichtet werden(?); LXX ἔθηκεν ἔπαρμα hat anders gelesen. Der Text ist verderbt. *E.* 6, 3.

סְבַר *impf.* יִסְבַּר meinen, im Sinn haben, beabsichtigen *D.*

סְגִד *impf.* נִסְגֻּד, תִּסְגְּדוּן, יִסְגֻּד, *part.* סָגְדִין, sich zu Boden werfen, sich zur Ehrenbezeugung verneigen *D.*

סְגַן* *pl.* סִגְנִין, סִגְנַיָּא (= assyr. *šaknu*) Satrap, Vorsteher einer Provinz *D.*

סְגַר [mit וְ: וּסֲגַר] verschliessen *D.*

סוּמְפֹּנְיָה [D. 3, 10 dafür סִיפֹּנְיָה (*K.* סוּפֹּנְיָה) = der späteren syr. Form *ṣĕpūnja*, also wahrscheinlich von einem späteren Schreiber eingesetzt (in LXX u. Theod. fehlt es hier), vgl. συμφωνία (Sambonja, Zampogna „Sackpfeife") oder σιφώνια (*Behrmann*)] Dudelsackpfeife *D.*

סוף *pf.* סָפַת (§ 63*b*) zu Ende gehen, sich erfüllen *D.*

*Ha impf.* תָּסֵף (§ 63*g*) ein Ende bereiten, zerstören *D.*

סוף *e.* סוֹפָא (§ 83*b*) Ende *D.*

סִיפֹּנְיָה s. סוּמְפֹּנְיָה.

סְלֵק* (s. § 62*b*) *pf.* סִלְקַת, סְלִקוּ, *part.* סָלְקִן aufsteigen, emporsteigen. *Ha pf.* הַסִּקוּ, *inf.* הַנְסָקָה hinaufbringen. *Ho pf.* הֻסַּק heraufgebracht werden.

סְעַד* *Pa part.* מְסַעֲדִין unterstützen *E.*

סָפַר *st. c.* (§ 81), *st. e.* סָפְרָא 1. Schreiber, *E.* 4, 8. 9. 17. 23 heisst Šimšaj סָפְרָא (= Übersetzung eines persischen Amtsnamens altmittelīrān. *dipīr*, neupers. *dabīr* „Schreiber". Vgl. Herodot III, 128: γραμματιστὰς δὲ βασιληίους οἱ πάντες ὕπαρχοι ἔχουσι. *A.*) königlicher Sekretär des Gouverneurs. 2. Schriftgelehrter E. 7, 12. 21: ʿEzra heisst סָפַר דָּתָא Kenner des Gesetzes.

סְפַר *pl.* סִפְרִין, סִפְרַיָּא (§ 80) Buch.

סַרְבָּל *pl. c. s.* סַרְבָּלֵיהוֹן (§ 85*b*) ein Kleidungsstück, LXX σαράβαρα. [A.: „Mantel"; vgl. Gesenius Thesaurus und arabisches *sirbāl* „Mantel" Fränkel, Die aramäischen Fremdwörter 47. Dem neupers. *šälvār* „Hosen" kann סרבל nicht entsprechen; zu vermuten ist, dass ein altes **saravāra* oder **sarabāra* zu Grunde liegt, das allerdings ursprünglich „Kopfschutz" oder „Kopftracht" bedeutete (vgl. Isidor bei de Lagarde G. A. 206 sarabarae-capitum tegmina) dann aber wohl schon im Iran. seine Bedeutung gewechselt hat; man sieht in Persien häufig die Bauern dahocken, indem sie den Mantel über den Kopf gezogen haben].

סָרַךְ* *pl.* סָרְכַיָּא, סָרְכֵי, סָרְכִין (viell. mit pers. *sār* Nebenform von *sär* „Kopf“ zusammenzubringen, das in der Bedeutung „Fürst“ gebraucht wäre *A.*) Minister.

סתר (vgl. hebr. סתר) *Pa part.* מְסַתְּרָתָא verborgene, verhüllte Dinge *D.*

סתר (vgl. hebr. שׁתר) *Pĕ pf. c. s.* סַתְרֵהּ einreissen, zerstören *E.*

## ע

עֲבַד *perf.* עַבְדֵת, עֲבַדוּ, *impf.* תַּעַבְדוּן, *inf.* מֶעְבַּד, *part.* עָבֵד etc. machen, verfertigen, ins Werk setzen, verrichten, vollziehen, veranstalten, begehen, thun.

*Hithpĕ imperf.* יִתְעֲבֵד, תִּתְעַבְדוּן, *part.* מִתְעֲבֵד ausgeführt, gemacht werden, vollzogen werden, ins Werk gesetzt werden.

עֲבֵד* *pl. c. s.* עַבְדָךְ, עַבְדוֹהִי (§ 79) Sklave, Knecht, Diener, Verehrer.

עֲבֵד נְגוֹ *n. pr.* ʿAbed-nĕgō Ἀβδεναγώ *D.*

עֲבִידָה* *c.* עֲבִידַת, *c.* עֲבִידְתָּא (§ 82) Arbeit, Herstellung; Verwaltung.

עֲבַר das jenseits, gegenüberliegende. עֲבַר־נַהֲרָה = Name eines Teils des persischen Reiches „Transpotamien“, jenseits des Flusses, d. h. des Euphrats, also „die transeuphratensische Provinz“, das ist aber, da die Bezeichnung von dem in Persien genommenen Standpunkt ausgegangen ist, die im Westen des Euphrats gelegene Provinz *E.*

עַד *präp.* (§ 95*b*) bis, innert. *conj.* (§ 96*c*) gewöhnl. עַד־דִּי bis dass. Vgl. über עַד bes. auch § 98.

עֲדָה* *perf.* עֲדָת (§ 64*n*), *impf.* תֶּעְדֵּא, יֶעְדֵּה über die Schranke hinausgehen, die Grenze überschreiten, mit בְּ: übergehen auf, absol.: in Wegfall kommen, außer Wirkung treten. *Ha pf.* הֶעְדִּיו, *impf.* יְהַעְדּוֹן, *part.* מְהַעְדֵּה absetzen, ausser Kraft setzen, in Wegfall kommen lassen.

עִדּוֹ *E.* 6, 14 u. עִדּוֹא *E.* 5, 1 *n. pr.* ʿIddō Ἀδδώ.

עִדָּן (GF. *kiṭlān* § 87 *c*) *e.* עִדָּנָא, *du.* עִדָּנִין (§ 69 *a*) *e.* עִדָּנַיָּא, Zeit, Jahr *D.*

עוֹד (§ 94 *b*) noch *D.*

עֲוָיָא* *pl. c. s.* עֲוָיָתָךְ [auch עֲוָיָתָךְ geschrieben § 76 *i*] (GF. *kaṭāl* § 83 *c*) Verkehrtheit *D.*

עוֹף (§ 83 *b*) Vögel *D.*

עוּר (§ 83 *b*) Spreu *D.*

עֵז* *pl.* עִזִּין (§ 83 *b*), Ziege *E.*

עִזְקָא* *c. s.* עִזְקְתֵהּ *pl. st. c.* עִזְקָת (§ 79) *f.*, Siegelring *D.*

עֶזְרָא *n. pr.* ʿEzrā Ἔσδρας *E.*

עֲזַרְיָה *n. pr.* ʿAzarjā Ἀζαρίας *D.*

עֵטָא (§ 83 *a*) *f.*, Rat *D.*

עַיִן* *c.* עֵין, *du.* (§ 87 *c*) עַיְנִין, *c.* עַיְנֵי, *c. s.* עַיְנַי (§ 83 *b*) Auge.

עִיר (§ 83 *b*) *pl.* עִירִין, Wächter (Engelname) *D.* [Die Erklärung von עִיר als = hebr. צִיר „Bote" ist sprachlich unmöglich. Denn צִיר „Bote" hängt mit arab. صَارَ, يَصِيرُ „sich wenden, zurückkehren" zusammen; צִיר ist also eigentlich „wer (mit der Antwort) zurückkehrt". Da die arab. Wurzel ص (nicht ض) hat, muss die entsprechende aramäische auch צ (nicht ע) haben. *B.*]

עַל *präp.* (§ 95 *b*; mit Suff. s. Paradigmentab. XIII) auf; zum Schutze jmds. = *für*, zur Last = *gegen;* oberhalb von etwas, darüber hinaus; auf Grund von = *wegen, über;* vom Eindruck, den etwas *auf* jmd. macht z. B. bei שְׁפַר, טְאֵב, בְּאֵשׁ; zur Bezeichnung des Zieles, auf das es abgesehen ist, bes. des Adressaten eines Briefes, einer Sendung = *an.*

עֵלָּא oberhalb, mit מִן oberhalb von, höher als, über (Ggstz. מִן אַרְעָא) *D.*

עִלָּה (§ 83 *d* *kiṭl*) *f.*, Ursache, Vorwand *D.*

עֲלָוָן s. עֲלַת.

עִלָּי* *st. e.* עִלָּיָא (§ 87 *b*) der Höchste (ὁ ὕψιστος עֶלְיוֹן) *D.*

עִלִּי* *c. s.* עִלִּיתֵהּ (§ 87 *d*) *f.*, Obergemach *D.*

עֶלְיוֹן* *pl.* עֶלְיוֹנִין (§ 87 *c*; zum Plural vgl. § 117), der Höchste, nur in der Verbindung קַדִּישֵׁי עֶלְיוֹנִין (die Heiligen des Höchsten) vorkommend *D.*

עלל *Pĕ pf.* עַל, עַלַּלְת, *part.* עָלְלִין (§ 66 *a. c.*) eintreten. *Ha pf.* הַנְעֵל, *inf.* הַנְעָלָה u. הָעָלָה, *impera. c. s.* הַעֲלְנִי (§ 66 *d*) hineinführen.

*Ho pf.* הֻעַל, הֻעַלוּ (§ 66 *d*) hineingeführt werden *D.*

עָלַם (GF. *ḳāṭal* § 81 *a* vgl. die Flexionsformen § 71 *g*) weitentlegene Zeit (in Vergangenheit und Zukunft), langer Zeitraum αἰών.

עֵלְמָי* *pl. e.* עֵלְמָיֵא (§ 87 *b*) *n. gent.* Elamiter Ἠλαμαῖος *E.*

עֲלַע* *pl.* עִלְעִין (§ 80) *f.*, Rippe *D.*

עֲלָת* *pl.* עֲלָוָן (vgl. § 74 *c*, GF. *ḳaṭāl* § 83 *c*) *f.*, Brandopfer *E.*

עַם, *e.* עַמָּא, עַמָּה *pl.* עַמְמַיָּא (§ 83 *d*) Volk.

עִם *präp.* (§ 95 *b*) in Zusammenhang mit (beruhe der Zshg. auf der Gleichheit des Ortes: *bei*, der Zeit: *während* [*bei* Nacht *D.* 7, 2], oder der Interessen: *mit*).

עֲמִיק* *pl. f. e.* עַמִּיקָתָא (§ 82) tief, unergründlich *D.*

עֲמַר (§ 80) Wolle *D.*

עַן s. כְּעַן.

עֲנָא* *pf. f. 3. p.* עֲנָת (§ 64 *n*) *pl.* עֲנוֹ, *part.* עָנֵה, עָנַיִן anreden (sei es zum Anfang des Gesprächs, sei es zum Antwortgeben) *D.* Bemerke die häufige Verbindung עֲנוֹ וְאָמְרִין u. nur einmal עָנַיִן וְאָמְרִין *D.* 3, 24. Wahrscheinlich ist daher statt עָנֵה וְאָמַר zu lesen עָנָה וְאָמַר.

עֲנֵא* *pl.* עֲנַיִן* [in pausa עֲנָיִן (vgl. § 21 *a*)] (GF. *ḳaṭal*) *adj.* elend, arm *D.*

עֲנָן* *pl. c.* עֲנָנֵי (GF. *ḳaṭāl* § 82) Wolke *D.*

עֲנַף* *pl. c. s.* עַנְפוֹהִי (GF. *ḳaṭal* § 80) Zweig *D.*

עֲנָשׁ = *st. c.* (GF. *ḳaṭāl* § 82), Geldstrafe *E.*

עֳפִי*, *c. s.* עָפְיַהּ (§ 83 *c*), Laub *D.*

עֲצִיב *adj.* (GF. *ḳaṭīl* § 82), tiefbetrübt, durchdringend *D.*

עֲקַר* *Hithpe* אִתְעֲקַרוּ (§ 13 *c*) entwurzelt, ausgerissen werden *D.*

עִקַּר = *st. c.* (§ 84 GF. *ḳiṭṭāl*) Wurzelstock *D.*

עָר* *pl. c. s.* עָרָיךְ (GF. *ḳāṭil* [*ʿārir*]) Feind *D.*

ערב *Pa part. pass.* מְעָרַב mischen, mengen.

*Hithpa part.* מִתְעָרַב, מִתְעָרְבִין sich vermischen *D.*

עֲרָד* *pl. e.* עֲרָדַיָּא (GF. *ḳaṭāl* § 82), Wildesel *D.*

עֲרְוָה*, *st. c.* עַרְוַת (§ 79) *f.*, Blösse, Schädigung *E.*

עֲשַׂב = *st. c., e.* עִשְׂבָּא (§ 79), Kraut χόρτος *D.*

עֲשַׂר *m.*, עַשְׂרָה *f.* (§ 89), zehn *D.* תְּרֵי עֲשַׂר zwölf.

עֶשְׂרִין (§ 89) zwanzig *D.*

עֲשִׁית *part. pass.* gesonnen, darauf bedacht [andre erklären als *part. intrans.* „darauf sinnend" v. עשת denken, im Plan haben] LXX ἐβουλεύσατο *D.*

עֲתִיד* *pl.* עֲתִידִין (§ 82) bereit *D.*

עַתִּיק = *st. c.* (§ 82 Anm. 2) alt, vorgerückt *D.*

## פ

פֶּחָה, *c.* פַּחַת, *pl. e.* פַּחֲוָתָא [= assyr. *paḫat*] Statthalter, Gouverneur einer Landschaft, Toparch.

פֶּחָר (GF. *ḳaṭṭāl* [= assyr. *paḫaru*]) Töpfer *D.*

פְּטַשׁ* *pl. c. s.* פַּטְּשֵׁיהוֹן [*K.* פַּטִּישֵׁיהוֹן], ein Kleidungsstück. LXX u. *Theod.*: τιάρα; *Behrmann:* Rock (= χιθὼν εἰρίνεος [Herod. 1, 195] oder = medischer χαυνάκης [sic A.]) *D.*

פְּלַג* *part. pass. pĕʿal f.* פְּלִיגָה geteilt, auseinandergehend *D.*

פְּלַג = *st. c.* (§ 80) Teil, Hälfte *D.*

פְּלֻגָּה* *pl. c. s.* פְּלֻגָּתְהוֹן (§ 80 *a*) *f.*, Abteilung *E.*

פְּלַח* *impf.* יִפְלְחוּן, *part.* פָּלַח, פָּלְחִין, פָּלְחֵי verehren (durch Kultusdienst).

פָּלְחָן = *st. c.* (§ 87 *c*) Kultus, Gottesdienst *E.*

פֻּם (s. § 76 *f*) Mund, Rachen; Öffnung *D.*

פַּס = *st. c., e.* פַּסָּא (§ 83 *d*) *Theod.* ἀστράγαλος; daher פַּס יְדָא wohl = Handspitze (die Fingerspitzen der Hand), andre: Handfläche *D.*

פְּסַנְתֵּרִין u. פְּסַנְטֵרִין (§ 88 = ψαλτήριον) Saiteninstrument, Zither oder Harfe? *D.*

פַּרְזֶל, *e.* פַּרְזְלָא (§ 85 *b*) *m.*, Eisen *D.*

פְּרַס* *Pĕʿīl* 3. *f.* פְּרִיסַת zerspalten, zerreissen *D.*

פְּרֵס (§ 79) *du.* פַּרְסִין (§ 69 *a* 3)

[viell. ist nach dem Neuhebr. פְּרַס u. פְּרָסִין zu lesen] Halbmine *D.*

פָּרַס [פָּרָס *paus.* § 21 *a*] (§ 68 *b*) *coll.* Perser.

פָּרְסָי* *st. e.* פָּרְסָיָא *gent.* (§ 87 *b*) Πέρσης, der Perser [altpers. *Pārsa*, (wahrscheinl. oxytoniert), „persisch", „der Perser"; der Landesname wahrscheinl. *Pársa A.*] *D.*

פְּרַק* *imperat.* פְּרֻק brechen, ablösen, gutmachen *D.*

פְּרַשׁ* *Pa part. pass.* Wort für Wort, distinkt, deutlich *E.*

פַּרְשֶׁגֶן [die hebr. Form פַּתְשֶׁגֶן Esth. 3, 14 etc. = altmittelīrān. **paticayan*, vgl. armen. *patcēn* ἀντίγραφον aus **paticēn*, pählävi *pažēn* [geschr. פצין]; im Aramäischen *überall* mit ר = *paračayan* (?) od. *paricayan* (?) *A.*] Abschrift, Exemplar *E.*

פְּשַׁר* *inf.* מִפְשַׁר auslegen, deuten. Die Form מְפַשַּׁר *part. Pa* „Ausleger" (D. 5, 12) beruht auf falscher Vokalisation *D.*

פְּשַׁר = *st. c., e.* פִּשְׁרָא, פִּשְׁרָה, *c. s.* פִּשְׁרֵהּ, *pl.* פִּשְׁרִין (§ 79 f.) Auslegung, Deutung *D.*

פִּתְגָם *e.* פִּתְגָמָא [= altmittelpers. **pētghām*, altpers. **patighāma* vgl. neupers. *paighām* od. *payām* „Botschaft" *A.*], Zuschrift, Befehl, Bescheid.

פְּתַח* *part. pass. f. pl.* פְּתִיחָן, *Pĕʿīl* פְּתִיחוּ öffnen *D.*

פְּתָי* *c. s.* פְּתָיֵהּ (§ 83 *c*) Breite.

## צ

צבא *pf.* 1. *p. s.* צְבִית (§ 64 *r*), *impf.* יִצְבֵּא, *part.* צָבֵא, *inf. c. s.* מִצְבְּיֵהּ, wollen, den Willen haben *D.*

צְבוּ *f.* (§ 83 *c*) Wille, Angelegenheit, Sache; לָא—צְבוּ keine Sache, nichts, keine Weise *D.*

צְבַע* *Pa part.* מְצַבְּעִין benetzen.

*Hithpa impf.* יִצְטַבַּע (§ 12 *a*) benetzt werden *D.*

צַד = *st. c.* (§ 83 *d*) Seite; לְצַד gegen hin, nach der Seite hin; מִצַּד von Seiten *D.*

צְדָא Absicht, Vorsatz, nur in הַצְדָא = geschah's mit Absicht? *Bevan* liest הַאַזְדָּא ist es wirklich? = ist es sichere Kunde? vgl. אָזְדָּא.

צְדָקָה (§ 79) Gerechtigkeit (die als im Almosengeben sich verwirklichend gefasst ist), ἐλεημοσύνη. Vgl. δικαιοσύνη Mt. 6, 1 *D.*

צַוַּאר* *c. s.* צַוְּארָךְ, צַוְּארֵהּ *m.*, Hals *D.*

צלא *Pa part.* מְצַלֵּא, מְצַלַּיִן (§ 64 u. 74*c*) beten, mit לְ: im Hinblick auf, für etwas beten.

צלח *Ha pf.* הַצְלַח, *part.* מַצְלַח, מַצְלְחִין Glück haben, vorwärts kommen; jmdn. befördern, etwas glücklich fortführen.

צְלֵם *st. c.* צְלֵם u. צֶלֶם (s. § 71*a*), *e.* צַלְמָא (§ 79) Bild; צְלֵם אַנְפּוֹהִי Gesichtszüge, Physiognomie *D.*

צְפִיר* *pl. c.* צְפִירֵי (GF. *ḳaṭīl* § 82) Bock *E.*

צְפַר* *pl.* צִפְּרִין, צִפְּרֵי, צִפְּרַיָּא (§ 84) *f.* Vogel *D.*

## ק

קבל *Pa pf.* קַבֵּל, *impf.* יְקַבְּלוּן, תְּקַבְּלוּן empfangen, übernehmen *D.*

קֳבֵל* gegenüber; *präp.* mit לְ: לְקֳבֵל u. dies mit כְּ eingeleitet: כָּל־קֳבֵל s. § 95*d*, angesichts, ganz entsprechend, vor, wegen. כָּל־קֳבֵל דְּנָה gerade deshalb, deswegen, *conj.* mit דִּי: כָּל־קֳבֵל דִּי (s. § 136) dem entsprechend, dass; weil, dieweil; obschon, obgleich.

קַדִּישׁ (§ 82 Anm. 2), *pl.* קַדִּישִׁין, קַדִּישֵׁי heilig *D.* קַדִּישֵׁי עֶלְיוֹנִין s. עליון.

קֳדָם (GF. *ḳuṭāl* § 82) *präp.* (mit Suff. s. Paradigmentaf. XIII) vor. מִן־קֳדָם von Seiten, von, vor (§ 95*d*).

קַדְמָה* *st. c.* קַדְמַת (§ 79) *f.*, Vorzeit; מִקַּדְמַת דְּנָה und מִן־קֳדָם־ vordem, vor Zeiten.

קַדְמַי* (s. § 90) Ordinalzahl: der erste etc. *D.*

קום* *Pĕ perf.* (§ 63*b*), *impf.* § 63*c*), *impera.* (§ 63*d*), *part.* ((§ 63*e*), aufstehen, sich aufmachen, entstehen; stehen, mit קֳדָם: stehen vor = dienen; bestehen, bleiben.

*Pa inf.* קַיָּמָה (§ 63*k*) mit קְיָם als Objekt: eine Verordnung geben.

*Ha pf., impf., inf., part.* (§ 63*g*), *pf. c. s.* הֲקִימֵהּ u. אֲקִימֵהּ (§ 13*c*) aufstellen; entstehen lassen; als Ordnung festsetzen; einsetzen.

*Ho pf.* (§ 63*h*) aufrecht gestellt, aufgerichtet werden.

קְטַל* *part.* קָטֵל, *Pe'īl* קְטִיל, קְטִילַת töten.

*Pa perf.* קַטִּל, *inf.* קַטָּלָה (§ 31*a*) mehrere töten.

*Hithpe inf.* הִתְקְטָלָה *part.* מִתְקַטְּלִין [A. L. mit Dag. in ט = *part. Hithpa.*] getötet werden *D.*

קְטַר* *pl.* קִטְרִין, קִטְרֵי (§ 79) Knoten (Quippos = geheimnisvoll (zur Zauberei) geschlungene Knoten. [Vgl. ܩܛܪܐ Syr. Julianosromane ed. Hoffmann 1880, S. 169. *B.*]); Bänder, Gelenke *D.*

קַיִט (§ 83*b*) Sommer *D.*

קְיָם (GF. vgl. § 82) *st. abs.* u. *c. m.*, Verordnung, Statut *D.*

קַיָּם (§ 84) feststehend, bleibend *D.*

קִיתָרֹס* *K:* קַתְרֹס (§ 88) κίθαρις, Zither *D.*

קָל (§ 83*b*?) *st. abs.* u. *c. m.*, Stimme *D.*

קְנָא* *impf.* תִּקְנֵא kaufen *E.*

קְצַף *perf.* zornig werden *D.*

קְצַף (§ 80) Zorn *E.*

קצץ *Pa imp.* קַצִּצוּ (§ 66*a*) abhauen *D.*

קְצָת = *st. c.* (GF. *ḳaṭālat* [*ḳaṣāwat*]), *f.*, Abgrenzung, Umkreis, Summe. לִקְצָת nach dem Verlauf von; מִן־קְצָת ein Teil von dem Umkreis d. h. ein Teil *D.*

קְרָא* *impf.* יִקְרֵה, אֶקְרָא, יִקְרוֹן, *inf.* מִקְרָא, *part.* קָרֵא, *Pe'īl* קְרִי (§ 64) rufen, lesen.

*Hithpĕ impf.* יִתְקְרֵי gerufen werden.

קְרֵב, 1. *p. s.* קִרְבֵת, *pl.* קְרִבוּ, *inf. c. s.* מִקְרְבֵהּ herzutreten, näher treten.

*Ha pf.* הַקְרִבוּ, הַקְרְבוּהִי, *impf.* תְּהַקְרֵב [M. T. falsch *Pa* תְּקָרֵב], *part.* מְהַקְרְבִין darbringen; näher treten, vortreten lassen.

קְרָב (§ 82) Krieg *D.*

קִרְיָא u. קִרְיָה (§ 83*c*), *e.* קִרְיְתָא *f.*, Stadt *E.*

קֶרֶן, *e.* קַרְנָא, *du.* קַרְנַיִן *e.* קַרְנַיָּא

(§ 79) *f.*, Horn. κέρας und σαλπίγξ *D.*

קֶרֶץ* *pl. c. s.* קַרְצוֹהִי, קַרְצֵיהוֹן (§ 79) „Stück" (?); mit אֲכַל = verleumden, verklagen. Vgl. *absentem amicum rodere* (bei *Siegfried-Stade*), أَكَلَ لَحْمَهُ er ass sein Fleisch, verleumdete ihn hinterrücks (bei *Buhl*). [Vgl. jedoch כרצי (sic!) abhängig von אמר in der aramäischen Inschrift von Carpentras (Corpus Inscr. Sem. II. No. 141): וכרצי איש לא אמרת *B.*] *D.*

קְשֹׁט (§ 79) Wahrheit; מִן־קְשֹׁט nach der Wahrheit, wahrheitsgemäss *D.*

קַתְרֹס s. קִיתָרֹס.

ר

רֵאשׁ = *st. c.* (GF. *ḳaṭl* [*ra'š*, *rajš*] § 83*b*, s. ferner § 76*g*), Haupt, Spitze, Hauptsache.

רַב *st. abs.* u. *c.*, *e.* רַבָּא, *f.* רַבְּתָא (§ 83*d*), *pl. m.* רַבְרְבִין, *f.* רַבְרְבָן, רַבְרְבָתָא (§ 85*a*), *adj.* gross, grosssprecherisch, frech; *subst.* Anführer, Oberst.

רְבָה, *f.* רְבָת (§ 64*n*), רְבִית (§ 64 *r*) gross werden, wachsen.

*Pa pf.* רַבִּי erheben (§ 31*a*) *D.*

רבו *pl.* רִבְּוָן (GF. *ḳiṭṭal* § 84) [*K:* רִבְבָן] zehntausend *D.*

רְבוּ (§ 83*c*), *e.* רְבוּתָא, *c. s.* רְבוּתָךְ *f.*, Grösse *D.*

רְבִיעָי*, *e. masc.* רְבִיעָיָא = *st. abs. fem.*; *emph. fem.* רְבִיעָיְתָא (§ 90), der vierte *D.*

רַבְרְבִין s. רַב, wozu die Reduplikation als Plural dient.

רַבְרְבָן* *pl. c. s.* רַבְרְבָנוֹהִי, רַבְרְבָנַי, רַבְרְבָנָיךְ (§ 87*c*) μεγιστᾶνες, Grande, Magnat *D.*

רגז *Ha pf. pl.* הַרְגִּזוּ erzürnen *E.*

רְגַז (§ 79 *f.*) Zorn *D.*

רְגֶל* *du.* רַגְלַיִן, רַגְלַיָּא, *c. s.* רַגְלוֹהִי, רַגְלַיהּ *f.* (§ 79), Fuss *D.*

רְגַשׁ* *Ha* הַרְגִּשׁוּ hereinstürmen, lärmend in jmd. dringen (mit עַל) *D.*

רֵו* *c. s.* רֵוֵהּ (GF. *ḳaṭl* [*ra'w*, *rajw*] § 83*b*) Aussehen *D.*

רוּחַ = *st. c.*, *e.* רוּחָא, *c. s.* רוּחֵהּ, רוּחִי, *pl.* רוּחֵי (§ 83 *b*) *f.*, Wind, Geist *D.*

רום* *pf.* רָם (*intrans.* od. *pass.* s. § 63*f*) sich erheben, hochfahrend sein.

*Ha part.* מָרִים (§ 63*g*) erhöhen, hochstellen.

*Pa'lel part.* מְרוֹמֵם (§ 63*k*), erheben mit Lobsprüchen, loben.

*Hithpa'lel pf.* הִתְרוֹמַמְתָּ (§ 63*k*), sich erheben über (עַל) *D.*

רוּם* *c. s.* רוּמֵהּ (§ 83*b*) Höhe.

רָז, *e.* רָזָא, *pl.* רָזִין, רָזַיָּא [= pählv. *rāž*, neup. *rāz A.*] *m.*, Geheimnis *D.*

רְחוּם *n. pr.* Rĕchūm (Ῥεούμ) *E.*

רַחִיק* *pl.* רַחִיקִין [M. T. רְחִיקִין] (GF. *ḳaṭīl* vgl. § 82 Anm. 2) fern *E.*

רַחֲמִין *pl.* (§ 80) Erbarmen *D.*

רחץ *Hithpĕ pf.* הִתְרְחִצוּ das Vertrauen setzen (mit עַל: auf), sich verlassen, hoffen *D.*

רֵיחַ = *st. c.* (§ 83*b*) *f.*, Geruch; רֵיחַ נוּר Brandgeruch *D.*

רְמָא* *pf.* רְמוֹ, רְמֵינָא, *inf.* מִרְמֵא; *Pĕ'īl* רְמִיו werfen; hinsetzen; auferlegen.

*Hithpĕ impf.* יִתְרְמֵא, תִּתְרְמוֹן hingeworfen werden.

רְעוּ*, *c.* רְעוּת (vgl. § 83*c*) *f.*, Wille, Verfügung *E.*

רַעְיוֹן* *pl.* רַעְיוֹנַי [mit Suff. s. § 75c] (§ 87*c*) Gedanke, Überlegung, Erwägung *D.*

רַעֲנַן (§ 85*a*) grünend, frisch, lebensfroh, vergnügt *D.*

רְעַע* *impf.* תֵּרֹעַ (§ 66*d*) zertrümmern.

*Pa part.* מְרָעַע (§ 66*a*) zertrümmern *D.*

רְפַס* *part. f.* רָפְסָה zertreten, zerstampfen *D.*

רְשַׁם, *2.p.* רְשַׁמְתָּ, *impf.* תִּרְשֻׁם, *Pĕ'īl* רְשִׁים, schreiben, verzeichnen *D.*

## ש

שָׂב* *pl.* שָׂבַיָּא, שָׂבֵי (§ 83*b*) Greis, πρεσβύτερος, Mitglied der γερουσία (des Gemeindevorstandes) *E.*

שַׂבְּכָא [= σαμβύκη § 88), ein Musikinstrument, eine Art Harfe *D.*

שְׂגָא* *impf.* יִשְׂגֵּא groß sein. Mit שְׁלָם als Subj. im Gruß: euer Wohlergehen sei groß = möge es euch wohlergehen!

שַׂגִּיא (§ 82 Anm. 2), *pl. fem.* שַׂגִּיאָן groß, viel; *adv.* sehr *D.*

שַׂהֲדוּ* *e.* שַׂהֲדוּתָא (§ 87*d*) Zeugnis *Gen.* 31, 47.

שׂוּם* u. שִׂים* *Pĕ pf.* שָׂם etc.

s. § 63*c*, mit Suff. שָׂמֵהּ, *impera.* s. § 63 d, *part. pass.* (*Pĕ'īl*) s. § 63*f.*, setzen, legen; einsetzen; verlegen (sein Sinnen, seine Aufmerksamkeit) עַל auf etwas.

*Hithpĕ* s. § 63*i* gelegt werden; gegeben werden; zu etwas gemacht werden.

שְׂטַר (§ 79*f.*) *m.*, Seite *D.*

שְׂכַל* *Hithpa part.* מִשְׂתַּכַּל mit בְּ: die Aufmerksamkeit auf etwas richten *D.*

שָׂכְלְתָנוּ (§ 87*c* u. *d*) *f.*, Einsicht *D.*

שְׂנָא* hassen, *part. pl. c. s.* שָׂנְאָיךְ Hasser, Feind *D.*

שְׂעַר = *st. c.*, *c. s.* שַׂעֲרֵהּ (§ 79*f.*) Haar *D.*

## שׁ

שְׁאֵל, שְׁאֵלְנָא, *part.* שָׁאֵל, *impf.* יִשְׁאֲלֻנְכוֹן (§ 50*b* Anm. 2) fragen, um etwas ersuchen (mit dopp. Obj.), fordern.

שְׁאֵלָא* *e.* שְׁאֵלְתָּא (§ 82) Frage, die fragliche Sache, Angelegenheit *D.*

שְׁאַלְתִּיאֵל *n. pr.* Šĕaltīʼēl Σαλαθιήλ *E.*

שְׁאָר = *st. c.*, *e.* שְׁאָרָא (§ 82) Rest, die Übrigen.

שׁבח *Pa pf.* שַׁבַּחְתָּ, שַׁבְּחֵת, שַׁבַּחוּ, *part.* מְשַׁבַּח, loben, preisen *D.*

שְׁבַט*, *pl. c.* שִׁבְטֵי (§ 79*f.*) Stamm *E.*

שְׁבִיב*, *e.* שְׁבִיבָא, *pl.* שְׁבִיבִין (§ 82) Flamme [*Bevan*: Zunge, Streifen, deshalb durch die Beifügung von נוּר bestimmt: feurige Zungen, Feuerbüschel] *D.*

שְׁבַע*, *f.* שִׁבְעָה, *c.* שִׁבְעַת (§ 89) sieben; חַד שִׁבְעָה s. § 91*d.*

שְׁבַק*, *impera.* שְׁבֻקוּ, *inf.* מִשְׁבַּק, lassen, zurücklassen.

*Hithpĕ impf.* תִּשְׁתְּבִק (§ 11) überlassen werden, übergehen (auf jmd. לְ).

שׁבשׁ *Hithpa part.* מִשְׁתַּבְּשִׁין (§ 11), in Verwirrung geraten, bestürzt werden *D.*

שֵׁגַל*, *pl. c. s.* שֵׁגְלָתֵהּ, שֵׁגְלָתָךְ (§ 81*b* Anm. 1) Gemahlin *D.*

שׁדר *Hithpa part.* מִשְׁתַּדַּר (§ 11) sich anstrengen, sich bestreben; vgl. אֶשְׁתַּדּוּר *D.*

שַׁדְרַךְ *n. pr.* Šadrakh Σεδράχ *D.*

שְׁוָה* *Pa pf.* שַׁוִּיו [*K.* dafür *Pĕ'īl* שְׁוִי] gleichsetzen, gleichmachen. *Hithpa impf.* יִשְׁתַּוֵּה (§ 11), gleichgemacht werden, zu etwas gemacht werden *D*.

שׁוּר*, *pl. e.* שׁוּרַיָּא, שׁוּרַיָּה (§ 83*b*) Mauer *E*.

שׁוּשַׁנְכָי* *pl. e.* שׁוּשַׁנְכָיֵא *n. gent.* [gebildet entweder aus einheimisch-susischem *šušinak*, oder aus einem īrānischen, mit jenem zufällig fast identischen **šušanak* (*Šūšan* + Suff. *ak*) *A*.] šušanisch, aus Susa stammend *E*.

שׁחת *part. pass. f.* שְׁחִיתָה, verderbt, schlecht; oder besser = *subst.* שְׁחִיתָה (GF. *ḳaṭīl* § 82) Schlechtigkeit *D*.

שֵׁיזִב (*Šaph'el* von יזב [?], Formen s. § 59*b*, außer den dort angeführten vgl. mit Suff.: *impf.* יְשֵׁיזְבִנָּךְ; יְשֵׁיזְבִנְכוֹן [§ 50*b* Anm. 2], *inf.* לְשֵׁיזָבוּתָךְ. לְשֵׁיזָבוּתָנָא) befreien, erretten *D*.

שֵׁיצִיא [*K*. שֵׁיצִי] (*Šaph'el* vgl. § 59*b*) vollenden *E*.

שׁכח *Ha* (§ 55*d*) finden; bereitfinden, bekommen.

*Hithpĕ* (§ 55*d* [2*p*. l. הִשְׁתְּכַחַתְּ]) gefunden werden.

שׁכלל s. כלל.

שְׁכַן, *impf.* יִשְׁכְּנָן wohnen, verweilen. *Pa pf.* שַׁכִּן wohnen lassen.

שָׁלָה* *D*. 3, 29; *K*.: = שָׁלוּ, viell. = שְׁאֵלָה s. dort u. zu der Stelle *D*. 3, 29.

שְׁלֵה *adj.* (GF. *ḳaṭal*) ruhig, ungestört, sorglos *D*.

שָׁלוּ (vgl. § 83*c*) *f*., Achtlosigkeit, Versehen, Irrtum.

שְׁלֵוָא* *c. s.* שְׁלֵוְתָךְ (§ 82) *f*., Ruhe [vgl. *Theod*. τοῖς παραπτώμασί σου (*D*. 4, 24), also von שָׁלוּ abgeleitet] *D*.

שְׁלַח *pf.* שְׁלַחוּ, שְׁלַחְתּוּן, שְׁלַחְנָא, *impf.* יִשְׁלַח, *Pĕʿīl* שְׁלִיחַ senden, mit יַד: Hand anlegen.

שְׁלֵט, *pl.* שְׁלִטוּ, *impf.* יִשְׁלַט, תִּשְׁלַט mit בְּ Gewalt haben; sich jmds. bemächtigen, über ihn herfallen.

*Ha pf. c. s.* הַשְׁלְטֵהּ, הַשְׁלְטָךְ zum Herrscher, Gewalthaber einsetzen *D*.

שִׁלְטוֹן* *pl. c.* שִׁלְטֹנֵי (§ 87*c*), Machthaber, Magistrat *D*.

שָׁלְטָן *st. abs.* u. *c.*; *e.* שָׁלְטָנָא, *c. s.* שָׁלְטָנֵהּ, שָׁלְטָנָךְ, שָׁלְטָנְהוֹן, *pl.* שָׁלְטָנַיָּא (§ 87*c*), Herrschaft, Machtbereich; Reich *D*.

שַׁלִּיט, *e.* שַׁלִּיטָא, *pl.* שַׁלִּטִן, שַׁלִּיטִין (§ 82 Anm. 2) *adj.* machthabend, mächtig; לָא שַׁלִּיט unerlaubt, nicht gestattet. *Subst.* Machthaber, ein Bevollmächtigter.

שְׁלֵם*, *part. pass.* שְׁלִם, vollendet sein.

*Ha pf. c.s.* הַשְׁלְמַהּ, *impera.* הַשְׁלֵם, beendigen; abliefern, übergeben.

שְׁלָם, *e.* שְׁלָמָא, *c. s.* שְׁלָמְכוֹן (§ 82) Heil, Wohlbefinden.

שֻׁם = *st. c.* (s. § 76 *h*) Name.

שׁמד *Ha inf.* הַשְׁמָדָה vernichten *D.*

שְׁמַיָּא (s. § 76 *i*) der Himmel; *D.* 4, 23 = Gott.

שׁמם *Hithpō'al pf.* אֶשְׁתּוֹמַם (§ 42 *c*), vor Entsetzen starr werden *D.*

שְׁמַע, *1. p.* שִׁמְעֵת, *impf.* יִשְׁמַע, תִּשְׁמְעוּן, *part.* שָׁמְעִין hören.

*Hithpĕ impf.* יִשְׁתַּמְעוּן (§ 11) gehorchen, unterthan sein *D.*

שָׁמְרַיִן (Pausa שָׁמְרָיִן § 21 *a*) *n. pr.* Samarien *E.*

שׁמשׁ *Pa impf. c. s.* יְשַׁמְּשׁוּנֵּהּ dienen *D.*

שְׁמַשׁ*, *st. e.* שִׁמְשָׁא (§ 79) Sonne *D.*

שִׁמְשַׁי *n. pr.* Šimšaj [vielleicht durch volksetymologische Anlehnung an שׁמשׁ aus einem īrān. ששמי umgebildet, das als Koseform zu pers. Namen wie Σισιμάκης (v. l. Σισαμάκης), Σισάμνης gehört *A.*] *E.*

שֵׁן* *du.* שִׁנַּיִן, *c. s.* שִׁנַּיהּ (§ 83 *d*) Zähne, Gebiß *D.*

שְׁנָא* (§ 64) *Pĕ pf.* שְׁנוֹ, *impf.* יִשְׁנֵא, תִּשְׁנֵא; *part. act. pl. m.* שָׁנַיִן, *f.* שָׁנְיָן; *part. pass. sing. fem.* שַׁנְיָא, sich verändern (entstellt werden), verschieden sein *D.*

*Pa pf.* שַׁנִּיו, *impf.* יְשַׁנּוֹן, *part. pass. f.* מְשַׁנְּיָא verändern, umgestalten; übertreten *D.*

*Ha impf.* יְהַשְׁנֵא, *inf.* הַשְׁנָיָה, *part.* מְהַשְׁנֵא, abändern; übertreten *D.* u. *E.*

*Hithpa pf.* אִשְׁתַּנִּו, *impf.* יִשְׁתַּנֵּא, יִשְׁתַּנּוֹן, *juss.* יִשְׁתַּנּוֹ sich verändern, entstellen *D.*

שְׁנָה*, *st. c.* שְׁנַת, *pl.* שְׁנִין (§ 77) *f.*, Jahr.

שְׁנָה*, *sing. c. s.* שִׁנְתֵּהּ (§ 83 *a*) *f.*, Schlaf *D.*

שָׁעָה, *e.* שַׁעֲתָא u. שַׁעֲתָה [nach dem syr. ܫܥܐ, ܫܥܬܐ ist wahrscheinlich שָׁעֲתָא zu lesen u. *Pathach* als durch sekundäre Verkürzung entstanden anzusehen vgl. § 20*b*; eine ähnliche Verkürzung zeigt das christl. pal. Aram. in diesem Wort s. *Schwally* p. 97] *f.* Zeitpunkt, Stunde *D.*

שׁפט* *part. pl.* שָׁפְטִין Richter *E.*

שַׁפִּיר (§ 82 Anm. 2) *adj.* schön *D.*

שׁפל* *Ha pf.* הַשְׁפֵּלְתְּ, *impf.* יְהַשְׁפִּל; *inf.* הַשְׁפָּלָה; *part.* מַשְׁפִּיל erniedrigen, demütigen *D.*

שְׁפַל = *st. c., adj.* (GF. *ḳaṭal*) niedrig *D.*

שְׁפַר *impf.* יִשְׁפַּר gefallen, belieben (s. § 109) *D.*

שְׁפַרְפַּר*, שְׁפַרְפָּרָא (GF. *ḳaṭalṭāl* § 85*a*) Morgendämmerung *D.*

שָׁק* *pl. c. s.* שָׁקוֹהִי (§ 83*b*) Schenkel, Schienbein *D.*

שְׁרָא* *inf.* מִשְׁרֵא, *part. pass.* שְׁרֵא, שְׁרַיִן, auflösen; absatteln, einkehren, ruhen; wohnen *D.*

*Pa pl.* שָׁרִיו [für מִשְׁרֵא *D.* 5, 12 ist *inf. Pĕ*'*al* מִשְׁרֵא zu lesen] anfangen *E.*

*Hithpa part.* מִשְׁתָּרַיִן [*Hithpa*, nicht *Hithpĕ*, vgl. Ephraim, Carmina Nisibena, ed. Bickell, 1866, S. 94 Zeile 8 ܗܕ̈ܡܘܗܝ ܐܫܬܪܝܘ *B.*] aufgelöst, schlaff sein *D.*

שֹׁרֶשׁ*, *pl. c. s.* שָׁרְשׁוֹהִי (§ 79) Wurzel *D.*

שְׁרשׁוּ, *K.*: שְׁרשִׁי (§ 87*d*) Entwurzelung, Verbannung *E.*

שֵׁשְׁבַּצַּר *n. pr.* [*A.* vgl. Wellhausen, Israelitische und jüd. Geschichte[2] 155 nach Hoonacker = *šamaš-balāṭsu-uṣur* d. i. „Šamaš schirme sein Leben," vgl. Σαος in Σαοσδούχινος = *šamaš-šum-ukīn*] Šešbaṣṣar *E.*

שֵׁת, שִׁת (§ 89) sechs; *pl.* שִׁתִּין sechzig.

שְׁתָא *pf.* אִשְׁתִּיו (§ 16*a*) *impf.* יִשְׁתּוֹן, *part.* שָׁתֵה, שָׁתַיִן (§ 64), trinken, mit בְּ cf. § 95*a D.*

שִׁתִּין s. שֵׁת.

שְׁתַר בּוֹזְנַי *n. pr.* Šĕthar-Bōzĕnaj, Σαθαρβουζαναι [ein durch Verwechslung von מ und שׁ in der älteren Schrift entstandener Fehler für מתרבוזני, griech. Μιθροβουζάνης, altīrān. **Mithrabaužana*, d. i. „Erlösung od. Rettung durch Mithra habend," od. „Mithra ist der Erlöser, der Retter." *A.*] *E.*

### ת

תְּבַר* *part. pass. f.* תְּבִירָה zerbrochen, zerbrechlich *D.*

תְּדִירָא (GF. *taktila* § 86c) *f.*, Umkreisung, Fortdauer, בִּתְדִירָא (s. § 92) mit anhaltendem Fleiß, ununterbrochen *D.*

תּוּב* *impf.* יְתוּב (§ 63c) zurückkehren *D.*

*Ha pf.* הֲתִיב, *pf. c. s.* הֲתִיבוּנָא, *impf.* יְתִיבוּן, יַהֲתִיבוּן, *inf.* לַהֲתָבוּתָךְ (§ 63g) zurückbringen; antworten, erwidern *D.* u. *E.*

תְּוַהּ *verb.* erstaunen, sich verwundern *D.*

תּוֹר* *pl.* תּוֹרִין (§ 83b), Stier, Rind.

תְּחוֹת *präp.* (s. § 95b, c u. Paradigmentaf. XIII) unter, מִן־תְּחוֹת von der Stelle unterhalb einer Sache weg [Für תְּחֹתוֹהִי *D.* 4, 11 ist תַּחְתּוֹהִי zu lesen] *Jer.* u. *D.*

תְּלַג (§ 79*f.*) Schnee *D.*

תְּלִיתָי*, *f.* תְּלִיתָיָא (§ 90) ein dritter, eine dritte *D.*

תְּלָת *m.*, *f.* תְּלָתָה, תְּלָתָא (§ 89) eine Dreizahl, drei, *c. s.* תְּלָתֵהוֹן s. § 89*e* u. § 118; *pl.* תְּלָתִין dreissig.

תַּלְתָּא wahrscheinlich: Drittel (= syr. ܬܘܠܬܐ, arab. ثُلُث, ثُلْث [für die aram. Form mit *a* vgl. die Bruchzahl zahl פְּלַג § 91*a*]. *D.* 5, 16 ist תַּלְתָּא adverbiell = zum dritten Teil, u. 5, 29: שַׁלִּיט תַּלְתָּא = Machthaber über den dritten Teil, Herr des dritten Teils [= תַּלְתִּי, s. dort]. Beide Stellen besagen dann: er soll zu einem der drei Beamten (vgl. 6, 3), von denen jedem ein Dritteil des Reiches zugeteilt ist, erhoben werden. Nach Andren ist תלתא = „dritter Rang", nach *Bevan* = der „dritte Tag" [= الثِّلْث] d. h. „alle zwei Tage" soll er die Herrschaft führen, also abwechslungsweise mit dem König regieren (wie häufig in Märchen [*Socin*]). [Vgl. *tasājada* Al-Beladsori ed. De Goeje 1866, S. 97, 254: كَانُوا مُتَسَايِدِينَ: „alternis diebus alternos duces habuerunt" *B.*].

תַּלְתִּי Dreierherr, Triumvir, einer der drei obersten Beamten des Reiches (vgl. *D.* 6, 3) *D.* 5, 7. תלתי ist eine Ableitung von תלת (Drittel) u. ist vielleicht תַּלְתָּי zu vokalisieren; dann könnte am Ende auch dieselbe Form in תַּלְתָּא zu Grunde liegen u. auch dort "Dreierherr" zu übersetzen sein.

תְּלָתִין s. תְּלָת.

תְּמַהּ* *pl.* תְּמְהִין, תִּמְהַיָּא, *c. s.* תִּמְהוֹהִי (§ 79*f.*) *m.* Wunder *D.*

תַּמָּה *Adv.* (§ 94*a*) dort, מִן־תַּמָּה von dort *E.*

תִּנְיָן*, *f.* תִּנְיָנָה (§ 90) der, die zweite *D.*

תִּנְיָנוּת *Zahladv.* (§ 91*c*) zum zweiten Male *D.*

תִּפְתָּיֵא [ein Würdename, vermutlich ist statt ת vielmehr דנ (= *dēn*- oder *dīn*) zu lesen, also דְּנִפְתָּיֵא (od. —דִּנְ) = mitteliran. **dēnpēt* vgl. armen. *denpet*, altīrān. **dainapati* „Oberhaupt (*pati* = „Herr") der Religion." *A.*] die geistlichen Würdenträger, Kultusbeamten *D.*

תַּקִּיף*, *f.* תַּקִּיפָא u. תַּקִּיפָה, *pl.* תַּקִּיפִין (§ 82 Anm. 2) stark, mächtig.

תקל *Pĕ'īl 2p. m. s.* תְּקִלְתָּא gewogen werden *D.*

תקל תְּקֵל (§ 71*a* u. 79) *subst.* Šeḳel *D.*

תקן *Ho 1 p. s. pf.* הָתְקְנַת (§ 41*b*) eingesetzt werden *D.*

תְּקִף, *f.* תִּקְפַת, *2 pers.* תְּקֵפְתְּ stark werden, mächtig sich fühlen. *Pa inf.* תַּקָּפָה fest machen, rechtskräftig machen *D.*

תְּקָף = *st. c.* (§ 82 GF. *ḳaṭāl*) Stärke *D.*

תְּקֹף*, *st. e.* תָּקְפָּא (§ 79 GF. *ḳuṭl*) Stärke, Kraft *D.*

תְּרֵין*, *c.* תְּרֵי, *f.* תַּרְתֵּין (§ 69*a* u. 89*a*), zwei; תְּרֵי־עֲשַׂר zwölf.

תְּרַע = *st. c.* (§ 79) Thüre, Öffnung; αὐλή Hof (königlicher Hof) *D.*

תָּרָע*, *pl. e.* תָּרָעַיָּא (GF. *kaṭṭāl* § 84) Thürhüter *E.*

תַּרְתֵּין s. תְּרֵין.

תַּתְּנַי *n. pr.* Tattĕnaj [LXX Θανθαναΐ, Luc. Τανθανάῖος, Ezra III Σισίννης, sicher ein persischer Name, der aber schwerlich richtig überliefert ist *A.*] *E.*

# Abkürzungen.

*A.* = Andreas.
*a.* = (status) absolutus.
*B.* = Bevan.
*B.-D.* = Bär-Delitzsch.
*c.* = constructus.
*c. s.* = cum suffixo.
*D.* = nur in Daniel.
*E.* = nur in Ezra.
*e.* = emphaticus.
*f.* = femininum.
*G.* = Ginsburg.
GF. — Grundform.
*Ha* = Haphʿel.
*Hišt* = Hištaphʿal.
*Hithpa* = Hithpaʿʿal.
*Hithpĕ* = Hithpĕʿel.
*Ho* = Hophʿal.
*impera.* = imperativus.
*impf.* = imperfectum.
*inf.* = infinitivus.
*K.* = Kĕthībh.
*Ḳ.* = Ḳĕrē.
*m.* = masculinum.
*M. T.* = masoreth. Text.
*n.* = nomen.
*p.* = persona.
*Pa.* = Paʿʿil.
*part.* = participium.
*pass.* = passivum.
*Pĕ* = Pĕʿal.
*pf.* = perfectum.
*pl.* = pluralis.
s. = suffixum. *c. s.* = cum suff.
*sg.* = singularis.
*Ša.* = Šaphʿel.
*Z.* = Zimmern.

---

Druck von W. Drugulin in Leipzig.